Titolo originale *Tulle, scorpioni e fantasmi*
Serie: I misteri di Amelia Montefiori
Volume 1

Copyright © Sara Ottavia Carolei, 2020
Tutti i diritti riservati.
1a edizione maggio 2020

ISBN 9798630298010

Nessuna parte di questo libro può essere riprodotta, copiata, distribuita o trasmessa in qualsivoglia forma e con qualsivoglia mezzo senza l'espressa autorizzazione scritta dell'autrice.

Editing del testo Ivan Carozzi
Copertina Sara Ottavia Carolei

Personaggi e avvenimenti contenuti in questo libro, fatta eccezione per quelli di dominio pubblico, sono fittizi. Qualsiasi somiglianza con persone reali, vive o defunte, è da considerarsi puramente casuale.

A chi crede nella magia. E a chi vorrebbe farlo, ma sta ancora cercando la strada.

Capitolo 1

"Misteriosa." Giudicò guardandosi allo specchio. La seta rossa che le scivolava addosso, l'amuleto con smeraldo grezzo incastonato che spiccava appena sopra lo sterno, il trucco da femme fatale che ha molte cose da nascondere... E poi la chioma vaporosa biondo rame fermata sui lati da forcine con vere perle e veri diamanti incastonati, bottino di un'asta fortunata da Sotheby's a Londra. Christophe canticchiava una canzone francese che Amelia non aveva mai sentito prima. Era nel bagno principale, la porta semi aperta le consentiva di sbirciare dentro. Aveva solo i pantaloni neri del completo addosso, i piedi ancora scalzi. Si stava lavando le mani e non si era accorto di lei. Sembrava più che allegro. Bello era bello, non c'era dubbio. La somiglianza con l'attore Louis Garrel, sostenuta da sua zia Melissa, lei però non la vedeva. Si sentiva a suo agio a casa di Amelia, Christophe. Si muoveva come se fosse un po' anche sua. A volte la cosa le piaceva, altre volte le dava sui nervi. In quel momento la lasciava indifferente.
A Indiana invece la presenza di Christophe faceva sempre indisporre, senza eccezioni registrate. Spostandosi verso

la zona giorno, Amelia trovò il micio appollaiato sullo schienale del grande divano di velluto ad angolo. Da lì il suo sguardo che conteneva magiche tracce dell'Antico Egitto percorreva il salone, saliva i tre gradini della zona open space, arrivava dritto verso di lei.

"Quando se ne va questo cretino con la erre moscia?" Pareva chiederle.

Indiana non era un semplice gatto. Mangiava croccantini, si arrabbiava se la sua lettiera non era pulita, si faceva le unghie sul tappeto, cercava di acchiappare le farfalle che volavano intorno ai fiori sul terrazzo e cacciava le lucertole che detestava, ma non era un semplice gatto. Era un siamese di età indefinita con l'orecchio sinistro tagliuzzato, occhi che avevano una esistenza loro e una gamma di espressioni eloquenti. Il suo giocattolo preferito era un quarzo rosa levigato. Si era presentato alla porta di Amelia la notte di Halloween dell'anno precedente, mentre lei stava accendendo le candele per il rituale di Samhain. Era arrivato così, dal nulla. Apparso, comparso. La sua vita prima dell'incontro con lei era avvolta nella più fitta delle nebbie. Per quanto ci avesse provato, alla fine Amelia si era arresa all'idea che non avrebbe scoperto niente di più su quel gatto e aveva accettato il loro rapporto tale e quale era. Ovvero, un ennesimo mistero.

Storie come quella di Indiana erano da sempre frequenti nella vita di Amelia. Era cresciuta circondata da esseri

umani particolari, aveva vissuto situazioni fuori dal comune. Sua madre era stata una restauratrice e pittrice tanto magnetica quanto indecifrabile. Bella, eterea, tenera, affettuosa, sfuggente. Dotata di quel tipo di sensibilità che si addentra nella chiaroveggenza e così come era vissuta era morta: avvolta nell'enigma.
All'epoca Amelia aveva solo sette anni, ma della mamma ricordava più di quanto fosse realmente possibile. Ricordava i suoi dipinti, immagini oniriche a tratti inquietanti di ispirazione simbolista. Ricordava quando l'aveva portata a vedere la cappella di una chiesetta del Cinquecento, fuori città, e le aveva mostrato gli affreschi restaurati insieme ai colleghi del laboratorio. Ricordava le sue coccole e le sue atipiche favole della buonanotte popolate di ancor più atipici personaggi. Ricordava la sua visione originale della vita. La ricordava insieme a nonna Adelaide, una donna di stirpe nobile, straripante di sarcasmo, soldi e abiti incredibili, convinta che il mondo si fosse fermato al 1950, ma terribilmente intelligente e sveglia. Ricordava mamma, nonna e zia Melissa parlare fitto fitto di argomenti all'epoca incomprensibili per Amelia. Arcani maggiori, nodi stellari, pianeti che camminano in moto retrogrado, energie, erbe da raccogliere, bagni rituali, amuleti... E poi ricordava la mamma ridere con papà, li ricordava abbracciarsi e amarsi di sicuro molto più di

quanto Amelia avesse mai amato qualsiasi uomo. Christophe incluso.

A sdrammatizzare le caratteristiche del ramo materno che Amelia aveva ereditato ci avevano pensato quelle arrivatele dal papà Bernie, un antropologo dai modi di fare esuberanti e vivaci, oltremodo portato per le avventure e decisamente più terreno. Un tantino egocentrico, di sicuro trascinante. Tratti che Amelia ammetteva di riconoscere anche in sé. Da quando la mamma era passata nella dimensione degli spiriti Bernie aveva deciso di portarsi dietro Amelia in molte delle sue spedizioni. Un po' per distrarre lei, un po' perché lui stesso non riusciva a stare fermo e non voleva crogiolarsi nel dolore. A Milano c'erano troppi ricordi, in giro per il mondo ce n'erano di nuovi da costruire.

Presto Amelia si era innamorata della vita da esploratrice, delle avventure, delle cose che scopriva. Nei numerosi viaggi con Bernie aveva conosciuto sciamani, santoni, assistito a cerimonie magiche nella foresta Amazzonica, in Madagascar, in Tanzania, ad Haiti... Parlato con ragazzine della sua età che erano già madri e con donne centenarie che vivevano nutrendosi solo di radici e acqua piovana. Aveva visitato luoghi inaccessibili ai più, tenuto tra le mani pezzi antichi dotati di un potere così forte che sembravano trasmetterlo anche a lei. Tutto prima di diventare maggiorenne. O di bere il primo shot di vodka.

Con il tempo Amelia non avrebbe più potuto farne a meno e avrebbe continuato a cercare quel brivido sempre e ovunque. Un brivido che si accordava benissimo alla sua natura di strega. Come le aveva detto il padre vedendola piangere per l'emozione, poco più che quattordicenne, di fronte a un rituale funebre Toraja a Sulawesi in Indonesia: "Principessa, la mela non cade mai molto lontana dall'albero."

Adesso, da adulta, Amelia si occupava di oggetti antichi ricchi di storie con particolare attenzione per quelli di uso esoterico. Lavorava da sola senza uno studio fisso, un po' da casa, un po' in giro per la città, per l'Italia, per il mondo. Faceva da tramite tra collezionisti e mercanti, forniva le sue consulenze a musei, gallerie, antiquari... Affiancava curatori di mostre e qualche volta collaborava con le università. Attraverso il lavoro incontrava una vasta gamma di persone. Affascinanti, eccentriche, spesso pressoché surreali, a volte insopportabili, di sicuro non comuni. Attraverso il lavoro aveva conosciuto anche Christophe Lamarche, il bel francese che ora era nel suo bagno. Si erano incontrati a una cena di gala del Louvre per finanziare una campagna di scavi in Egitto un anno prima. Lui era archeologo, uno tra i più giovani di una squadra in procinto di partire per i dintorni di Luxor. Lei era stata invitata da un collezionista di Rouen per il quale aveva da poco valutato una tavolozza da belletto a forma di tartaruga del Predinastico.

Amelia e Christophe si erano piaciuti. Dopo il gala avevano girato come matti insieme per Parigi e all'alba avevano mangiato croissant appena sfornati. Avevano parlato dell'invasione Hyksos durante il Secondo Periodo Intermedio dell'Egitto e di cocktail troppo dolci, di auto presidenziali e di quanto fosse poco accurata ma spassosa la serie di film *Una Notte al Museo* con Ben Stiller. Avevano parlato di quando Amelia aveva svolto il master alla Sorbona l'anno precedente e di come risultasse strano che lei e Christophe non si fossero mai incontrati prima, tra le strade della città. Lei gli aveva detto che non usciva quasi mai quando viveva lì, che studiava sempre e che la facoltà era nello stesso quartiere in cui abitava. Lui aveva ribattuto che a Parigi si può rimorchiare ovunque. Amelia aveva riso e gli aveva dato ragione. C'era stato il ragazzo finlandese incontrato al kebabbaro sotto casa, in effetti. E un altro ragazzo, questa volta parigino, conosciuto alla fermata di place Monge quando era rimasta incastrata nei tornelli con la cintura del trench. Poi c'era stato quello che strappava i biglietti al cinema La Clef e l'unico commesso non gay dell'alimentari biologico in rue Censier…

Christophe e Amelia non avevano mai smesso di frequentarsi dopo quel primo incontro al gala del Louvre. Lei era andata a trovarlo a Parigi, ma più spesso lui era andato a

trovare lei a Milano. Parlavano un po' in francese un po' in italiano, a volte in entrambe le lingue insieme. A volte Amelia parlava in italiano e lui rispondeva in francese, a volte succedeva l'esatto opposto. Con o senza i vestiti addosso. Avevano fatto un viaggio insieme in Portogallo a maggio. Aveva piovuto quasi tutto il tempo, Christophe si era beccato un brutto virus intestinale e nel complesso era stato un disastro sotto diversi punti di vista, ma Amelia non aveva voluto mollare. Voleva provare a concentrarsi su di lui e solo su di lui, a non vedersi con altri, a non pensare ad altri. Quella con Christophe era la relazione più seria che avesse mai avuto e sentiva il dovere di impegnarsi anche se non riusciva a sentircisi del tutto dentro. Certo, Christophe le piaceva. Le piaceva come la baciava, le piaceva il fatto che fosse un archeologo. Le piaceva che fosse specializzato proprio nell'Antico Egitto, una delle fissazioni di Amelia. Le piaceva come si spostava il ciuffo di capelli e come arricciava le labbra quando rifletteva. Le piaceva come pronunciava il suo cognome, Montefiori, alla francese. Le piaceva persino il geroglifico tatuato dietro al suo polpaccio sinistro, ma non le piaceva abbastanza per dirsi "ho perso la testa".
Per lui la faccenda cominciava a sembrare ben diversa. Telefonava sempre più spesso, faceva progetti. Non le aveva ancora detto "ti amo", ma Amelia viveva nell'atte-

sa mista a terrore che accadesse da un momento all'altro. Quella sera però non aveva particolari pensieri. Era contenta di essere lì con lui e basta. Era felice di andare a un party che immaginava simile al gala in cui si erano conosciuti a Parigi. Sperava che quella situazione e quell'atmosfera avrebbero ricreato la magia degli inizi che ora faticava a percepire. Era felice anche del fatto che il mattino dopo lui sarebbe ripartito, però. Per quanto stesse bene con Christophe, troppo tempo insieme la soffocava.

Amelia andò in cucina, attraversò le porte scorrevoli in legno decorato che aveva fatto creare su misura e si era fatta spedire dalla Cina dopo l'ultimo viaggio. L'intera casa era avvolta in un'atmosfera accogliente. Luci morbide e basse, la maggior parte provenienti da piantane. Era sempre soddisfatta quando si guardava intorno in quell'appartamento, lo sentiva talmente suo.

Prese dal tavolo un calice di champagne che aveva riempito per un brindisi con Christophe una decina di minuti prima. Sul bordo era stampata l'impronta delle labbra già tinte con il rossetto, sul fondo c'erano gocce residue di liquido. Lo svuotò nel lavandino, lo sciacquò rapidamente, lo riempì con champagne fresco preso dal cestello. Brindò di nuovo, da sola.

"Che questa notte illumini il mio cammino." Disse in modo solenne.

Lo alzò in direzione della finestra, delle stelle che si affacciavano dietro a nuvole bianchissime su sfondo scuro. Bevve. Come fosse un piccolo rituale magico, simile a quelli che compieva spesso, che erano racchiusi tra le pagine del suo prezioso librone degli incantesimi. Mentre posava sul tavolo il bicchiere, il cellulare squillò dal divano del salone. Era lì, proprio accanto a Indiana che a sorpresa non si scompose.

"Puoi parlare?"

Controllò l'ora sul display, il taxi sarebbe arrivato a breve. Doveva ancora infilarsi le scarpe e riempire la borsetta Vittoriana che aveva comprato in un negozietto vintage a Oxford. La città natale del suo amico Jeff, con il quale vi aveva passato un weekend a settembre e sempre con il quale parlava ora al telefono.

"Per poco." Rispose. "Come stai?"

Dall'altro capo Jeff tentennò. Amelia lo vide stringere gli occhi neri sulla pelle nera, passarsi una mano tra i ricci fitti e tirare su una manica della camicia di velluto a costine. Lo vide come se lo avesse avuto davanti.

"Si è rotta di nuovo la Vespa e l'ho dovuta portare dal meccanico. L'unica nota positiva della giornata è che lui è passato in libreria." Disse con quel poco accento inglese che ancora ogni tanto si intrufolava nel suo italiano altrimenti impeccabile.

"Lui chi?" Amelia entrò in camera da letto dove ora Christophe era completamente vestito. Il dolcevita era un po' troppo francese e un po' troppo esistenzialista sotto alla giacca, ma gli stava bene.

Le sorrise, lei spostò di poco il telefono dalla bocca e a bassa voce disse che stava parlando con Jeff. Christophe le chiese di salutarlo da parte sua, Amelia annuì ma non lo fece. Gli diede un rapido bacio, in cambio, e si infilò nella cabina armadio per prendere le décolleté nere con decoro in cristallo vicino alla punta che aveva intenzione di indossare.

"Quello del sabato pomeriggio." Sentì Jeff tirare forte e aspirare, di sicuro una delle sue canne di marijuana legale che con il tempo avevano sostituito quella non proprio legale.

Ogni sabato pomeriggio, da tre mesi a quella parte, un ragazzo che mandava lo stomaco di Jeff in subbuglio entrava alla Libreria Occhilupo di zia Melissa nella quale Jeff lavorava. Il ragazzo in questione non aveva difetti, a parte quello di essere etero. E impegnato. Due aspetti che comunque non gli impedivano di lanciare innegabili occhiate di fuoco a Jeff. Amelia era stata la prima ad accorgersene, seguita da Melissa che aveva confermato. Era una cosa che accadeva spesso alla Libreria Occhilupo, anche da parte di ragazze, forse ignare o forse indifferenti alla sua omosessualità. Jeff non era particolarmente bello, ma aveva un viso simpatico. Attirava l'attenzione in tanti modi differenti. Vestiva con uno stile tra il dandy e il nerd, di sicuro molto inglese. Era laureato in letteratura italiana alla Oxford University e lavorava in una delle poche librerie indipendenti di Milano rimaste. Viaggiava su una vecchia Vespa PK rossa scalcinata, ma carina. Era un soggetto romantico, sotto certi aspetti fuori dal tempo, sotto certi altri super al passo. Era nero. E gay. Il che, nel 2019, per qualcuno significava ancora diverso o quantomeno esotico che forse era peggio. Era un ragazzo particolare Jeff, su questo non esistevano dubbi. Originale, unico, irripetibile e difficile da descrivere. Difficile da conoscere del tutto e proprio per questo l'amico ideale di Amelia.

"Dimmi che hai fatto qualcosa stavolta!"

Il piede sinistro di Amelia scivolò nella scarpa, seguito dal destro nell'altra. Si ammirò allo specchio ancora e sorrise. Si piaceva. Lisciò l'abito all'altezza dei fianchi e del sedere. Alcuni peli di Indiana erano finiti sul tessuto e si erano incastrati, dovette sfilarli dalla seta uno a uno per liberarsene. Scelse una mantella come cappotto e decise che non avrebbe messo nessuna sciarpa. Faceva freddo, sì, ma non sarebbero stati all'aperto se non per il tempo di salire e scendere dal taxi. La mantella aveva un ampio cappuccio, avrebbe avuto un'aria molto più misteriosa così. Spense la luce della cabina armadio, passò davanti a

Christophe che adesso era impegnato ad allacciare le scarpe stringate.
"Era con la sua ragazza, ovviamente. E io stavo lavorando. Non avrei potuto dire o fare niente in ogni caso. Perché devono sempre piacermi uomini etero o inaccessibili, che è poi la stessa cosa?" Ridacchiò sconsolato, diede un altro tiro forte.
"Splendida domanda."
"Cambiamo argomento. Dove stai andando?" Le chiese lui soffiando il fumo.
"A una festa della Juniper con Christophe. Ma torneremo presto, domani alle 9 ha il volo da Malpensa." Stava infilando le sue cose in borsa, il campanello suonò. Era il campanello interno il che significava che chi stava citofonando era il portiere.
"La casa d'aste?"
"Sì."
"Hai lavorato per loro, vero?"
"Due anni fa, l'asta di scatole cinesi Ming."
"Una di quelle feste noiosissime?"
Amelia avvertì uno strano brivido di eccitazione.
"Può darsi."

*

Il taxi era sotto che aspettava, comunicò Oliviero. Il portiere che negli anni aveva visto Amelia rientrare alle ore più disparate, con una certa frequenza in compagnia di uomini. Partire spesso, attraversare l'atrio con la valigia, ridere a braccetto con il suo amico Jeff. Il portiere che viveva nella perenne celebrazione della moglie defunta, ma che riusciva, da quando Amelia gli aveva detto di avere percepito lo spirito di Glenda vegliare su di lui, a essere più allegro e meno malinconico. Da quel giorno, inoltre, si sentiva debitore nei confronti di Amelia e accettava volentieri incombenze che avrebbe negato ad altri condomini, come prenotarle un taxi il sabato sera e avvertirla lui stesso quando fosse arrivato.

Amelia sollecitò Christophe che se ne stava sulla soglia della terrazza a fumare una sigaretta di tabacco rollata. Salutò Indiana, controllò di avere preso tutto. Pochi secondi dopo chiuse la porta di casa mentre Christophe apriva quella del vecchio ascensore sul pianerottolo. Una volta dentro Amelia premette il tasto del piano terra, poi si guardò riflessa nello specchio accanto a Christophe. Lui la girò verso di sé, con le mani la spinse contro il suo petto.

"*Tu es vraiment magnifique ce soir.*" Disse insistendo sul suo francese come faceva quando voleva essere sexy.

Era un cliché, Amelia ne era consapevole, ma le faceva comunque un certo effetto.

Capitolo 2

Il tassista si limitò ad aprire la portiera, a dire "buonasera", a chiedere l'indirizzo di destinazione e a commentare con un "bene" dopo aver azionato il tassametro. Aveva un accento dell'Est, forse bulgaro. Le sue dita erano così grosse che sembravano incollate le une alle altre. Amelia poggiò la schiena contro il sedile, inclinò la testa verso Christophe che la stava già guardando. O ancora, sembrava non smettere mai. Lui le prese la mano, intrecciò le dita con le sue, le sussurrò frasi piccanti. Amelia rise, si liberò dalla presa e guardò Milano che prendeva forma dietro al finestrino. Tre ragazze aspettavano di attraversare sulle strisce pedonali di via Vigevano. Tacchi molto alti e pantaloni di pelle finta, capelli stirati, risate. Appiccicate l'una all'altra, le borsette a tracolla che sbattevano. Poco più in là un uomo dai tratti indiani batteva il piede a ritmo di chissà quale canzone mentre sistemava gli AirPods nelle orecchie.
"Tra una settimana partirò per Luxor." Disse Christophe per attirare l'attenzione di Amelia.
"Lo so." Sorrise.

"Quando penso che ti ho conosciuta la sera della festa per il finanziamento degli scavi, mi dico che tu hai portato fortuna." Le fece scorrere il dito sul profilo del naso, fino alla punta.

Amelia sorrise ancora e lo baciò sul collo.

"Appena torno vieni da me a Parigi, *oui*? Sarò di passaggio qualche giorno prima di Natale."

"Va bene."

Christophe non si accontentò di quel "va bene". La prese più vicina e intanto tirò fuori l'iPhone dalla tasca interna del cappotto.

"Adesso ti compro il biglietto." Disse esaltato come un ragazzino quando scopre che c'è sciopero a scuola. Aprì l'app di Air France e inserì aeroporto di partenza e aeroporto di destinazione.

"Io torno il 12 dicembre, la sera tardi, verso le 11:30. Cerco per venerdì 13?" Chiese in francese, sorrise.

"Vada per venerdì 13. Al contrario delle credenze popolari in realtà porta fortuna."

Lui fece per scompigliarle i capelli, ma erano in taxi, diretti a una festa elegante e la sua pettinatura era delicata. Amelia si ritrasse e gli disse no, scuotendo l'indice, come faceva con il gatto quando inveiva contro le piante alle quali lei teneva tanto. Christophe le afferrò il dito e le baciò il polpastrello.

Con la rapidità di un fulmine, nel giro di un paio di incroci al massimo, Christophe finalizzò la prenotazione.
"Et voilà," disse "volo di sola andata. Puoi fermarti finché vuoi a Parigi. Per quanto mi riguarda puoi anche restare a casa mia quando riparto per l'Egitto". Strizzò un occhio.
Il taxi svoltò a sinistra da corso di Porta Romana, spingendola ancora più vicina a Christophe.
Una manciata di secondi dopo, all'altezza di piazza Sant'Eufemia, un'auto d'epoca, nera, forse un'Alfa Romeo, sfrecciò superandoli riuscendo a non prendere il semaforo rosso. Christophe non se ne accorse. Era preso un po' a baciarle l'angolo delle labbra e un po' a rispondere al messaggio WhatsApp di un certo Ben, probabilmente per intero Benjamin. Il tassista scosse la testa foderata di capelli bianchissimi, spessi come cavi elettrici. Sibilò un incomprensibile insulto nella sua madrelingua. Amelia cercò di immaginare chi potesse esserci alla guida di quell'auto nera. Un ex pilota. Un ladro. Uno che stava perdendo l'aereo. Una sposa che fuggiva dal ricevimento di nozze...
Rise, Christophe staccò un attimo gli occhi dal cellulare e le chiese che cosa la facesse divertire.
"Niente."
Lui alzò le sopracciglia e riprese a digitare.

*

Amelia cominciava a essere piuttosto conosciuta nell'ambiente dell'arte e delle antichità, per non dire celebre. Per arrivare così giovane - aveva appena compiuto ventinove anni - ad avere un'attività indipendente, un numero crescente di clienti e una certa stima nell'ambiente, Amelia aveva lavorato sodo. Con le forti ragioni di cuore e di radici a motivarla. Dopo il diploma aveva cominciato il lungo percorso verso il suo sogno con una laurea triennale in storia dell'arte antica alla Statale. Notti passate china sui libri con gli occhi che bruciavano. O meglio. Notti a fare festa, a casa alle 3 del mattino, doccia bollente e poi gelida per riattivare la circolazione e alleviare l'effetto dei gin tonic, tazza enorme di caffellatte, china sui libri con gli occhi che bruciavano. Perché Amelia non aveva avuto intenzione di rinunciare a niente. Né alla vita da studentessa universitaria fatta di party troppo alcolici e di ragazzi troppo intellettualoidi, né tantomeno all'ambizione di diventare un'esperta di antichità e oggetti esoterici che gira per il mondo indagando misteri. Con qualche intoppo e alcuni momenti di crisi, dovuti soprattutto alla stanchezza, aveva proseguito gli studi con una specialistica in archeologia orientale. Grande svolta, questa quasi inaspettata, mesi dopo Amelia aveva avuto accesso a un master in storia degli oggetti di uso esoterico alla Sorbona ed era partita per Parigi. Ufficialmente a colpire la commissione erano state le originali tematiche e l'area di ricerca scelte da Amelia. Ufficiosamente avevano di certo aiutato anche il suo modo vivace, entusiasta e un po' sopra le righe di presentare il progetto. E la magia. Era stato un periodo intenso quello in Francia. Durante il quale, come aveva raccontato a Christophe, non aveva visto praticamente altro che le aule dell'università e l'appartamento nel V Arrondissement. Finito il master, sempre a Parigi, aveva cominciato il girone infernale degli stage. Tre, impegnativi e sfiancanti. Poi era tornata a Milano e lì era arrivato il primo lavoro fisso al Museo Egizio del Castello Sforzesco. Amelia non ci era rimasta molto anche se l'ambiente le piaceva, i colleghi erano simpatici e il grande capo era una donna elastica. Il suo bisogno di avventure non andava d'accordo con un posto fisso e, a dirla tutta, si sentiva in colpa a rubarlo a chi invece lo desiderava davvero. Aveva rassegnato le dimissioni impegnandosi per restare in buoni rapporti con la direzione e ci era riuscita. Erano passati sei mesi, centinaia di mail e telefonate, innumerevoli ore a creare una sorta di database, impostare uno schema di lavoro e definire una sua deontologia. Decine di viaggi per recuperare contatti, fiumi di appunti, comparazioni con altri che avevano scelto la sua stessa strada. Alcune crisi di nervi. Alla fine però ce l'aveva fatta. Aveva messo in piedi una attività indipendente e tra i primi clienti c'era stata proprio la direttrice del Museo Egizio. L'aveva spedita al Cairo per la valutazione sul luogo di una statuetta del periodo Tolemaico legata al culto della Dea Bastet. Amelia ci aveva passato due settimane ed era tornata con il prezioso reperto che viaggiava nella stiva e una scheda compilata con immensa cura.

La sua carriera aveva preso piede in fretta, era soddisfatta ed entusiasta, a conferma che era stata la decisione giusta, che aveva imboccato il sentiero del suo bene, che il tanto impegno era servito e che erano serviti anche i crolli. Era in gamba, lo sapeva e lo vedevano gli altri. Aveva studiato tanto, non si era risparmiata. Era un turbinio continuo di energie e di scintille, non le piaceva stare ferma mentre la sua quotidianità invece le piaceva da pazzi. In un mondo in cui quasi tutti sembravano lagnarsi continuamente, Amelia cercava di fare e di fare divertendosi. Non esisteva nulla che la esaltasse più di venire a contatto con oggetti che avevano una storia misteriosa ancora tutta da scoprire. Non esisteva nulla che la rendesse felice quanto svelare e poi raccontare quella storia. Valutare un incensiere in bronzo della dinastia Qing, una maschera cerimoniale Citipati, un amuleto del Tardo Vittoriano. Mettere insieme le informazioni su un manoscritto redatto in una lingua sconosciuta corredato di simboli. Spesso aveva a che fare anche con più comuni oggetti, certo, ma persino di questi riusciva ogni volta a scoprire dettagli nascosti che finivano con il renderli magici.

Data la fama crescente, le voci sulla vita privata di Amelia non si sarebbero sprecate. Mesi prima era stata intervistata da *Vanity Fair* per un articolo sui giovani europei che si occupano di antichità e la giornalista le aveva chiesto se fosse vero che usciva con un archeologo francese. Amelia aveva risposto "no comment", ma il gossip era riuscito lo stesso a strisciare tra le parole furbe e ben studiate della redattrice. Non che fosse Beyoncé, ma quella sera al party della Juniper sospettava per sé sguardi curiosi e domande più o meno dirette sulla relazione con Christophe Lamarche.

Arrivati al palazzo indicato sull'invito, in piazza Sant'Alessandro proprio accanto alla chiesa, scesa dall'auto Amelia venne salutata contemporaneamente da almeno sei persone e solo due ricordava di conoscerle. Una di queste era una gallerista torinese che mal sopportava. "Amelia Montefiori! Che immensa gioia rivederti!" Esclamò con un sorriso esagerato che si presentava sotto labbra sottili tinte di arancio. Il suo profumo legnoso era troppo speziato per i gusti di Amelia, la sua voce troppo acuta, ma era soprattutto l'aria che la circondava a essere respingente. La donna guardò lei, Christophe. Stava per fare una battuta, ma Amelia si liberò con agilità dalle moine e allungò gli inviti allo stewart all'ingresso. Christophe era alla sua destra, vicino in modo da non consentire perplessità sulla natura del loro rapporto.

Con quel passaggio del cameriere Amelia era al terzo champagne e solo al primo micro bignè alla spuma di salmone. Quinto champagne, contando i due bevuti a casa. In testa sentiva le bollicine, ma si muoveva con sicurezza e si giostrava con eleganza tra le varie chiacchiere. Era in parte tesa, in parte leggera. Sicuramente in splendida forma. La maggioranza delle conversazioni come aveva sospettato erano finalizzate a scoprire di più sulla storia tra lei e Christophe. Amelia però era riuscita a trovare una sua formula magica per gestirle.

Nel complesso il party della Juniper non era male. C'erano visi noti, alcuni che aveva piacere di incontrare, altri meno, altri per niente. Come la gallerista alla quale dovette sfuggire un paio di volte ancora. C'erano abiti lunghi, alcuni smoking, diversi dolcevita. Profumi che si comprano solo in posti come Zhor in via Monte Napoleone o Mazzolari in corso Monforte. Gioielli di pregio, tagli di capelli da centocinquanta euro in su, qualche accento straniero, alcuni discorsi fuori luogo. L'età media tra i trenta e i quaranta, con qualche eccezione per anziani collezionisti in completi colorati sartoriali e giovanissimi artisti con gli occhiali senza montatura e giacche oversize di brand svedesi.

Amelia era solita a quel tipo di feste, a quel tipo di atmosfere, di ambiente. A quella élite che viene raccontata con esiti artistici spesso discutibili, fatta eccezione per qualche scena azzeccata in alcune produzioni di Netflix. Ci sapeva stare in mezzo, ma non si faceva contagiare granché dalle dinamiche.

Era abituata alla cosiddetta alta società, al mondo accademico e dell'arte. Come era abituata a camminare nella giungla e contrattare nei mercati polverosi delle caotiche città asiatiche. Come lo era a rifarsi il trucco in aereo durante la fase di atterraggio, preparare la valigia in un'ora, cavarsela da sola in più o meno qualsiasi situazione. A compiere piccoli riti magici di nascosto, a svelare di sé solo quello che voleva lei, a scivolare silenziosa di notte fuori dalle camere da letto di uomini con i quali non aveva intenzione di fare colazione il mattino dopo. Quantomeno fino all'esperimento 'relazione seria' con Christophe.

In un angolo, con attorno un gioco di luci sui toni del rosso e del viola e due grandi vasi ricolmi di peonie, suonava un/una DJ di genere indefinito. Portava i capelli tagliati a scodella, un solo orecchino che a occhio e croce pareva di Bulgari, una blusa di seta sicuramente di Gucci, pantaloni a vita alta damascati. Suonava un'elettronica con poco cantato, suoni bassi, raffinata. Si infilava bene tra le parole dei presenti, tra i discorsi sull'ultima scultura del Tardo

Minoico battuta all'asta a Hong Kong, tra i pettegolezzi riguardo alla nuova assistente del direttore artistico di un museo di Berlino. Amelia stava chiacchierando con il proprietario di un negozio di antiquariato di Brera, un elegante e simpatico signore assieme al quale si era trovata spesso a lavorare e anche molto bene negli ultimi tempi. L'antiquario per prima cosa le aveva chiesto chi fosse il bel ragazzo francese arrivato con lei, ma in seguito la conversazione si era fatta decisamente più interessante. Le aveva proposto di andare a Istanbul per suo conto a valutare dei pugnali Bishaq, dopo Natale. Amelia avrebbe risieduto al Çırağan Palace Kempinski, uno degli hotel più belli della città. Avrebbe avuto come guida un etnologo del luogo e soprattutto l'occasione di studiare da vicino una delle collezioni private di armi bianche antiche più importanti del mondo. Collezione sulla quale, aspetto più succoso di tutti, aleggiava una leggenda.

Per quanto fosse calamitata dallo scambio, l'attenzione di Amelia riuscì comunque a venire rubata da Christophe. Appena a qualche metro da lei, sulla sinistra, il suo accompagnatore francese aveva lanciato un grido di sorpresa seguito da un "*c'est incroyable*" e da una serie di "da quanto tempo" e di nuovo "*c'est incroyable*" e "amico mio". Dell'interlocutore di Christophe, che sembrava dimostrare all'incirca lo stesso entusiasmo, ma meno rumorosamente, Amelia poteva scorgere metà volto, una manica della giacca color blu mezzanotte e pantaloni della stessa tonalità. Accanto a questi una ragazza che non doveva avere più di ventitré anni. Bella, non fine, ma bella. I capelli a caschetto scuri, labbra a cuore, un abito verde metallizzato che aderiva fedelmente alle linee del suo corpo. Il cellulare stretto nella mano sinistra come fosse un appiglio, l'espressione un po' tirata.

Christophe si voltò a cercare Amelia. Appena la trovò allargò ancora il sorriso e la chiamò.

"Amelia, *c'est incroyable*." Riuscì a ripetere. "Vieni qui devo presentarti una persona."

Si scusò con l'antiquario, gli promise che lo avrebbe chiamato in settimana per prendere accordi per Istanbul. Alzando il calice si congedò.

"Enrico Limardi, molto piacere." L'interlocutore di Christophe le allungò la mano che fino a quel momento aveva tenuto in tasca

Amelia allungò la mano a sua volta e nel momento in cui gliela strinse un tintinnio sotterraneo salì dal centro del petto.

Christophe si avvicinò all'amico, mentre Amelia faceva un passo indietro per mettere a fuoco la scena.

"Io e questo bello ragazzo milanese ci siamo conosciuti quando aiutava Interpol a incastrare il conte di Genova che aveva cercato di dare al Musée du Louvre i reperti falsi."

Dallo stato claudicante del suo italiano, dalla potenza della sua erre moscia francese e dai suoi occhi luccicanti, Amelia capì che gli svariati champagne a Christophe avevano fatto molto più effetto che a lei.

"Interpol?" Domandò incuriosita a quell'Enrico Limardi. Questi annuì, sorrise a Christophe, non aggiunse altro. Poi si sporse verso la ragazza con la bocca a cuoricino e l'abito verde metallizzato. Le sfiorò il braccio in modo intimo.

"Perdonatemi, lei è Eleonora."

Non disse il cognome, ma non serviva. Ora che la guardava da vicino Amelia la riconobbe. Era Eleonora Santi, una influencer famosa su Instagram. Sponsorizzava tè detox, costumi disegnati da altre influencer, resort di super lusso a Bali. E aveva amici in tutta la Milano bene.

Amelia pensò che Eleonora forse non lo sapeva, ma fuori da quelle foto plastificate era più graziosa. Però se ne stava immobile, come soffocata dal tessuto stretto dell'abito e sembrava poco a suo agio. Fu gentile quando le presentarono, ma appena un attimo dopo si eclissò nello schermo del suo iPhone X con la cover di velluto rosa. Enrico Limardi lo notò, notò che Amelia lo aveva notato e alzò impercettibilmente le spalle.

Per qualche minuto Christophe proseguì nel raccontare aneddoti che riguardavano lui e il suo amico, quasi tutti di scarso valore. Poi finalmente tornò a fare accenno a qualcosa di interessante e Amelia non si lasciò sfuggire l'occasione.

"Hai detto che è un investigatore, vero?"

Si rivolgeva a Christophe, ma guardava l'altro.

Christophe abbassò la voce e si chinò un poco.

"Un investigatore, un criminologo! Lavora solo per gente *très riche*. E importante. Si interessa di crimini d'arte!"

Amelia ed Enrico Limardi si guardarono nello stomaco lei sentì un turbine. Forse erano le bollicine, forse la quasi totale assenza di cibo. Forse.

Inghiottì il pensiero, spostò gli occhi su Eleonora Santi e scoprì che si era allontanata per parlare al cellulare. Christophe annunciò che sarebbe andato al bagno e poi a farsi preparare un gin tonic ché dello champagne era stufo.

Nel giro di qualche secondo e per più di venti minuti, Amelia e l'investigatore, criminologo, collaboratore dell'Interpol, amico di Christophe, rimasero soli. Soli al centro del parquet lucido, circondati da persone che a poco a poco persero i lineamenti, il colore, la voce. Fino a divenire pallide sagome che fungevano da comparse alla loro conversazione. L'unica cosa rimasta era la colonna sonora elettronica lenta.

*

Mattino presto, cielo grigio compatto tendente al bianco, quasi profumo di neve. Christophe era uscito di casa con quattro ore scarse di sonno addosso per prendere il taxi e andare a Malpensa. Amelia lo aveva accompagnato alla porta e poi era tornata a letto. Con addosso il top di seta rosa perlato che aveva messo la notte prima, dopo che erano tornati a casa. Dopo che avevano fatto l'amore con Christophe più coinvolto che mai. Un po' era l'alcool, un po' il pensiero che sarebbe ripartito, un po' l'ego maschile che aveva bisogno di ricostruire dopo alcuni inciampi da ubriaco e il confronto con quel misterioso, attraente criminologo. Dopo la performance ai limiti del circense nella quale lei aveva avuto un ruolo non del tutto creativo, aveva indossato il top e si era infilata nel letto. Accanto a Christophe che già si era addormentato e russava. Amelia aveva sorriso, guardato fuori. Verso le stelle. Sorriso ancora ricordando i passaggi della serata. Indiana era arrivato fino ai piedi del letto, ma trovandovi dentro il suo nemico numero uno dopo le lucertole, Christophe, se ne era tornato indietro indignato.

Poco dopo Amelia si era addormentata a sua volta dandogli le spalle.

Adesso che era sola si rigirava sul materasso morbido, abbracciava il cuscino, guardava i tetti che spuntavano al di là della finestra che seguiva la fiancata del letto. Sporgendo la vista poteva arrivare all'incrocio tra via Corsico, dove abitava, e il Naviglio Grande. All'incirca dove aveva sede la Libreria Occhilupo di zia Melissa. Amelia pensò che aveva voglia di un croissant alla crema e pensò che poche ore prima, da quel punto esatto, stava guardando il cielo di notte ripercorrendo momento per momento tutti quelli del party della Juniper.

Si alzò. Indiana la aspettava sulla soglia della camera, la coda diritta e l'orecchio sfortunato in bella mostra. Lo accarezzò, lui fece un paio di mezze fusa poco soddisfatte e sparì in salone. Un attimo dopo stava miagolando davanti alla porta finestra.

Amelia sbadigliò. "Arrivo, Indy."

Andò nel bagno della camera, si tolse il top di seta, lo lanciò nel cesto della biancheria sporca anche se lo aveva indossato solo per poche ore. Fece una doccia bollente. Alla fine, un getto veloce gelido per riattivare la circolazione. Si asciugò il corpo e spalmò la crema, tamponò la fronte con poche gocce di olio essenziale alla violetta. Lo aveva comprato in un'erboristeria di Tolosa dove, grazie alla simpatica proprietaria, aveva scoperto che la violetta veniva usata nell'Antica Roma per lenire il mal di testa da sbornia. Si infilò in una tuta di cachemire di Missoni e tirò su il cappuccio. Quando aprì a Indiana come promesso e lo vide gironzolare per la grande terrazza che ruotava attorno al salone, chissà perché le venne in mente il viaggio di ritorno a casa con Christophe la sera prima. O meglio: con chi erano tornati a casa. E con quale mezzo di trasporto.

Per un attimo fu tentata di raccontare tutto a Jeff per telefono, ma poi il desiderio di crogiolarsi nella sua adorata solitudine della domenica le consigliò di aspettare.

Capitolo 3

Uscì dal Coven Café con in mano uno di quegli affari di cartone che sembrano confezioni porta uova. Reggeva un caffè americano per sé, un cappuccino per Jeff e un tè verde al gelsomino per zia Melissa. Stretto sotto il braccio un sacchetto con tre cupcake appena sfornati che a detta di Milo, il proprietario del Coven, quel giorno erano strepitosi. Il basco che portava in testa le stava calando pericolosamente sugli occhi, riuscì appena in tempo ad arrivare davanti alla vetrina della libreria. Con un colpo del gomito sul vetro attirò l'attenzione di Jeff che era chinato su uno scatolone. Corse ad aiutarla, le tenne aperta la porta, lei gli sorrise e lo ringraziò.

"*Thank you very much, darling*" Disse mentre gli mandava un bacio volante.

La Libreria Occhilupo era ancora vuota a eccezione di lui e di Melissa, il cui "ciao Lilì" arrivò ad Amelia dallo stanzino dedicato alla saggistica. Sedette sullo sgabello alla cassa, appoggiò le bevande e il sacchetto con i cupcake sul ripiano accanto a un espositore di segnalibri di legno dipinti a mano. Slacciò il cappotto di montone nero e si tolse il basco che piegò a metà e infilò in tasca.

"Come va?" Chiese a tutti e due indistintamente.
Il primo a rispondere fu Jeff. Indicò lo scatolone che stava aprendo con un tagliacarte giallo, si lamentò che ce n'erano altri cinque come quello e che tutti i libri all'interno erano da catalogare.
"Ti serve proprio un cappuccino di Milo allora." Disse Amelia allungandogli il bicchiere di carta fumante.
"E un cupcake." Aprì sotto al naso di Jeff il sacchetto dal quale si sprigionò un profumo delizioso.
Talmente delizioso che stanò anche zia Melissa.
"Grazie per la colazione stellina!" Baciò la nipote su una guancia, si spostò i capelli biondi dalla fronte, sorrise mettendo le mani sui fianchi.
"Per entrare nella migliore società, oggi, bisogna servire buone colazioni alla gente, divertirla o sciaccarla: nient'altro." Recitò.
"Oscar Wilde." Aggiunse dopo il primo sorso di tè.
La sua capacità di ricordare citazioni e aforismi era spaventosa e non del tutto naturale. Il dono della memoria sconfinata, insieme con quello dell'empatia, erano infatti magici.
Quel mattino zia Melissa portava ai lobi orecchini di perle a pendant, i suoi denti erano più bianchi che mai e le mani fresche di manicure anche se prive di smalto. Avrebbe potuto fingere quanto voleva di essere una semplice libraia, con quegli occhiali dalla montatura tartaru-

gata calati fino alla punta del naso, ma la sua essenza da aristocratica era un aspetto che niente sarebbe mai riuscito a nascondere.

Erano da poco passate le 9. I primi clienti, quasi tutti turisti stranieri di età superiore ai sessanta, cominciavano a zampettare per la libreria. A scorrere quarte di copertina, a leggere il programma degli eventi del mese appeso all'ingresso vicino alla porta. Melissa sorrideva, accoglieva, faceva sentire loro a casa anche quando non compravano niente. Si comportava così con qualsiasi essere umano entrasse alla Libreria Occhilupo, sin dal 1995 anno in cui aveva inaugurato. Che si trattasse di un essere umano gradevole e gentile oppure odioso e maleducato. Che acquistasse una dozzina di libri o ne aprisse cento solo per sfogliarli e abbandonarli sullo scaffale sbagliato. Li coccolava al punto da portarli a credere che avrebbero potuto passare tra quelle mura anche il resto della vita, se solo lo desideravano. Melissa era fatta così. Era stata una madre per Amelia, ma lo era un po' per tutti. Era il suo destino di strega dotata del potere dell'empatia. Da quattro anni a quella parte faceva da mamma anche a Jeff.

Rispetto a Melissa lui aveva un approccio più distaccato, ma parlava cinque lingue incluso l'italiano ed era un mago nel capire quale libro suggerire a quale cliente. Leggeva tantissimo, continuamente, di tutto. Persino sottogeneri fantascientifici tipo Cyberpunk o Space Western e una volta Amelia lo aveva beccato con un Harmony. "Non sono razzista, non ho pregiudizi. Neanche sui libri." Diceva rispetto alla sua indiscriminata fame letteraria.

Inoltre Jeff era in grado di attrarre numerosi clienti grazie alla pubblicità della Libreria Occhilupo sul suo blog, *The Book Yard*. Il blog di Jeff era una specie di mecca per i topi da biblioteca. Era molto seguito anche dalla comunità LGBTQ, da quella degli inglesi che vivevano in Italia e dagli ex studenti della Oxford University. *The Book Yard* era un punto di congiunzione proprio come lo era Jeff stesso.

"Cosa avete fatto nel weekend?" Domandò dopo aver mangiato il cupcake.

Jeff alzò le spalle, farfugliò qualcosa riguardo al blog e fece un accenno che non consentiva approfondimenti sul tizio etero fidanzato del sabato pomeriggio.

Melissa si mise a raccontare di una mostra di illustrazioni per bambini alla Fabbrica del Vapore e di una cena a casa della sua amica Emilia. Nominò persone delle quali Amelia aveva solo sentito parlare, ma che a quanto pareva Jeff conosceva bene.

Poi venne il turno di Amelia. Prima di raccontare bevve un sorso di caffè per rendersi conto, un po' delusa, che era già quasi tiepido.

"Sono stata a quella festa con Christophe, sabato." Fece un cenno del capo in direzione di Jeff.
"Quale festa?" Domandò Melissa. Aveva finito il suo tè al gelsomino e stava accartocciando il bicchiere di carta.
"Una festa della Juniper, la casa d'aste." Il suo cuore cominciava a dare strani segnali che partirono non appena la mente tornò a quella sera.
Melissa cercò lo sguardo di Amelia, ma lei le sfuggì.
Un tizio basso e calvo con il naso grosso quanto la zampa di un San Bernardo scambiò Amelia per una commessa e la interruppe. Le chiese se avessero in vendita un thriller del quale non ricordava né titolo né autore. Sapeva solo che era scandinavo ed era certo di averne letto una recensione sull'allegato settimanale de *Il Corriere della Sera*, un paio di mesi prima. Melissa se ne prese carico, con quella pazienza amorevole e fuori dai paradigmi del giudizio che Amelia trovava quasi aliena.
"Ho conosciuto una persona interessante sabato." Disse d'un fiato a Jeff, a voce bassa, fissando il suo amico negli occhi come se lo volesse ipnotizzare.
"Un... uomo?" Bisbigliò Jeff, l'angolo delle labbra alzato e l'aria maliziosa.
"Un criminologo, amico di Christophe. Ha collaborato con l'Interpol su quel caso del conte di Genova." Cantilenò le ultime parole. Anche Jeff se lo ricordava, ovviamente.

Christophe ne aveva parlato per una cena intera a casa di Amelia. C'erano anche lui e Melissa e persino suo padre Bernie di passaggio a Milano. Amelia aveva cucinato cous cous e verdure con una vera tajine. Avevano aperto un ottimo Barolo e Melissa aveva portato la sua famosa mousse di cioccolato bianco come dessert. La situazione era carina, ma il povero Christophe era riuscito a rendere borioso un racconto che altrimenti sarebbe stato eccitante. E di conseguenza a trasformare la cena in un conto alla rovescia all'incontro con federe, lenzuola e sogni d'oro per tutti quanti. Le venne in mente che Christophe non aveva mai nominato Limardi quando aveva parlato del caso del conte di Genova, in passato. E se anche lo aveva fatto non era sceso nei dettagli.

Un secondo cliente della libreria, questa volta una signora di origine sudamericana, la obbligò a una pausa. Anche la donna s'ingannò e scambiò Amelia per una commessa della Occhilupo. Jeff la diresse con gentilezza verso il reparto Young Adult dove avrebbe potuto trovare l'ultimo di John Green che voleva regalare al figlio del cugino della cognata della vicina del piano di sotto.

"Dicevamo?"

Riprese mentre estraeva gli ultimi due volumi dallo scatolone accompagnando il gesto con un sospiro di fatica esagerato.

"Sei troppo impegnato." Dichiarò Amelia.

"Ma no! Ti stavo ascoltando." Protestò.

"Festa, sabato sera, Juniper, criminologo, Christophe, Interpol, conte di Genova..." Elencò i punti chiave.

"Va bene, va bene. Bravo." Mimò un applauso Amelia.

"Insomma io e questo criminologo abbiamo parlato tantissimo, Christophe era già mezzo ubriaco quando ci ha presentati e dopo tre gin tonic figurati, la situazione non è migliorata."

Si sforzò di pulirsi la bocca alla maniera di una moderna Grace Kelly. Da ragazzina nonna Adelaide l'aveva obbligata a lezioni settimanali di galateo, oltre che di lettura tarocchi e preparazione filtri magici.

Jeff scosse la testa, rise. Amelia immaginava fosse tentato da una battuta sui francesi che non sanno bere, ma che si sarebbe trattenuto perché diceva anche di odiare l'ironia da pub di piccole città. Come quella in cui era nato e cresciuto, Oxford.

"Di cosa avete parlato tu e il criminologo?" Chiese mantenendosi diplomatico.

"Di tutto!" Rispose esaltata Amelia.

"Gli ho raccontato di mia madre, di altre storie strane della mia famiglia. Lui mi ha detto che fa boxe, che è dello Scorpione, che ha studiato alla Statale come me. Ha chiesto del mio lavoro, se è vero che come aveva detto Christophe sono un'esperta di occultismo." Virgolettò con le dita "esperta di occultismo". Si accorse presto di essere un tantino accalorata, di avere il fiato corto. Provò a ricomporsi.

"Che strano che non ci siamo mai incontrati prima." Aveva riflettuto Limardi dopo aver scoperto quanto avessero in comune. Milano, il mondo dell'arte, i misteri, la Statale. Era la stessa cosa che si erano detti lei e Christophe la prima volta a Parigi.

"Si chiama Enrico. Enrico Limardi." Aggiunse come se si fosse ricordata di dover fornire l'informazione più importante, che poi così importante non era. Jeff infatti la ignorò.

"Crede nel soprannaturale, non è una cosa che capita spesso." Continuò.

"Gli hai detto anche che tu sei soprannaturale?"

Si era fermato con il taglierino a mezz'aria e parlava a voce bassissima. Sarebbe anche potuto sembrare minaccioso, se solo non avesse avuto quell'espressione da cucciolo di Labrador.

"Ho fatto giusto qualche vago accenno, davvero vago. Sa che credo nell'invisibile, ma lo dava per scontato. Altrimenti, ha detto, non ti occuperesti di oggetti esoterici."

"Con Christophe hai a malapena sfiorato l'argomento e con un investigatore che conosci da due minuti ti sveli così..." Jeff scosse il capo per manifestare la sua disapprovazione. "Sento puzza di bruciato."

"Christophe non mi ha mai fatto le domande giuste." Si difese goffamente Amelia.

Jeff alzò le sopracciglia folte, scosse la testa ancora.

"Sarà che il tuo archeologo non è abbastanza bravo a scavare."

Amelia, disturbata dall'ennesimo cliente e dallo humor inglese fuori controllo di Jeff, alzò le mani al cielo.

"Mi arrendo, basta. Fine del racconto. Ma sappi che ti stai perdendo la parte migliore."

Melissa era ancora impegnata con il tizio del thriller scandinavo. La signora di John Green invece era pronta per pagare e farsi confezionare un pacchetto regalo da Jeff. Amelia pregò che non stesse già facendo acquisti natalizi l'11 di novembre.

Allacciò il cappotto, rimise in testa il basco. Fece un cenno a sua zia che rispose con un grande sorriso e un movimento della mano stile Lady D. Lanciò un saluto brusco e frettoloso a Jeff e andò verso la porta senza aspettare che rispondesse.

"Scusi un attimo", lo sentì dire alla cliente in cassa prima di raggiungere Amelia.

"Solo una cosa, poi approfondiamo." La squadrò senza darle possibilità di fuggire.

"È carino questo Federico Liprandi?"

"Enrico Limardi."

"Giusto, Enrico Limardi. Allora, è carino?"

Amelia arricciò il naso, sospirò. Spinse la porta e mise un piede fuori. Reggeva ancora la maniglia di ottone, il campanello sopra allo stipite tintinnò due volte, una leggera onda di vento le gonfiò la coda. Sembrava la scena di un musical.

"Sì, maledizione. È davvero carino!" Mise la mano libera davanti alla faccia, per coprirsi.

Jeff gliela spostò e tornò a fissarla negli occhi.

"Ti sei presa una cotta?"

"Smettila, l'ho visto una sola volta."

"È così che si comincia di solito. In ogni caso, cerca di ricordarti che è un amico di Christophe." Sillabò lui per farglielo entrare bene in testa.

"Come se non lo sapessi!"

Era un amico di Christophe, Jeff aveva ragione santo cielo. Ma era anche... magnetico. Era magnetico, ma era anche un amico di Christophe. Un criminologo, un investigatore. Uno Scorpione conosciuto nel pieno della stagione astrologica degli scorpioni. Affascinante da morire e però sì, sempre amico di Christophe.

Nessun problema, si disse mentre camminava sull'Alzaia attenta a non incastrare il tacco degli stivali nell'insidioso acciottolato dei Navigli. Le probabilità che io riveda uno che vive a Milano da quando è nato, che si occupa di cose affini alle mie, ma che prima di sabato non avevo mai incontrato sono minime.

Certo a ben vedere erano ancora inferiori le probabilità che a riaccompagnarli a casa dal party della Juniper fosse proprio l'amico di Christophe appena conosciuto. E ancora minori che guidasse la stessa Alfa Romeo nera che aveva superato stile Grand Prix il loro taxi all'andata. Ecco la parte migliore della storia che Jeff non aveva sentito.
Da quando me ne importa qualcosa delle probabilità? Si chiese mentre apriva il portone del suo palazzo qualche minuto dopo.
La statistica era il contrario della magia e Amelia credeva nella magia. La statistica non le aveva mai dato ragione su niente, la magia le dava sempre ragione su tutto. In ogni caso era meglio che si distraesse dal pensiero di quel Limardi. Era meglio che impegnasse la mente con altro, che spostasse l'attenzione. La situazione con Christophe era già abbastanza delicata per complicarla con la fulminea attrazione per un suo amico che frequentava giovani influencer, faceva boxe e le aveva detto di avere più di un buon motivo per credere nel soprannaturale.

*

La connessione Skype era debole e il faccione di Hartman, uno dei più fedeli tra i clienti statunitensi di Amelia, occupava lo schermo quasi per intero.

Le sue parole arrivavano con un fastidioso ritardo rispetto al movimento delle labbra. Colse "set" e "figurine egizie" e "bronzo" e "urgente" ripetuto un sacco di volte.

"Okay." Tentò Amelia. "Hai bisogno di figurine egizie in bronzo per il set di un film?".

"*Yes, exactly*." Rispose lui.

"Figurine in bronzo raffiguranti Ptah del Terzo Periodo Intermedio, per esempio?"

"*Yes, exactly*." Disse di nuovo, questa volta con più enfasi.

Non era sicura che avesse colto davvero, ma sapeva che a lui più che la provenienza e la storia di un oggetto interessava l'aspetto esteriore. Hartman era arredatore e occasionalmente scenografo per il cinema. Niente di colossale, niente nomi altisonanti. Produzioni di medio livello, alcune carine. Una pellicola per la quale aveva lavorato aveva anche vinto diversi premi al Sundance Film Festival. Viveva a Venice Beach in un minuscolo appartamento, aveva un cane senza una zampa con la cataratta, amava le omelette e sembrava il gemello fuori forma di Harrison Ford.

Amelia e Hartman, del quale non ricordava mai il nome proprio, erano stati messi in contatto da un neurologo del UCLA Medical Center forte appassionato di maschere cerimoniali al quale Hartman aveva arredato la casa di Bel Air. Il neurologo in questione era un amico del padre di Amelia che negli anni le aveva commissionato diverse ricerche per arricchire la sua collezione privata. Oltre ad averle fatto pubblicità in tutta la zona ovest della California.

"Quanto è urgente questo urgente?" Domandò Amelia.

Il suo inglese non era perfetto, ma sapeva farsi capire. Con il francese, avendo vissuto in Francia, se la cavava decisamente meglio. Ancor di più da quando usciva con un archeologo originario di Marsiglia che abitava nel quartiere di Belleville a Parigi.

"Urgente livello Hollywood." Rispose Hartman. La sua risata baritonale non tardò ad arrivare.

"Posso sentire da un paio di collezionisti che conosco dalle tue parti, ma temo che si faranno pagare un bel po' per il noleggio. I musei invece sono fuori discussione." Ragionò in fretta.

"Perché fuori discussione?"

Amelia sospirò, non potè impedire che un'espressione eloquente le si dipingesse sulla faccia.

"Perché, Hart, hai detto che è urgente. E i musei hanno tempi lunghi lo sai. Permessi, burocrazia…"
Evitò di aggiungere che nessun museo avrebbe accettato di prestare oggetti preziosi per una produzione cinematografica non di eccellenza.

Hart, come Amelia aveva preso a chiamarlo da tre telefonate Skype a quella parte, annuì. Ci fu un altro ritardo della connessione e per qualche istante i pixel sulla guancia di lui si mossero come fossero formiche impazzite deformandogli i lineamenti. Amelia ricontrollò che non dipendesse da lei, eppure la linea era forte nello studio che usava quasi esclusivamente per quel tipo di comunicazioni di lavoro. Spostò il mouse rendendosi conto che adesso lo schermo della webcam di Hart riproduceva un'immagine del tutto statica e senza suono.

Il cellulare si mise a vibrare. Lo prese, lo capovolse per guardare chi stesse chiamando. Mentre lo faceva, prima ancora di vedere lo schermo, avvertì un suono lontano, come quello di un campanello. O di due bicchieri che si scontrano per un brindisi. Un brivido le scivolò per la schiena. Numero sconosciuto. Non privato, sconosciuto. Un cellulare localizzato in Italia. Amelia non rispose perché nel frattempo la connessione Skype con Los Angeles era resuscitata. Vide il cane senza una zampa saltellare a fatica fuori e dentro dalla cuccia. Era davvero bruttino, con quelle orecchie giganti e pelose e quegli occhietti con la cataratta. Amelia non sentiva un grande trasporto per i cani, era decisamente più incline ai gatti. Il telefono nel frattempo smise di vibrare.

"Eccoci di nuovo." Disse Hartman che con le mani muoveva lo schermo per migliorare la ripresa. Adesso si vedeva anche un angolo della cucina. Rossa, a isola, disordinata. Dove preparava le sue omelette ai gamberetti. O agli asparagi. O cheddar e noci. Le aveva mandato una dozzina di ricette via mail, ma ancora Amelia non ne aveva provata nessuna. Anche a lei piaceva cucinare, ma troppo spesso lo dimenticava.

"Allora, come ti dicevo posso contattare dei collezionisti. Ne ho in mente alcuni fissati con la scultura dell'Antico Egitto."

"*That's great!*"

"Posso farlo oggi stesso."

Hart esultò, il cane si spaventò e uscì di nuovo dalla cuccia per sparire definitivamente dall'inquadratura.

Amelia era in cucina, stava versando del succo di mela in un bicchiere di vetro blu e guardava Indiana mangiare i croccantini elencando mentalmente i collezionisti di Los Angeles che avrebbe potuto contattare per le figurine egizie di Hart. Il cellulare lasciato ora sul ripiano, accanto alla bottiglia di succo bio comprata da un contadino al mercato settimanale, vibrò ancora. Questa volta una sola vibrazione, secca. Un messaggio. Premette il pollice per sbloccare lo schermo con l'impronta digitale, cosa che non mancava mai di farla sentire in un film di spionaggio. Cliccò sull'icona dei messaggi e aprì quello non letto. Il numero era lo stesso che l'aveva chiamata poco prima. E il messaggio diceva:

Ciao! Sono Enrico Limardi, l'amico di Chris. Mi richiami quando puoi? Ho una richiesta da investigatore a esperta di occultismo.

Capitolo 4

Di colpo la ricerca delle figurine egizie per Hart finì in fondo alla lista delle priorità.

Enrico Limardi! L'aveva chiamata. L'aveva chiamata! E aveva "una richiesta da investigatore a esperta di occultismo." La curiosità, uno degli aspetti dominanti sia nelle zone luce che nelle zone ombra del carattere di Amelia, prese il sopravvento.

Hai visto, si disse, statistica 0 magia 1. Ancora una volta.

Finì il succo di mela, lasciò il bicchiere nel lavello. Non ci pensò un attimo di più e richiamò.

"Amelia?" La voce dall'altra parte scandì le lettere, indugiando sulle ultime tre.

"Sì, ciao." Cercò di sentirsi a suo agio. Naturale.

"Grazie per avermi richiamato."

Stava sorridendo? Amelia avrebbe detto di sì.

"Figurati."

Il suo dito mignolo disegnò vortici immaginari in senso orario sul ripiano della cucina. Cercò di riportare alla memoria la figura di Enrico Limardi come se lo avesse avuto davanti. Era difficile che in quel momento, di lunedì pomeriggio, indossasse uno smoking come al party della Juniper.

"Allora?" Attaccò. "Di che si tratta? Cos'è questa richiesta da investigatore a esperta di occultismo?"

"Hai un po' di tempo da concedermi? Giuro che te la faccio breve."

"Vai." Amelia lasciò la cucina in direzione del divano. Sedette nella parte ad angolo, allungò le gambe. Posò il gomito sul bracciolo. Indiana si mise vicino a lei, ma non tanto vicino da richiedere coccole.

"Una cliente ha dei problemi con delle presenze in casa e io ho pensato subito a te." Spiegò.

Sul pronome fece calare una certa enfasi.

Amelia lo lasciò proseguire e poi s'infilò in una pausa del discorso.

"Fantasmi? Hai pensato a me per dei fantasmi, ho capito bene?"

Enrico confermò con un mugugno.

"Lo sai vero che non giro con un furgoncino e degli aspiratori di ectoplasma?"

"Sì, ma sei l'unica esperta di occultismo che conosco."

"Mi occupo di oggetti antichi e di uso esoterico, non rilevo presenze." Invece sì, a dire la verità.

"Però potresti aiutarmi a capire se in una casa si stanno manifestando cose, come dire, soprannaturali? O se non è così?"

Amelia tacque, rifletté. Le erano già capitate richieste simili. I confini sottili del suo lavoro spesso sforavano in direzione dell'universo dell'occultismo svincolandosi dagli oggetti in sé, ma di norma conservavano un collegamento diretto con le sue competenze ufficiali.

"Potrei. Sì, forse potrei. Niente di certo sui risultati ovviamente." Si sentì rispondere.

Indiana miagolò e scese dal divano. Strusciò la schiena dorata contro il dorso degli stivali di Amelia. Giocò un po' con il suo quarzo rosa levigato, poi lo abbandonò per uscire dalla porta finestra che Amelia aveva lasciato socchiusa. Era un segnale di approvazione o il contrario?

"Te ne sarei molto grato." Disse Enrico che questa volta, per certo, sorrideva.

Amelia si alzò e rovistò nel cassetto del mobile Chippendale all'ingresso. Trovò il pacchetto di Vogue sottili alla menta e ne accese una con l'accendino che aveva nascosto dentro. Raggiunse Indiana in terrazza, sbuffò il fumo fuori. Faceva freddo e il primo tiro le ricordò da quanto tempo stavano lì quelle sigarette e da quanto non ne toccava una. Amelia non era una fumatrice abituale, le piaceva di tanto in tanto accenderne una per poi spegnerla quasi subito. Succedeva quando era pensierosa, triste o esaltata.

"Se ti va di passare domani dopo pranzo dal mio studio ti offro un caffè e parliamo del caso."

Il caso, come suonava affascinante! Diede un secondo tiro, la menta le pizzicò in gola.

"Okay." Disse.

"Davvero?"

"Sì."

"Grazie." Amelia diede un terzo tiro e finalmente la spense arricciando il naso. "Non aspettarti che mi presenti con un rilevatore EMF."

Enrico rise. "Non me lo aspetto."

La sua voce aveva qualcosa di diverso alla fine della telefonata. Era più morbida. rilassata, ma anche... entusiasta?

"Dammi l'indirizzo."

"Ti invio la posizione, sono qui adesso. WhatsApp?"

"WhatsApp va bene."

"Okay, allora ciao. Grazie ancora." Ripetè. "A domani."

E poi, aggiungendolo all'ultimo: "Ah, ovviamente il tuo numero me lo ha dato Chris."

*

Dopo pranzo è un'indicazione vaga, pensò mentre saliva in macchina e infilava le chiavi nel cruscotto. Erano le 2 del pomeriggio passate da poco, lei aveva mangiato un tramezzino preso al volo al Coven Café che non sapeva dire se contasse come pranzo. Non trovò molto traffico, guidò senza stress come succedeva di rado a Milano. O almeno, come succedeva di rado alle altre persone. Amelia riusciva ad arrivare in orario ovunque anche quando sembrava mettersi di impegno per essere in ritardo. Era come se il flusso del tempo la favorisse. Parcheggiò in piazza Castello in un punto non del tutto consentito. Un po' a rischio multa, ma in teoria non a rischio rimozione. Controllò di avere chiuso la Mini, attraversò la strada correndo sugli anfibi neri di Alaïa nuovi di zecca.

Cadorna era una zona di uffici, compresi quelli del gruppo Condé Nast. Era lì che Amelia era andata per l'intervista di *Vanity Fair*. Le foto invece erano state scattate in uno studio dall'altra parte del Parco Sempione e del Castello Sforzesco. A quanto pareva era un giusto orario come "dopo pranzo", perché in giro vedeva solo uomini incravattati e donne con cappotti sofisticati che tornavano verso gli uffici o fumavano l'ultima sigaretta prima di rientrare. Molte erano elettroniche e rilasciavano nell'aria nuvole di mela, di menta, di agrumi, perfino di biscotti al cioccolato. Aveva frequentato quella parte di Milano quando lavorava al Museo Egizio, ma non l'aveva mai esplorata granché e ora le pareva quasi di trovarsi in un'altra città. C'era un'atmosfera carina, tutto sommato. Merito del sole che quel martedì colorava il cielo di un azzurro intenso, oppure impressione di Amelia che vedeva il mondo filtrato dall'eccitazione della quale era preda?

Piazzale Luigi Cadorna numero 2. Era davanti al grande portone completamente aperto, sulla destra le indicazioni per i vari uffici. Li scorse tutti finché non lo trovò. Il respiro le tremava nel petto, sentiva piccole scariche elettriche schizzare fino ai polpastrelli.

"Terzo piano Scala A." Ripeté sottovoce.

La scala A era dall'altra parte del cortile interno, al di là di una guardiola deserta illuminata da una triste lampadina al neon. C'era l'ascensore, ma Amelia preferì andare a piedi. Salì fino al terzo piano che pareva un quinto, i gradini erano bassi e stretti ma divisi in rampe scarne. Ne contò sei per rampa, quindici rampe. Novanta gradini in totale. Le scarpe nuove le facevano già male e i jeans troppo stretti le rendevano difficile essere scattante. Quando arrivò sul pianerottolo, pentita di non aver preso l'ascensore, trovò la porta in legno massiccio con sopra appesa una targhetta dorata.

STUDIO LIMARDI - CRIMINOLOGIA INVESTIGATIVA.

Di avventure Amelia ne aveva vissute e ne viveva tante e spesso, ma non si era mai ritrovata tête-à tête con qualcuno che avesse a che fare con veri crimini. Non vedeva l'ora di scoprire come un'indagine che riguardava una casa infestata fosse arrivata sulla scrivania del suo studio. Chi fosse la sua cliente, che cosa avesse in mente per Amelia, perché fosse così sicuro dell'esistenza di un mondo soprannaturale...

Suonò il campanello non prima di essersi data un'occhiata nel riflesso dello schermo bloccato del telefono ed essersi ripresa dal fiatone. Passarono circa quindici secondi e la porta si aprì.

Anziché gli occhi castano scuro con potere magnetico di Enrico Limardi, trovò una boccuccia a forma di cuore e un maglioncino di angora giallo pastello. I capelli, stavolta legati in un mezzo chignon sopra la testa, erano leggermente scompigliati.

"Ciao!"

"Buongiorno."

"Sei Amelia, giusto? Io sono Eleonora, ti ricordi? Ci siamo conosciute a quella festa pallosa sabato." Ridacchiò.

Amelia sorrise come poteva, guardò alle spalle di lei ed Eleonora se ne accorse. Le passò per la mente il dubbio che la cliente della quale parlava Enrico fosse proprio

Eleonora Santi, ma per fortuna il pensiero fu scacciato dalla ragazza stessa un istante dopo.

"Stavo andando via, Enri mi ha detto di aprire se avessi suonato. So che dovete parlare di una qualche indagine." Eleonora si esprimeva in modo dolce, sembrava una bambina. Nonostante ciò Amelia l'avrebbe volentieri strangolata.

In quel momento vide Enrico uscire da una stanza che suppose essere un bagno e attraversare il corridoio per venire alla porta. *Enri*. La condusse dentro mentre Eleonora sfilava il cappotto dall'attaccapanni, lo indossava e dava un bacio a Enrico. Amelia fece finta di non vedere, cercò di essere discreta, ma intanto dietro le ciglia sbirciava il quadretto.

"È passata a portarmi il pranzo." Disse lui dopo aver richiuso la porta d'ingresso.

Entrarono nell'ufficio, Enrico spostò una sedia nera di pelle imbottita per fare accomodare Amelia.

Mentre si sedeva, prese qualcosa che stava sulla scrivania e la richiuse nel cassetto. Amelia fece in tempo a scorgere l'oggetto con la coda dell'occhio. C'era del pizzo, rosa. Era un reggiseno. Si guardò intorno e, come sospettava, non vide tracce di cibo. Niente sacchetti di rosticcerie, niente incartamenti di panini, niente piccoli vassoi per sushi d'asporto, niente posate usa e getta, niente tovaglioli. Niente indizi di un pranzo. Di altro, invece, sì.

"Che gentile." Cercò di non suonare sarcastica. Enrico si fermò, finalmente, posò i gomiti sulla scrivania e incrociò le mani. Sorrise. Amelia si accorse delle fossette sulle sue guance, di come gli occhi gli erano diventati ancora più furbi.
"Sì, è una ragazza adorabile."
Adorabile certo. E ti porta anche gratis a Bali immagino, pensò Amelia.
Adesso che lo vedeva di giorno, nel suo habitat, Amelia si creò un nuovo tassello dell'immagine di Enrico Limardi. Aveva indosso un maglione blu mezzanotte che doveva essere tra i suoi colori di punta se si considerava lo smoking del party. Jeans scuri e un paio di stivaletti. La barba non era rasata, forse di un paio di giorni. Di sabato probabilmente perché allora invece sembrava appena uscito dal barbiere. Ampliò lo sguardo su quello che circondava Enrico. Quel luogo era molto più intimo e gradevole di quanto ci si aspetterebbe da uno studio che si occupa di criminologia investigativa. C'erano i tipici odori di fogli caldi impressi di inchiostro, di caffè in cialde, di fumo di sigaretta, ma l'arredamento era accogliente. I mobili erano quasi tutti di design di gusto un po' scandinavo, un po' newyorchese. Il computer era l'ultimo modello della Apple e alle pareti aveva appesi diversi attestati e riconoscimenti, il suo orologio da polso era costoso. Lo studio stesso aveva sede in una delle zone notoriamente più care

di Milano. In fin dei conti Limardi non sembrava aver bisogno che qualcuno lo portasse gratis a Bali.

Fuori le fronde di un acero si muovevano seguendo un vento che fino a pochi minuti prima, quando Amelia era ancora per strada, non c'era. La finestra semi aperta lasciava entrare un filo di aria fredda e una cascata di luce calda. Enrico le chiese se volesse un caffè, ma la avvertì che avrebbe fatto schifo. Amelia accettò lo stesso.

Lui si alzò e cominciò a prepararlo con una vecchia macchinetta. Aveva rotto la nuova e si stava accontentando di quella, spiegò. Amelia immaginò lui ed Eleonora Santi colti da un accesso di passione, Enrico che la prendeva in braccio tanto era forte il reciproco desiderio e buttava a terra tutto quello che c'era sul mobile, inclusa la malcapitata macchinetta del caffè...

Mentre infilava la prima cialda le raccontò invece di quando aveva aperto lo studio. Disse che ci lavorava con la sorella Miriam, avvocato. Che al momento era in giro non si sapeva dove, a fare non si sapeva cosa per recuperare un documento. Insieme lui e Miriam si occupavano di indagini che, come le aveva detto Christophe alla festa, riguardavano quasi sempre gente dell'alta società. Enrico indagava sul campo e sulle persone, Miriam nella giurisprudenza. Amelia lo ascoltava e si chiedeva che cosa portasse un criminologo che esce con le tipe famose su Instagram a credere nel soprannaturale. Oppure cosa portasse un criminologo che crede nel soprannaturale a uscire con le tipe famose su Instagram.

Sulla scrivania di Enrico, piena di documenti e appunti sparsi ma nel complesso ordinata, trovò un fermacarte di vetro a forma di piramide. Sopra vi era stampato un logo azzurro sbiadito, che Amelia osservò da vicino.

"Associazione Criminologi Investigativi - Terzo convegno internazionale, Trieste 1987". Lesse.

Lo riappoggiò.

"Sembra di essere in un film noir." Disse dopo aver ringraziato Enrico che le porgeva la sua tazza. Sbeccata sul bordo, dello stesso identico verde degli occhi di Amelia. Chiaro e brillante. I suoi occhi che incrociarono quelli di Enrico a distanza ravvicinata. Sotto quello destro di lui notò una microscopica cicatrice orizzontale. Scese con lo sguardo fino alle mani, le nocche forti. Ricordò che le aveva detto che faceva boxe, lo immaginò sudato in calzoncini a saltellare sul ring.

Oddio, pensò. Così è troppo.

Si aggrappò agli avvertimenti di Jeff per farsi forza.

"E non hai ancora sentito i dettagli del caso Radaelli."

Enrico abbassò la voce, la fece diventare roca, alzò un solo sopracciglio. Imitò quello che poteva essere un personaggio qualsiasi interpretato da Humphrey Bogart.

"Radaelli?"

"Sì, la famiglia Radaelli, quelli della casa infestata. Tommaso Radaelli è un famoso immobiliarista, ho lavorato per lui qualche tempo fa. Mai sentiti nominare?"

"Mai."

Enrico bevve un sorso di caffè, fece una smorfia.

"Peggio di quanto temessi, mi dispiace."

Amelia sorrise.

"Stavolta invece a chiamarmi è stata la moglie, Regina." Riprese il discorso. "Per un motivo che come ti dicevo ieri al telefono mi ha fatto pensare subito a te."

I Radaelli, membri di una famiglia facoltosa e a quanto pareva importante a Milano, erano riuniti in attesa del matrimonio in grande stile della figlia minore Viola con il fidanzato storico Giulio Soncini. Matrimonio che si sarebbe svolto di lì a dieci giorni. La figlia maggiore Norma e il suo ragazzo erano arrivati da New York dove vivevano e dove lei gestiva una delle sedi della Real Estates Radaelli. Dalla notte del loro arrivo a Milano erano successe una serie di cose strane in casa, che Regina Radaelli aveva interpretato come paranormali. Il bagno del piano di sopra si era allagato, un profumo femminile aleggiava nelle stanze da letto per poi svanire, si udivano passi avvicinarsi e allontanarsi rapidamente... Nessuno aveva visto niente, ma sentito sì. La signora Radaelli era agitata per il matrimonio, stressata dai preparativi e intenzionata a sistemare tutto prima che sua figlia impazzisse. Aveva insistito con il marito affinché le desse il numero di quell'investigatore che aveva lavorato per lui una volta. Tommaso l'aveva trovata un'idea sciocca, si vergognava a far venire in casa uno stimato professionista per una cosa simile, ma Regina non si era fermata. Aveva insistito, ottenuto il numero, contattato Enrico Limardi che invece non l'aveva trovata affatto un'idea sciocca. E subito aveva pensato ad Amelia.

Stando a quanto detto da Regina Radaelli nella telefonata a Enrico, arrivata il lunedì poche ore prima che lui chiamasse Amelia, non era solo lei ad avere assistito agli strani fenomeni. Anche le figlie, Norma e Viola. E i rispettivi fidanzati. E la cameriera. Pure il marito, anzi, era stato lui il primo anche se adesso stentava ad ammetterlo.

Finito il racconto Enrico volle ricordare ad Amelia che lui, nel soprannaturale, ci credeva. Gli cadde lo sguardo sulla piramide fermacarte. Aveva finito il caffè e adesso beveva dell'acqua minerale forse per coprirne il sapore in effetti terribile.

"Ti dà fastidio se fumo?"

"No."

Le offrì una Winston Blue da un pacchetto morbido, lei rifiutò. Enrico spalancò la finestra dietro la scrivania, strinse le labbra attorno al filtro e accese la sigaretta.

"Le case infestate non sono proprio il mio campo." Fece Amelia più per darsi un tono che per altro.

"Nemmeno il mio, perciò ho chiesto il tuo aiuto.".

"Non andremo molto lontano allora."

Enrico tacque, guardò fuori e poi tornò a lei.

"Che ne dici di tentare con un sopralluogo?"

"Un sopralluogo nella casa di questi Radaelli?"

"Esatto."

"Okay." Rispose Amelia. "Si può fare. Quando?"

Enrico soffiò fuori il fumo che scomparve tra le fronde dell'acero.

"Ho già accennato loro che avrei chiesto l'aiuto di un'esperta, quindi potremmo andarci anche adesso."

Anche adesso. Quelle parole suonavano come lo scoppio iniziale di un temporale. Amelia doveva ancora richiamare due collezionisti, uno di Los Angeles e uno di San Diego, per le figurine in bronzo raffiguranti Ptah di Hartman. Aveva appuntamento con l'antiquario di Brera che la voleva mandare a Istanbul, dopo Natale, per i pugnali Bishaq. C'erano fatture da inviare, la manicure prenotata alle 5 del pomeriggio in viale Col di Lana. Doveva passare dalla Libreria Occhilupo a ritirare un manuale sulla datazione dei reperti babilonesi che aveva fatto ordinare a Melissa. Comprare i croccantini specifici per siamesi che vendevano solo in un piccolo negozio in zona Cinque Giornate. Passare in banca prima che chiudesse e incassare l'assegno di un cliente per il quale aveva trattato la compravendita di una serie di rari atlanti di botanica tedeschi del 1887. Contattare il custode della casa in Liguria, che aveva ereditato da sua madre e che metteva in affitto da sempre, e dirgli di occuparsi di sistemare il lavandino della cucina. Eppure "anche adesso" sembrava una buona idea.

Finita la sigaretta Enrico la gettò dentro a un vasetto trasparente pieno di cicche. Telefonò alla signora Radaelli per avvertirla che sarebbe passato da casa loro insieme ad Amelia e poi prese dallo svuota tasche sulla scrivania il mazzo di chiavi dell'auto, lo fece oscillare davanti agli occhi di lei come fosse un pendolo. Il portachiavi in argento a forma di scorpione con il simbolo del segno zodiacale inciso sulla schiena dell'animale, la chiave con il logo della casa automobilistica. Amelia fu rispedita indietro nel tempo, a sabato sera. A quando l'Alfa Romeo nera aveva superato lei e Christophe sul taxi. Al momento inatteso in cui, dopo il party, Enrico si era offerto di riaccompagnarli a casa

"Ho parcheggiato in divieto di sosta, credo, preferisco prendere la mia."

"Dove l'hai lasciata?"

"Qui dietro." Indicò un punto indefinito alle sue spalle.

"In piazza Castello."

Enrico strinse i denti, emise una specie di sibilo.

"Ahi! Vivi pericolosamente." Scherzò.

"Va bene, prendiamo la tua." Ripose le chiavi e la precedette nel corridoio.

Sette minuti dopo era alla guida, nessuna multa, le cinture di sicurezza allacciate, Enrico Limardi accanto a lei. Dalle casse una canzone che partì senza che l'avesse scelta, ma che risultava particolarmente adatta: *Terrible Thing* degli AG & Brad Gordon.

Svoltò su via Ricasoli, dimenticò le incombenze in sospeso, Christophe. Era tutto troppo eccitante.

Così eccitante che le tremava il piede sulla frizione.

Capitolo 5

Casa Radaelli occupava due piani di uno stabile che si sviluppava dal piano terra di un palazzo in piazza Eleonora Duse, a pochi passi dai Giardini Indro Montanelli. La facciata era bianca, l'accesso alla casa indipendente. Tre scalini, un campanello dorato. Ad accoglierli venne una cameriera con grembiule azzurro e capelli tirati in una crocchia bassa, quasi certamente di origine filippina. Non disse una parola, sorrise appena e li fece entrare per poi condurli pochi metri più in là dove, con le spalle coperte da uno scialle di cachemire, li aspettava quella che Amelia capì essere Regina Radaelli.
Di Regina quella donna non aveva solo il nome. Era altissima, i lineamenti sottili e i capelli neri rendevano il suo volto algido e austero. Gli occhi acquei si muovevano rapidi e tradivano una fragilità che la rendeva più umana. Il portamento era da danzatrice classica, ma la sua professione era quella di arredatrice di interni. Era così che aveva conosciuto il marito Tommaso, immobiliarista, trent'anni prima. Avevano festeggiato l'anniversario in settembre. Ed era con il suo gusto sofisticato e moderno

che aveva arredato casa Radaelli, avrebbe scoperto Amelia poco dopo.

"Lei deve essere la signorina Montefiori." Le strinse la mano con aristocratico distacco, sorrise.

"Sono io." Confermò con altrettanto aristocratico distacco, ma un sorriso più morbido.

"So che questi non sono casi dei quali si occupa di solito Enrico, ma Tommaso mi aveva parlato così bene di lui. E lui ha parlato bene di te." Disse senza prendere mai fiato. "Posso darti del tu? Sembri tanto giovane."

"Certamente."

Enrico guardò Amelia, Amelia guardò Enrico.

"L'ho già messa al corrente." Intervenne nello scambio.

"Pensavamo di fare un sopralluogo della casa, come anticipavo."

Il tono di Enrico era molto professionale e Amelia sentì di dover specificare anche a Regina Radaelli che lei non era una acchiappafantasmi.

Regina scosse la testa. "Oh, lo so cara. Ma un grande criminologo e una grande esperta di occultismo insieme possono di certo capirci qualcosa più di me." Disse ruffiana.

"Di noi." Aggiunse facendo un cenno in direzione del salone.

"Di là ci sono tutti gli altri. Viola, mia figlia minore, uscirà a breve per la prova dell'abito. Se ci sbrighiamo riusci-

rete a parlare anche con lei prima di fare un giro della casa."
La parola sopralluogo evidentemente non le era piaciuta.

Amelia ed Enrico sedettero su uno dei comodi divani che riempivano il salone. A inondare la casa di luce ci pensavano porte finestre che davano su un giardino essenziale ed elegante con un bel prato all'inglese. Alle pareti quadri di arte astratta dai colori sgargianti, con pennellate forti e sconnesse. Alcuni di questi erano opera di artisti importanti che però Amelia non conosceva bene. Le sue competenze spaziavano dall'Antico Egitto all'epoca Vittoriana, dal Tardo Sumerico al Neoclassico, dalla dinastia Ming al Rococò. L'arte contemporanea non era il suo settore e non l'aveva mai entusiasmata granché, a parte rarissimi casi.

Sul tavolino di vetro con profili d'oro di fronte a lei era posato un vaso con bouquet di fresie bianche. Vide altri bouquet bianchi, con altri fiori, in altri vasi, sparsi in giro per il salotto. Dovevano essere prove per quello delle nozze di Viola Radaelli. Chissà quale avrebbe scelto.

I membri della famiglia Radaelli, in senso esteso, erano tutti lì. Al gran completo. Un quadretto che somigliava più a una scena di *Gossip Girl* che a un incontro per parlare della possibile indagine su un possibile fantasma. Il primo a presentarsi, dopo Regina, fu il marito Tommaso.

E fu anche l'unico a non sedersi nemmeno per un istante. Salutò Enrico con una certa riconoscenza e si scusò con lui per la "follia della moglie". Rise, cercò di buttarla sullo scherzo, Regina però dovette sentirsi umiliata. Amelia lo notò e decise che Tommaso Radaelli, la sua barba, il suo modo di muoversi come se tenesse le redini del mondo e il suo scetticismo, lo rendevano antipatico. Quando allungò la mano ad Amelia ed esibì un mezzo sorriso e uno sguardo a metà tra il languido e lo snob, se ne convinse: Tommaso Radaelli non le piaceva.

Quella che scoprì essere Norma, la figlia maggiore che viveva a New York dove dirigeva la sede del Real Estates Radaelli, non fu più gradevole. Doveva avere all'incirca l'età di Amelia e da come vestiva e parlava pareva essersi perfettamente integrata con i modi di fare americani. Al momento era la sola cosa che la rendeva simpatica. I capelli, dello stesso colore di quelli della madre e lunghi fino ai gomiti, scintillavano alla luce, gli occhi erano grandi, dalla forma dolce e dai guizzi ambigui. Dopo essersi presentata e avere presentato ad Amelia ed Enrico il suo ragazzo, Leonardo Galanti, incrociò le gambe avvolte in leggings viola chiaro con la scritta Adidas sul lato esterno.

Guardò Enrico, sorrise.

"Ho lezione di pilates." Ci tenne a spiegare. "Non salto un allenamento neanche in vacanza."

Informazione davvero essenziale, pensò Amelia.
Notò che Enrico stava guardando le gambe di Norma Radaelli e che con lo sguardo poi la percorse tutta. Rapidamente, con precisione, come se stesse facendo una TAC. Non in modo da ricambiare con evidenza l'ammiccare della ragazza, ma abbastanza da risultare fraintendibile. Quantomeno agli occhi di Amelia.
Leonardo Galanti, il ragazzo di Norma, non parve accorgersene invece. Era troppo impegnato a celare il suo evidente senso di inadeguatezza. Faceva l'avvocato, raccontò Norma stessa. Era originario di Roma e si erano conosciuti a New York in un negozio di prodotti italiani. Vivevano insieme da un anno e mezzo. Parlava molto poco Leonardo e le sue sopracciglia si muovevano spesso. Non era bello, ma nemmeno brutto. Aveva spalle larghe, una buona prestanza fisica e sembrava poco integrato con gli altri. Fuori posto.
Viola, la minore, era di un'avvenenza fastidiosa. Gli occhi azzurri svegli di lei si puntarono spesso su quelli di Enrico. Come aveva fatto la sorella, ma con un tocco diverso. Vizio di famiglia, forse. Il modo di Norma, la maggiore, era più sfacciato. Quello di Viola, la minore, più sottile, ma non per questo meno diretto. Per quanto riguardava Enrico, che gli piacesse flirtare era evidente. D'altronde era uno Scorpione, seduttore da manuale. Certo Amelia non se la sentiva di biasimare le Radaelli. Enri-

co emanava qualcosa di molto forte. Tanto forte da confondere anche lei.

Aveva un bel taglio di capelli, Viola, con la frangia morbida fintamente spettinata. Lei, la sorella e la madre erano simili, ma l'impronta originaria si declinava in varianti che le rendevano alla fine diversissime. Pensò alle donne della famiglia Occhilupo, accomunate da qualcosa eppure uniche tra loro.

Infine c'era il promesso sposo di Viola, Giulio Soncini, che sembrava disegnato da tanto era preciso. Vestito bene, educato. Sorridente al punto giusto. Il ritratto del bravo rampollo di buona famiglia, il genere di ragazzo che Amelia non avrebbe mai trovato attraente nonostante fosse indiscutibilmente bello. Insieme i giovani futuri coniugi parevano quelle statuine che si mettono in cima alle torte nuziali. Avvinghiati l'uno all'altra, belli e sofisticati. Composti, inquadrati, perfetti. Viola era accucciata su una poltrona, lui come un inseparabile sedeva sul bracciolo. Con una mano le stringeva la spalla.

Dopo le presentazioni e dopo che la cameriera ebbe servito tè, caffè e dei dolcetti filippini che ne confermarono l'origine, Enrico diede lo stop ai convenevoli ed entrò nel fulcro della faccenda. O del caso, come lo chiamava lui. Sedeva vicino ad Amelia e quando si sporse per posare la tazzina vuota la sua gamba sfiorò quella di lei. C'erano strati e strati di stoffa a separare la pelle di Enrico da quella di Amelia. Eppure lei percepì l'irrisorio tocco come fosse una stretta.

"Immagino sappiate tutti perché Regina mi ha chiamato. E perché a mia volta ho chiamato la mia amica e collega Amelia Montefiori, che è un'esperta di occultismo. Oltre che di antichità, ovviamente."
Si voltò di tre quarti verso di lei, le strinse un occhio. Sorrise e poi tornò alla sua "platea".
Amelia in risposta corrucciò le sopracciglia e lo guardò perplessa. Amica e collega? Avvertì una contrarietà che non riuscì a nascondere. A parte il fatto che si erano visti sì e no per due ore in totale quindi "amica" sarebbe stato in ogni caso eccessivo. Ma poi, "collega"? La parola meno eccitante del pianeta. Infine definirla "esperta di occultismo" così, davanti a loro. Amelia non voleva condividere apertamente con il mondo e in particolare con quei tizi i suoi talenti magici.
Almeno ha aggiunto "e di antichità", provò a consolarsi.
"Sì, sappiamo perché. Mia madre è pazza." Esordì Norma Radaelli.
Amelia guardò Tommaso che stava alle spalle di Regina, le braccia conserte e un continuo sbuffare e muovere la mascella. Norma rise. Rise anche Tommaso, nervoso. Leonardo pareva sempre più a disagio.
"Adesso mi prendono in giro perché ci siete voi," cercò di smorzare Regina "ma le cose le hanno viste e sentite

tutti." La sua voce si faceva più stridula di parola in parola.
"Diteglielo! Il profumo, in camera da letto!" si voltò per indicare il marito. "Sei stato tu il primo a sentirlo. E... e la vasca da bagno tappata e allagata, la sera che siete arrivati?" Questa volta si rivolgeva a Norma e Leonardo.
"In ogni caso bisogna fare qualcosa." Intervenne Viola, la più piccola, ora ritta in piedi.
Aveva lasciato la poltrona e le braccia di Giulio non la circondavano più. Guardò l'orologio al polso, Amelia e poi ancora Enrico. Rimase su di lui. Nel momento in cui spostò con la mano la frangia dagli occhi, fece capolino un diamante importante all'anulare sinistro. Amelia osservò l'abitino semplice che indossava. Grigio, di lana, con le maniche a tre quarti e una gonna leggermente svasata con l'orlo sopra le ginocchia.
"Sono morta di paura anche ieri notte." Disse.
"Io e Giulio abbiamo sentito dei passi e poi dei colpi alla porta. Non so che diavolo ci sia qui, ma io devo dormire. Tra poco mi sposo. Spero che siate in grado di fare qualcosa, voi due."
Adesso guardava Amelia.
La erre moscia sembrava artefatta da quanto si addiceva al suo aspetto e ai suoi modi. Si mostrava infastidita, capricciosa. Dietro alle ciglia nere che muoveva veloci sembrava davvero spaventata però.

"Capiamo tutto, Vio, ma chiamare un investigatore e una sensitiva è un po' ridicolo. Persino per mamma." Riprese Norma.

Anche dietro alle ciglia di Norma Amelia notò l'ombra di un sentimento inespresso. Forse era sempre paura, come per la sorella. Forse qualcosa di più. Era presto per dirlo.

"Io non sono una sensitiva." Ci tenne a far notare Amelia che cominciava a spazientirsi.

A chiedersi che cosa ci facesse lì, in mezzo a quelle sorelle milanesi snob che si punzecchiavano a vicenda, diverse e ugualmente ambigue. Ai loro fidanzati di cartapesta, alla madre nevrotica e al padre arrogante. L'unica a salvarsi poteva essere la cameriera, ma non era stata coinvolta nella conversazione. L'atmosfera nel salone di casa Radaelli era spettrale e la causa non erano tanto i fantasmi quanto le presenze vive, in carne e ossa. L'aria di non detto che si respirava. Quella tensione sottile che si crea nelle famiglie quando si parla poco e si nasconde troppo. Amelia provò un senso di pietà per Regina, presa in giro dal marito davanti a tutti, ma anche per sé. Era sul punto di dire che nemmeno lei capiva in che modo si potesse indagare su una cosa simile. Stava per ammettere che anche a lei in fin dei conti pareva un po' una scemenza. E stava confessandosi che la sola ragione per la quale aveva accettato era che Enrico Limardi le piaceva.

Udì un piccolo colpo, proveniva dalla sua destra. Tutto si

interruppe dentro Amelia, ma non per gli altri. Si girò. Sul vetro della veranda, in linea d'aria alle spalle di Viola Radaelli, la sagoma di un volto. Nel giro di un istante scivolò via come fosse stato un alone di vapore seccato dal vento.

Amelia ed Enrico accompagnati da Regina fecero il "sopralluogo" o "giro della casa" come preferiva definirlo quest'ultima. Tutti gli altri si erano dileguati. Un'amica di Viola era passata a prenderla per accompagnarla alla prova dell'abito, Giulio era tornato a lavoro. Norma era andata a pilates e Leonardo a fare una sauna nella spa di casa. Tommaso Radaelli invece era al telefono con il potenziale acquirente di un loft in Porta Garibaldi, parlava dal giardino, con il cappotto addosso.

All'inizio fu imbarazzante. Amelia non aveva idea di cosa fare, mentre Enrico invece poneva una domanda dietro l'altra a Regina sfruttando le sue competenze investigative. Del tipo: è mai morto qualcuno in questa casa, chi ci abitava prima, qualche vostro parente è scomparso di recente... E poi domande sulle figlie, sui fidanzati delle figlie. Su Tommaso, su di lei. Persino sulla cameriera che tra l'altro era davvero formidabile nel preparare dolci. Domande alle quali Amelia non avrebbe pensato. A quanto sapevano, nessuno era morto in quella casa. L'avevano acquistata nel 2001 completamente rinnovata e da allora fino a qualche giorno prima non era mai successo niente di strano. Così come nessun parente stretto era morto di recente. Solo un prozio siciliano di Tommaso, l'estate prima, ma erano concordi nel dubitare che c'entrasse qualcosa. Le figlie Norma e Viola avevano entrambe "certi caratterini", parole della signora Radaelli. Un tempo andavano d'accordo, ma negli anni si erano allontanate. Crescendo avevano preso strade diverse o qualcosa del genere. Parlando dei loro fidanzati, Leonardo le piaceva abbastanza. Era un tipo tranquillo che tendeva a calmare la grinta felina di Norma. Probabilmente non sarebbe mai diventato un grande avvocato e non veniva da una famiglia stimata, non guadagnava neanche molto, ma a Regina quelle cose non importavano granché. Così disse. Mentre Giulio lo conosceva da quando portava ancora l'apparecchio mobile di notte e prendeva lezioni di golf al circolo. Stava con Viola da che lei aveva quattordici anni e lui quindici. Avevano frequentato lo stesso liceo, il Gonzaga. Lui la mattina passava a prenderla con il suo Chatenet Barooder e dopo scuola la riaccompagnava a casa. Sempre in orario, sempre gentile. Non si erano mai lasciati, erano una di quelle coppie indistruttibili che da sempre tutti immaginano sposate e con mucchi di bambini. Anime gemelle, nati l'uno per l'altra. Ad Amelia faceva un po' tristezza. Pensò a lei e Christophe, forse anche loro erano anime gemelle, nati l'uno per l'altra ed era quello che le dava la nausea. Poi guardò Enrico. Pensò a lui ed Eleonora e tra loro, invece, faticò persino a trovare un nesso. A parte il reggiseno di pizzo rosa di lei sulla scrivania dello studio di lui.

Regina non tralasciò un angolo della casa nel tour. La cucina con piastre a induzione super accessoriata che la cameriera stava lucidando. I cinque bagni. Le sei camere da letto. La palestra, lo studio, il garage, le tre terrazze inclusa quella sul tetto. Persino la soffitta e la cantina. Saltò giusto la zona spa perché Leonardo stava utilizzando la sauna e non le sembrava appropriato.

Amelia ed Enrico sarebbero sembrati una coppia alla ricerca di una casa da acquistare e Regina un'agente immobiliare se si ignorava il fatto che man mano che passavano da una stanza all'altra lei indicava dove avevano avvertito cosa, raccontava di passi e di strani rumori, di bisbiglii e di profumi che arrivavano e svanivano... A quanto pareva non c'era un luogo che la "presenza" avesse tralasciato. La signora Radaelli ribadì che non era stata la sola a percepirla, ma che nessuno aveva visto niente di particolare.

Amelia pensò alla sagoma sul vetro. Rifletté dentro di sé e poi condivise solo alcune frasi scelte.

"Una presenza può farsi percepire anche da chi non possiede particolari abilità medianiche, ma è pressoché impossibile che riesca a farsi anche vedere. La visione è, diciamo, riservata a pochi. È una delle cose che più spesso mal rappresentavano nei film e nei libri." Spiegò a Regina. E ad Enrico, che sembrava saperlo già a differenza della maggior parte delle persone.

Oltre alla sagoma e a qualche scricchiolio Amelia comunque non vide o sentì nulla di registrabile. Nulla che potesse essere facilmente spiegato, riportato o messo per iscritto. Era certa però, basandosi sulla sua esperienza e sulle sue capacità, che Regina avesse ragione a essersi allarmata: casa Radaelli era abitata. E la presenza non era del tutto positiva. Alla fine del giro, quando aveva domandato a lei in particolare se avesse percepito qualcosa, Amelia era rimasta volutamente sul vago. Preferiva prima confrontarsi con il suo "amico e collega" Enrico Limardi.

Nel momento di congedarli Regina fece loro un piccolo discorso sulla discrezione, chiedendo di non fare uscire voci su quell'indagine paranormale. Sembrava che qualcosa di sopito si fosse risvegliato in lei, una sorta di orgoglio. Sottolineò più volte che il nome dei Radaelli aveva un peso. Disse che soprattutto ora che la figlia stava per sposarsi era essenziale proteggerlo. Fortuna che a lei certe cose non interessavano.

*

"Lì dentro per me di fantasmi non ce ne sono, solo altri generi di problemi. Più terreni." Disse Enrico appena furono di nuovo in strada, diretti verso la Mini di Amelia. Aveva già consumato più di metà sigaretta e la teneva appesa tra le dita, la cenere che formava una torretta.
"Invece io credo che la casa sia davvero... abitata."
Amelia lo guardò gettare la sigaretta dentro un tombino, l'ascoltò spegnersi sull'acqua di scolo.
"Dici sul serio? Perché lo pensi?"
Riprese a camminare seguita da lui e si fermò solo quando arrivò alla Mini. Cercò le chiavi in borsa e la aprì.
"Sensazioni." Rispose con tono sospeso.
Salì, chiuse la portiera. Enrico fece lo stesso.
"Le modalità di apparizione che descrivono sono piuttosto frequenti, ma i dettagli mi hanno colpita. Ah e poi non volevo dirlo davanti a Regina Radaelli, ma ho visto la sagoma di un volto sulla porta finestra del salone."
Mise in moto e partì veloce, guardando dritto. Non lui. Il cuore le batteva fortissimo.
Enrico restò senza fiato.
"La sagoma di un volto?"
"È apparsa e scomparsa, come un alone. Come se il vetro fosse appannato."

"Wow." Commentò lui.

Amelia non riuscì a capire con che tono.

"Come mai l'hai vista solo tu?"

Svoltò a sinistra.

"Riguarda quello che spiegavi poco fa alla Radaelli? C'è chi può e chi no?"

Lei non rispose.

"Io ho pensato che ci fosse qualcuno tra loro che vuole sabotare il matrimonio. Oppure a uno scherzo. Qualcosa da addio al nubilato, celibato. Robe del genere. E che, non so, questo qualcuno cercasse di simulare la presenza di un fantasma."

Amelia fece un verso di approvazione.

"D'altronde la presenza ha cominciato a manifestarsi quando Norma e il suo ragazzo, come si chiama, Leonardo, sono arrivati da New York per i preparativi." Ingranò la prima e ripartì al verde.

"Però tu dici di aver visto qualcosa. E hai avuto sensazioni. Quindi una presenza effettivamente c'è."

"Sì. Cioè, credo. Può darsi."

"Ma tu l'hai vista? L'hai vista, sei sicura, quella sagoma?"

Amelia superò un autobus senza mettere la freccia, quello dietro di lei si attaccò al clacson.

"Altrimenti non te lo avrei detto."

Non voleva confessare a Enrico di essere più esperta di

occultismo di quanto lui e gli altri, incluso Christophe, immaginassero. Non voleva dirgli che con i fantasmi certe volte ci faceva colazione. Che quella sagoma non era un'eccezione, che aveva fatto davvero bene a chiedere aiuto a lei, che nessuno sarebbe stato più indicato. Che tutto sommato Amelia era proprio quello che sosteneva di non essere. Più che un'esperta di occultismo, più che una sensitiva. Non voleva dirglielo, non ancora almeno.
"Okay, va bene. Io ti credo."
Il cielo si era coperto mentre loro erano dentro casa Radaelli con quel gruppo familiare di antipatici e un fantasma e ora le prime gocce sottili di pioggia cominciavano a cadere sul parabrezza. Amelia azionò i tergicristalli a velocità minima.
"Perché, c'era anche la possibilità che non mi credessi? Dopo che mi hai chiesto di aiutarti? Dopo avermi presentata come esperta di occultismo? E dopo avermi ripetuto cento volte che credi nel soprannaturale?"
Enrico si mosse sul sedile. Emise un mormorio indecifrabile e provò a dire qualcosa.
"Credi nel soprannaturale, ma hai comunque bisogno di prove, ho capito." Continuò lei senza lasciarlo parlare.
"Sei pur sempre un investigatore, un criminologo. Collabori con l'Interpol."
"Lo dici come se fosse una cosa orribile." Protestò Enrico.

"Hai una mente scientifica. Indizi, prove, casi…"
"Di nuovo, lo dici come se fosse una cosa orribile."
"E non ti rendi conto che non basta credere nel soprannaturale per capire cosa sia, veramente, soprannaturale."
Amelia accelerava e accelerava. Sembrava non riuscire a staccare il piede dal pedale di destra.
"Avrei chiuso subito il caso, ma se tu dici di avere avvertito qualcosa in casa Radaelli allora non mi fermerò qui."
Si voltò verso Amelia e lei sentì il suo sguardo sulla guancia.
Si decise a rallentare.
"Già."
"Però dobbiamo trovare un accordo." Continuò lui. "Dovremo stabilire quale percentuale ti spetta."
"Percentuale?"
"Il tuo compenso."
"Okay." Disse Amelia.
"Okay?" Chiese Enrico. "Significa che indagherai con me? Che accetti il caso?"
"Accetto il caso." Fece la voce seria, si fermò a uno stop.
"Allora io cercherò notizie sulla zona e informazioni su di loro. Tutti quanti, anche i fidanzati. Tu… non lo so. Potresti…"
"Mi inventerò qualcosa."
"Brava. Poi ci aggiorneremo e ci rivedremo per i dettagli. Ti sta bene?"

Sembrava una cosa così professionale che si vergognò di averlo immaginato sudato in pantaloncini da boxe. E in altre situazioni che era meglio non riportare alla mente.

"Sì." Rispose.

Proprio in quel momento, neanche a farlo apposta, Christophe telefonò.

Capitolo 6

Se c'era davvero un fantasma e sembrava di sì, chi era quel fantasma? Che rapporto aveva con casa Radaelli? Che legame aveva con i suoi abitanti, fissi o ospiti? Perché aveva cominciato a manifestarsi prima del matrimonio di Viola e Giulio? Aveva dei conti in sospeso? Voleva essere presente in quel momento? Cosa cercava di comunicare? Ed Enrico, che intenzioni aveva? Quanto davvero comprendeva? Fino a che punto credeva ai fantasmi? Fino a che punto arrivava la sua apertura mentale? A tratti sembrava lanciarsi, a tratti correre in ritirata e nascondersi sotto la terra. Esattamente come uno scorpione. E perché Christophe al telefono si era finto contento che lei ed Enrico lavorassero insieme a un caso, quando era evidente che gli stava friggendo la bile?

Saltellando tra spiriti, case infestate, matrimoni tra rampolli, il suo improbabile triangolo amoroso e gli scorpioni, il resto del martedì se ne andò. Riuscì solo a posticipare la manicure alle 7 di sera e prima a passare dalla Libreria Occhilupo. Non disse nulla a Jeff né a Melissa di quello che era successo dalla sua ultima visita. Prese il manuale sulla datazione dei reperti babilonesi, si scusò per la fretta e sparì veloce come era arrivata. Il resto lo rimandò al giorno dopo.

Spero che nessuno mi veda, pensava il mercoledì sera mentre camminava in piazza Sant'Eustorgio di ritorno dalla lezione di yoga al Centro Padma che frequentava ormai da tre anni. Era troppo freddo per fare la doccia e cambiarsi in palestra in quella stagione, al ritorno preferiva sempre imbacuccarsi. Aveva indosso un top rosa, leggings neri a vita alta, una felpa con cappuccio, un piumino lungo fino alle caviglie e un paio di sneakers coloratissime che le aveva regalato Lisa Offredi, sua amica dai tempi del liceo. Lisa dopo il diploma aveva studiato moda alla Central Saint Martins ed era rimasta a Londra dove ora abitava in un attico di Notting Hill. Faceva la stilista e aveva un suo marchio, Liz. Fino a qualche settimana prima frequentava uno skater. Prima ancora usciva con un DJ di musica Trap. Nell'ultima telefonata su FaceTime le aveva detto di essersi presa una cotta per un artista che creava sculture con le bottiglie di plastica raccolte sulle spiagge di Barbados. Per un tipo come Lisa quelle sneakers erano sobrie. Per Amelia, che di certo non vestiva in modo noioso e anzi amava l'originalità, erano comunque esagerate, ma ogni tanto le piaceva indossarle.

Così, per fare un piacere a Lisa, anche se lei non lo avrebbe saputo.

Amelia era stanca, ma attiva. Aveva ripassato alcune teorie sullo spiritismo, aveva annotato sul quaderno degli appunti i suoi pensieri dopo la visita dai Radaelli. Aveva elencato in una lista le informazioni avute da Enrico e quelle trovate dopo una breve ricerca su Google. Un primo approccio, più o meno lo stesso che avrebbe avuto se si fosse trattato, per esempio, di valutare un oggetto misterioso. Il programma di quel mercoledì sera dopo yoga prevedeva di passare a prendere la cena take-away dalla solita rosticceria cinese e farsi un bagno caldo a casa per poi riscaldare i ravioli di gamberi al microonde e mangiarli sul divano davanti a un episodio di *Miss Fisher*. In compagnia di Indiana e di un calice di vino.

Era il programma quasi fisso di ogni mercoledì, in verità, che normalmente prevedeva anche una ventina di minuti di chiacchiere con la sua insegnante e amica Selene, finita la lezione. Di solito sedevano nell'accogliente hall arredata in stile Boho, bevevano una tisana quando faceva freddo, un estratto di frutta quando faceva caldo. Parlavano di spiritualità e dei tre figli di Selene avuti da tre uomini diversi. Dei viaggi di Amelia e di rimedi naturali. Selene aveva una certa sensibilità, oltre che essere snodata come una contorsionista ed essere l'unica insegnante di yoga che non avesse mai fatto venire voglia ad Amelia di saltare le lezioni. La sua sensibilità le aveva concesso di capire che Amelia non era comune, che la sensibilità stessa di Amelia non era comune. E qualche volta capitava che, se nessuno disturbava la loro conversazione, riuscisse a cogliere aspetti vulnerabili di Amelia che nemmeno lei si era resa conto di avere. Perciò quel mercoledì preferì evitarla. Come stava evitando Jeff e zia Melissa.

Amelia zigzagò tra i rider in attesa davanti al McDonald's e poi si riversò insieme agli altri pedoni in piazza XXIV Maggio.

Il bello di Milano, come di tutte le metropoli, è che nessuno fa mai davvero caso a te, pensò. Il brutto è esattamente lo stesso.

Pochi minuti dopo, camminando a passo sostenuto, arrivò in viale Gorizia e aprì la porta della rosticceria Drago Verde. Un nome alquanto comune, così come era comune l'interno con stretti banconi laterali in formica per chi decideva di mangiare lì sfidando la puzza di fritto che penetrava fino alle ossa. Così come era comune il volto della ragazza alla cassa che sorrideva poco e controllava spesso lo stato della ricostruzione gel delle sue unghie. Meno comune era l'anziano proprietario, alto un metro e un fagiolino, sempre sorridente, che la chiamava "Lelia". Il nipote di lui lavorava in cucina ed era il fratello della musona alla cassa. Era una specie di figura perennemente sfocata sullo sfondo e nei rari casi in cui era capitato che raggiungesse il bancone, aveva fatto ridere Amelia con il suo buffo slang milanese.

Ordinò una porzione di ravioli di gamberi al vapore speciali Drago Verde. Non aveva mai capito cosa avessero di diverso dagli altri, ma erano di certo speciali. E poi del pollo agli anacardi e un involtino primavera. Uno soltanto. Aspettò fuori dove la puzza arrivava ancora, anche se in modo meno soffocante che all'interno della rosticceria. Era appoggiata al muro, osservava le persone che camminavano sul marciapiede. Quelli che si infilavano sul ponticello correndo con le cuffie in testa e nelle orecchie. Le famiglie con passeggino, la madre che guardava il cellulare e il padre che spingeva l'aggeggio con le ruote mentre il bambino giocava con il tablet. Amelia si diceva che se un giorno avesse avuto dei figli avrebbe provato a farli crescere fuori dagli schemi noiosi e banali nei quali si rinchiudeva quasi ogni famiglia che le capitava di incrociare. Anche i Radaelli, a modo loro, erano imbrigliati in uno schema. Lo schema della famiglia ricca, con il dovere di essere snob. E l'obbligo di proteggere il "buon nome".

Amelia udì una voce di donna dirle qualcosa di incomprensibile vicino all'orecchio. Si voltò rapida, non trovò nessuno. Dall'altra parte della strada, sul marciapiede, una ragazza dai capelli lunghi, biondi e un abito da sera in tulle con gonna a ruota la fissava. Non portava il cappotto, le sue unghie erano dipinte di rosso, riusciva a vederle fin da lì. Era pallida e aveva un'espressione che faceva spavento.

Un secondo dopo arrivò un'altra voce, questa volta dall'interno della rosticceria. Era il proprietario.

"Lelia" diceva "il tuo ordine è pronto."

Quando Amelia girò la testa verso la Darsena per vedere se la ragazza fosse ancora lì, non la trovò.

Un brivido che conosceva bene la percorse dalla nuca ai talloni.

*

Posò il sacchetto del Drago Verde sul tavolo della cucina. Andò nel bagno grande, aprì l'acqua della vasca. Vi gettò dentro una miscela fatta di sale dell'Himalaya con olio essenziale di lavanda e fiori essiccati di camomilla che aveva preparato lei stessa. Aspettò che l'acqua arrivasse al livello giusto e alla giusta temperatura, accese un paio di candele. Poi azionò l'idromassaggio, tolse i vestiti ancora sudati dall'allenamento e si calò dentro. Appena toccò l'acqua bollente, l'immagine della ragazza sul marciapiede di fronte al Drago Verde le riapparve lucida.

Per i successivi quindici minuti di ammollo Amelia si sforzò di mettere da parte il pensiero di Enrico, del fantasma di casa Radaelli. Cercò di attenuare l'ansia per i suoi doveri professionali e non, ma appena uscita da lì una telefonata di Christophe la riportò alla vita che la circondava. A quel mondo composto dagli "altri".

"Come stai, *ma belle*?"

Aveva finito da poco di cenare con i colleghi della squadra e si stava godendo uno splendido cielo stellato fuori dalla tenda dell'accampamento, disse.

"Tutto bene, stavo per mangiare qualcosa."

L'accappatoio era ancora aperto, osservò lo stato del suo corpo guardando verso i piedi.

Lo yoga mi fa proprio bene, decretò.

Si avvolse nella spugna soffice rosa cipria e strinse la cintura.

"*Uhm*, fammi pensare. Mercoledì sera… Immagino tu sia stata a yoga e poi alla rosticceria cinese. Ravioli di gamberi?"

Amelia sorrise. "Indovinato."

"Ormai ti conosco."

"Eh sì."

Ci fu una pausa, a giudicare dai rumori Christophe stava rollando una sigaretta. Si sentivano anche delle voci in sottofondo. Alcune in arabo, altre in lingue indefinibili. Alcune maschili, altre femminili.

"Come vanno gli scavi?" Domandò mentre infilava le confezioni del Drago Verde nel microonde e azionava il timer.

"Non abbiamo ancora iniziato il lavoro sul campo vero e proprio, oggi c'è stata la prima riunione. La referente per l'Egitto è una donna così intelligente. È un'archeologa molto giovane, ma ha già tenuto corsi alla Columbia."

Christophe pareva sinceramente estasiato e aveva parlato in francese. Una microscopica morsa di gelosia si palesò nella bocca dello stomaco di Amelia.

Non si era mai chiesta se anche Christophe potesse provare attrazione per donne che non fossero lei. Forse perché dava l'idea di essere cotto di Amelia fino al midollo. O forse perché, in ogni caso, non le piaceva pensarci.

"Ah è così? Una giovane archeologa egiziana intelligente e affascinante?" Lo provocò.

Christophe rise. "Sei forse *jalouse*?"

Amelia non rispose. Prese le bacchette nere che aveva comprato al mercato Bairong a Pechino, buttò nella spazzatura quelle usa e getta che gentilmente ma inutilmente le davano ogni volta al Drago Verde. Anche se lei spiegava che non ne aveva bisogno.

"Raccontami del tuo lavoro con Enrico. Cosa state facendo?" Pronunciò Enrico con la "en" nasale alla francese.

"A dire il vero non potrei dirti niente." Amelia era sincera, pensava alla richiesta di Regina Radaelli. Discrezione, non parlare con nessuno, bla bla bla. Non che Christophe da un accampamento di archeologi vicino Luxor potesse rappresentare chissà quale pericolo per il "nome dei Radaelli", ma comunque...

"Cose segrete allora. Mi devo preoccupare?" Fingeva di riferirsi al lavoro in sé, ma a lei non sfuggì il resto.

Il timer del microonde suonò, inopportuno e opportuno al tempo stesso.

"Il tuo amico ha bisogno della mia consulenza per un caso al quale sta lavorando." Usò la formula più neutra che poteva.

"Riguarda faccende di occultismo? Quando mi ha chiesto il tuo numero ha detto così."

Amelia estrasse le vaschette dal microonde, spostò i ravioli su un piattino accanto all'involtino primavera. Travasò il pollo in una ciotola e si riempì un bicchiere di Chardonnay. Ne bevve subito un sorso.
"Qualcosa del genere. È interessante comunque." Disse mentre prendeva un tovagliolo di stoffa dal cassetto.
"Limardi è molto interessante, lo so."
"Intendevo il caso."
Christophe, come tutti quelli che si innamorano perdutamente e che in cuor loro sanno di non essere ricambiati con uguale trasporto, stava diventando una specie di sensitivo. A momenti avrebbe superato Amelia. Qualcuno chiamò il suo nome, poi disse qualcosa in francese. Era chiaramente una donna stavolta, magari proprio quell'archeologa egiziana che teneva corsi alla Columbia.
"Scusami, *ma belle*. Devo andare. Provo a chiamarti domani sera, *ça te dit*?"
"*Oui.*" Rispose Amelia. Lui le mandò un bacio e lei mise giù.

La sua cena cinese, come era tradizione, la consumò sul divano in accappatoio. Indiana stava sdraiato sul tappeto sperando che qualcosa cadesse a terra, un episodio di *Miss Fisher* in sottofondo, fuori Milano che si muoveva. Questa volta accanto a sé Amelia aveva anche una pila di libri su spiritismo, evocazioni, manifestazioni paranormali, luoghi infestati. E il quaderno per gli appunti con una penna Stadler blu di quelle lunghissime a righe gialle e nere pronta a scrivere. Addentò l'involtino primavera tenendolo avvolto nella carta assorbente. Lo posò e aprì il primo libro. Intanto, Phryne Fisher flirtava vivacemente con il detective Robinson. Amelia pensò a Enrico Limardi e a lei che tutto sommato con Phryne Fisher aveva diverse cose in comune. Il forte senso estetico, la vita avventurosa, la passione per i misteri. I soldi di famiglia. Enrico invece aveva in comune con Jack Robinson il lavoro di investigatore e quel certo non so che caratteristico di chi dice tutto e non dice niente al tempo stesso. Tornò al libro, prese alcuni appunti. Poi tornò di nuovo a Phryne Fisher che adesso stava interrogando a modo suo una ragazza. Amelia mangiò un raviolo, lo masticò a lungo. Finì lo Chardonnay e tornò in cucina per riempire di nuovo il bicchiere.

Stava attraversando le porte scorrevoli quando sentì un bisbiglio all'orecchio. Come le era già successo prima, fuori dalla rosticceria. Entrò in cucina e una breve ma decisa folata di vento caldo le scompigliò i capelli facendole finire un ciuffo sugli occhi che presero a lacrimare. La finestra era chiusa, niente spiffero. Subito dopo avvertì un profumo caramelloso arrivarle alle narici e poi svanire. Un profumo femminile. E poi dei passi e un tonfo, l'aria che si muoveva rapida. Amelia ebbe l'impressione di precipitare.

Di punto in bianco sparì l'appetito, ma non la voglia e il bisogno di un secondo calice di Chardonnay. Lo buttò giù in sorsi filati, raccolse i resti della cena e li mise in frigo così com'erano. Tornò sul divano. I libri sui fantasmi la guardavano, ma ora era lei a non voler guardare loro. Le gambe tremavano, si sentiva svuotata e paralizzata. Capitava, delle volte, che le presenze che avvertiva o che si mettevano in contatto con lei la spaventassero. Proprio come succede con gli umani in carne e ossa, infatti, anche tra gli spiriti c'era chi aveva intenzioni positive e chi negative. Non le fu difficile collegare tutto a quello che Regina le aveva detto rispetto alle manifestazioni in casa Radaelli. E il fantasma di casa Radaelli, che ora era chiaro stesse visitando anche lei, sembrava decisamente parte della seconda categoria di spiriti. O quantomeno era molto, molto arrabbiato. Arrabbiata, avrebbe potuto dire a quel punto.

*

Erano da poco passate le 10 e Amelia pensò che avrebbe potuto chiedere a Jeff di andare da lei, per non restare sola. Oppure andare lei da lui. O da Melissa. Entrambi abitavano a tre minuti da casa sua. Melissa sull'Alzaia, Jeff sulla Ripa del Naviglio Grande. In pratica avevano colonizzato la zona. La casa di Melissa era persino collegata alla Libreria Occhilupo da una scala interna. Sua zia aveva fatto realizzare il progetto da un architetto con cui era stata brevemente sposata all'inizio degli anni Novanta, quando la madre di Amelia era ancora viva. Jeff invece era in affitto in un bilocale soppalcato molto carino, nuovo di zecca e con bei mobili. Nel giro di qualche secondo cambiò idea. Avrebbe dovuto raccontare tutto dall'inizio, da quando Enrico l'aveva chiamata il lunedì fino a quella sera. Non ne aveva voglia, non adesso. Scelse di provare a rilassarsi, invece, e pensò di preparare una tisana forte. Aggiungerci delle gocce di valeriana magari. Oppure no, meglio ancora. Jeff l'ultima volta che era stato lì le aveva lasciato una canna della sua marijuana legale. Già rollata, sperò. La cercò nel cassetto del Chippendale, nella scatolina di latta ovale con sopra un'illustrazione di inizi Novecento, olandese. Aprì la scatola e trovò effettivamente dell'erba. E anche carta da filtro, una cartina piegata a metà. Niente di già pronto però. Le sarebbe toccato farla da sola se voleva fumare. In più non aveva altre sigarette all'infuori delle Vogue alla menta rinsecchite. Fu colta da una breve indecisione, ma alla fine scelse di accontentarsi e di darsi da fare. Aveva proprio bisogno di qualcosa che la stordisse un pochino. Nel frattempo Indiana era salito sul divano e subito si era addormentato, Miss Fisher cenava a lume di candela con Jack Robinson e un rumore che somigliava a del tulle strappato era provenuto dal nulla. Seguito da una specie di grido.

"Okay, okay Amelia. Nessuna paura. Nessuna paura, nessuna ansia, nessuna paranoia. Qui dentro ci siamo solo io e Indiana. Solo io e Indiana." Si ripeteva a voce alta.

"E se c'è qualcun altro, questo qualcuno è una presenza positiva." Provava a convincersi.

Indiana riaprì gli occhi e miagolò.

Amelia comandò il battito del cuore, sedette sul bordo del divano e si mise all'opera per preparare la canna.

Le servirono all'incirca tre minuti, Netflix aveva fatto partire l'episodio successivo in automatico. Una volta che ebbe finito rimirò la sua creazione. Era un po' cicciottella sui fianchi, il filtro sbucava dalla cartina, ma si reggeva e si accese. Prese un posacenere, si rilassò sul divano e pian piano scivolò sempre giù. Sistemò il cuscino dietro alla testa. Indiana le si avvicinò tanto da far scontrare la sua medaglietta con l'amuleto di lei.

Amelia aspirò un primo tiro, tossì. Un secondo tiro, andò meglio. La sigla di *Miss Fisher*. E poi un terzo, un quarto, un… Tutto ciò che riusciva a vedere era nebbia. Provò ad aprire gli occhi di qualche altro millimetro e ancora nebbia. La parte di salotto che riusciva a inquadrare era nebbia. Il tappeto, il tavolino Napoleone III davanti al divano, il bracciolo del divano stesso, la scala sulla sinistra che portava al soppalco che a sua volta seguiva il perimetro del salotto e ospitava la libreria. Nebbia. Riconosceva quello che aveva intorno solo perché conosceva bene il suo appartamento. Era così che doveva sentirsi il cane di Hart, quello senza una zampa e con la cataratta. Cercò di alzarsi o almeno di girarsi o di muovere le dita dei piedi. Niente. Allora provò a chiamare Indiana. Sentiva la pressione del gatto contro la sua schiena, ma le era impossibile raggiungerlo. Un profumo femminile esplose nell'aria insieme a un tonfo.

Le palpebre di Amelia ricaddero, Indiana fece uno strano miagolio. La sua voce felina era strozzata e ora non lo sentiva più contro la schiena.

"Indiana, Indiana, Indiana…" Ripeteva a occhi chiusi, ma tutto quello che usciva dalla sua bocca era una sorta di rantolo.

Un miscuglio di immagini inanellate che non avevano contorni delineati. C'era Christophe che provava a telefonarle, ma il suo cellulare dava spento. Melissa che prendeva appunti con la penna Stadler blu di Amelia ai margini di un libro, cosa che non avrebbe fatto neanche sotto tortura. Jeff che si stava vestendo da Drag Queen per andare al Toilet, cosa che non avrebbe fatto mai neanche sotto tortura.

E poi Enrico, Enrico, Enrico e ancora Enrico. Dobbiamo andare, le diceva. Sbrigati che comincia il matrimonio. Erano insieme nella camera da letto di una casa vicina al mare, le finestre spalancate, l'aria di iodio. Amelia stava cercando il suo reggiseno tra le lenzuola, si vestiva da sposa anche se sapeva di non essere la sposa, consapevole che avrebbe rubato la scena a qualcun'altra. Raggiungeva Enrico che stava parlando con un uomo che vendeva ghirlande fatte a mano. Entrava in chiesa, nessuno sembrava accorgersi che indossasse un abito da sposa. All'altare Giulio Soncini. L'officiante non era un prete, ma Tommaso Radaelli vestito da giudice. Suoni e voci. Rumori. Regina distribuiva dolcetti filippini.

La sposa entrava in chiesa da un ingresso laterale, forse quello della sagrestia. Si fermava davanti ad Amelia che provava a sbirciare sotto il velo di tulle. Somigliava a Viola, ma non era lei. Aveva i capelli biondi.

E poi di nuovo suoni e voci. Rumori. Che era impossibile capire da quale mondo provenissero. Il mondo dei vivi? Dei morti? Dei sogni? Amelia era legata al divano, come trattenuta da una cintura di forza. I suoi occhi erano aperti, ma non vedeva. La sua bocca provava a parlare, ma non ci riusciva.

"Chi sa, torna per parlare." Disse qualcuno al suo orecchio con una voce irriconoscibile.

Di nuovo quel suono di tulle strappato, un mezzo grido. Sentì il braccio sinistro freddo e bagnato. Con uno sforzo immane riuscì a toccarlo con l'altra mano.

Una terza mano, più fredda ancora del suo braccio, gliela afferrò. Unghie rosse a forma di mandorla, pelle chiarissima. Scivolò via trascinando con sé Amelia che precipitò e precipitò e precipitò attaccata a quella mano fredda finché, finalmente, cadde dal divano e si svegliò.

Capitolo 7

Mise a fuoco. Il tappeto, lo schermo della tivù statico sulla home di Netflix, Indiana che la fissava dal primo gradino della scala per il soppalco, la coperta attorcigliata, la nuca sudata, i capelli appiccicati al collo, il posacenere ribaltato a terra. Una sensazione di arsura in bocca. Fuori, buio pesto. Cercò il cellulare e lo trovò incastrato tra i cuscini del divano. Infilò una mano dentro, pescò un accendino Clipper che probabilmente era di Christophe. Non funzionava. Ripescò anche il telefono e lo sbloccò. Si alzò in piedi tanto in fretta che le girò la testa. Andò in cucina, aprì una bottiglia di acqua minerale e ne svuotò più della metà senza neanche rendersene conto. Sempre senza rendersene conto riprese in mano il telefono e cercò in rubrica il numero di Enrico Limardi.

Dopo il sopralluogo a casa Radaelli del giorno prima e dopo che Amelia l'aveva riaccompagnato in studio erano rimasti d'accordo di fare rispettive ricerche separate.

Il primo che avesse avuto novità, lo avrebbe comunicato all'altro. Quello che era accaduto sul divano si definiva clinicamente "terrore notturno", ma Amelia sapeva che non era solo quello. Per lei era una sorta di viaggio, di contatto con altre dimensioni. Seguito dal sogno pieno di simboli e messaggi, dalle voci…

"Chi sa, torna per parlare." Aveva detto qualcuno, alla fine.

Quella frase bisbigliata e tutto il resto erano più che novità. Premette l'icona con telefono bianco su sfondo azzurro e lo chiamò.

È tardi, ma che importa, si disse.

Squillò. Al terzo bip Enrico Limardi rispose.

"Pronto?" La voce era lontana.

Musica alta, parole spezzate e mischiate, passi, risate. Gente che cantava. Vetro contro vetro.

"Pronto?" Ripeté.

"Ho delle novità. È successo qualcosa."

"Come?"

Il sottofondo dall'altro capo del telefono si stava affievolendo, segno che forse Enrico si era allontanato dalla confusione. Ma dov'era? A una festa?

"Ho detto che è successo qualcosa. Stasera. Cioè, poco fa."

"A Chris?" Si preoccupò Enrico e ad Amelia presero una serie di fitte allo stomaco.

"No, a me." Sospirò.

Bevve altra acqua.

"Riguarda il caso Radaelli, il fantasma." Sospirò di nuovo.

"Ah."

Seguì un silenzio da parte di entrambi.

"Hai capito?"

"Sì." Rumore di passi, di tacchi.

"Sono al telefono Ele. È lavoro." Disse spostando un poco la cornetta, ma non abbastanza da impedire ad Amelia di sentire.

"Okay fai presto." Rispose Eleonora con la sua inconfondibile mielosa vocina.

"Arrivo subito."

Lo schiocco di un bacio.

"Amelia, ci sei?"

"Sono qui."

"Scusa, sono a una festa con Eleonora."

Amelia tacque.

"Possiamo sentirci domani mattina? Ho anche io delle cose da dirti sui Radaelli." Riprese Enrico.

Il nome Radaelli lo pronunciò pianissimo, facendolo strisciare tra i denti.

Non gliene fregava un accidenti della sua urgenza. Della sua novità. Un accidenti! Amelia riattaccò il telefono e si infilò direttamente nel letto con il cuore a mille e la mascella contratta.

*

Era da tempo che non si svegliava arrabbiata e per di più alle 9 del mattino di un giorno lavorativo. Quello che era accaduto la sera prima era reale, un reale che includeva anche il soprannaturale è ovvio. Comunque, Amelia si maledisse per aver fumato la canna, per quanto priva di THC, che le aveva lasciato Jeff e che aveva reso quel reale soprannaturale ancora più angoscioso. Forse le cose che aveva visto e sentito sarebbero state meno terrificanti senza l'effetto extra. Si promise di non farlo più per un bel pezzo. Un principio di emicrania si palesò mentre era ancora sdraiata a letto. Tossì più volte. Si promise di non fumare neanche sigarette per un po'. Tirandosi su a sedere, guardò fuori dalla finestra. Grattò Indiana sotto il muso, lui si stese su di lei e si mise a guardare nella stessa direzione. Alzò il cuscino, piegò le ginocchia e il gatto fu costretto a spostarsi. Milano era molto Milano quel giovedì, grigia e in fermento. Amelia prese il telefono dal comodino, Indiana uscì dalla stanza e scomparve in corridoio con la coda dritta. L'icona delle notifiche di WhatsApp indicava nove messaggi non letti, entrò nell'app usando la mano destra, mentre con la sinistra si massaggiava le tempie. Gliene sarebbero serviti litri di olio di violetta quella mattina! Altroché due gocce come quella dopo il party della Juniper.

Tra i messaggi ce n'erano due di Melissa delle 9:25. Le chiedeva se volesse pranzare con lei e Jeff. E poi le diceva che suo cognato Bernie, ovvero il padre di Amelia, sarebbe passato da Milano a inizio dicembre.

Un altro messaggio delle 9:15 era di suo padre che le diceva la stessa cosa, le chiedeva di chiamarlo più spesso, le domandava come andasse con il suo "archeologo francese" e concludeva con un "in gamba, principessa", una faccina che sorride a occhi stretti e un cuoricino arancione.

Un messaggio delle 9:11 era di Hartman che le chiedeva se avesse novità riguardo alle figurine egizie. Diceva di avere installato WhatsApp anche se negli Stati Uniti non lo usava quasi nessuno. Allegava la foto di un'omelette al salmone che aveva cucinato e un'altra del cane che dormiva a pancia all'aria sul divano.

Un messaggio delle 9:03 era di Lisa che annunciava di essere finalmente andata a letto con l'artista che creava sculture con le bottiglie di plastica, ma diceva anche che era stata una delusione. Allegava un selfie scattato nel suo ufficio per mostrarle l'allungamento delle ciglia che aveva pagato trecento sterline.

Un messaggio delle 9:01 era di Selene che l'avvertiva personalmente che mercoledì avrebbe saltato la lezione di yoga perché avevano anticipato il saggio di clarinetto del figlio di mezzo.

Un messaggio delle 8:55 era del Centro Yoga Padma che avvertiva Amelia della stessa cosa con tono più professionale.

Un messaggio delle 8:49 era di Jeff che le ricordava che dovevano ancora approfondire il discorso sul criminologo. E su Christophe. Anche Jeff insisteva perché pranzasse con lui e Melissa. Le confessava di averle raccontato dell'incontro di Amelia.

L'ultimo messaggio delle 8:43 era di Enrico Limardi.

Ho ulteriori novità, puoi passare allo studio? Quando vuoi, ma il prima possibile. Io sarò qui tutto il giorno.

Capitolo 8

"Regina Radaelli mi ha licenziato."
Era passato da poco mezzogiorno ed Enrico stava sciogliendo un'aspirina facendo roteare il bicchiere. La pastiglia frizzò rumorosamente fino a dissolversi del tutto. "Anzi, a essere esatti ci ha licenziati entrambi." Svuotò il bicchiere e lo posò sulla scrivania.
Improvvisamente il mondo di Amelia vacillò, perse i punti di riferimento intorno a sé, si sentì smarrita. Notò che Enrico aveva gli occhi arrossati e un piccolo livido sul collo, quello che ai tempi del liceo si chiamava succhiotto. Un segno inconfondibile che, quasi senza dubbio, aveva la firma di Eleonora Santi.
"Dici sul serio?"
"Sì, dico sul serio."
Anche lui sembrava affranto. O forse portava solo addosso i postumi di una sbronza e di una notte di follie con la sua influencer. Ad Amelia era venuta una voglia incredibile di fumare una sigaretta, nonostante il mal di testa e le promesse. Pensò di chiederne una a Enrico, ma evitò.
"La signora è passata qui di persona ieri pomeriggio, ha saldato il conto e mi ha chiesto scusa per il disturbo. Le

dispiaceva talmente tanto avermi mobilitato e che io avessi mobilitato te per niente che ci ha tenuto ad aggiungere un extra in contanti."

L'intero compenso, mancia inclusa, Enrico specificò che lo avrebbe diviso con Amelia. Come se gliene fregasse qualcosa, era per ben altre ragioni che era delusa.

"Ti ha spiegato perché?"

Enrico scosse la testa, alzò le spalle, guardò Amelia per un piccolo istante.

"Ha detto che hanno troppo da fare con il matrimonio e che suo marito aveva ragione a pensare che non valesse la pena scomodare dei professionisti per certe sciocchezze."

"Insomma ha cambiato idea nel giro di ventiquattro ore."

"Così sembrerebbe."

"E tu perché hai aspettato stamattina a dirmelo se la Radaelli è venuta qui ieri pomeriggio?"

Amelia ancora non si era seduta e ora guardava Enrico tenendo la sua borsa di Hermès con la mano sinistra. Era pesante. Mentre cercava di interpretare le espressioni enigmatiche sul volto di lui la appoggiò sulla sedia.

"Ieri sera sono andato a quella festa con Eleonora per un motivo preciso. Era il compleanno di un tizio che conosco a malapena, ma sapevo che ci sarebbe stata anche Norma."

"Norma Radaelli?" Si stupì Amelia.

Una vampata di strana gelosia la colse.

"Sì, lei. La sorella maggiore."
Tirò fuori il pacchetto di sigarette e Amelia si decise a chiedergliene una. Stava mandando a quel paese tutti i suoi buoni propositi uno dopo l'altro.
"Ho scoperto proprio ieri, dopo aver parlato con Regina, che Eleonora conosce Norma. Il festeggiato era un loro amico comune." Raccontò mentre gliela accendeva e poi accendeva la sua.
Non solo erano simili, si conoscevano pure!
Amelia ed Enrico si spostarono entrambi più vicini alla finestra. E tra loro.
"Conosce anche Viola e Giulio. Non sono esattamente amici, ma si salutano quando si vedono e hanno conoscenti condivisi. Ho pensato di andarci, alla festa, per capire se Norma sapesse qualcosa sul cambio di idea improvviso della madre prima di parlare con te."
Amelia tirò una lunga boccata che non le diede da tossire, ma le fece girare lo stomaco.
"Avrei comunque aspettato a dirti che non se ne faceva più niente dell'indagine, dopo che è venuta qui Regina. Prima che arrivasse avevo ripreso fuori i documenti di quando avevo lavorato per Tommaso Radaelli." Amelia tentò di fare una domanda, ma Enrico la precedette.
"Si trattava di tutt'altro, un appartamento di lusso arredato e messo in affitto il cui proprietario era morto senza lasciare eredi. La sede della Real Estates Radaelli di

Monza era l'intermediaria. Ci avevano chiesto di rintracciare qualche parente, anche lontano e se ne era occupata mia sorella. Non ho trovato chissà che di interessante nei fascicoli, ma mi ha insospettito un dettaglio: la clausola di completa segretezza. Aggiungi a questo il cambio di idea improvviso di Regina Radaelli... Tommaso è un tipo abituato ai segreti, di certo. Non che il caso al quale lavorammo io e Miriam possa c'entrare con questo, ma l'ho trovato una specie di indizio per spiegare la poca chiarezza. E quello che ho scoperto da Norma ha confermato la mia ipotesi."

Amelia si sporse verso Enrico per scrollare la cenere dalla sigaretta. Annusò per la prima volta il suo profumo e fu come entrare in un mondo parallelo. Diede solo un altro tiro e spense la cicca nel posacenere, questa volta un vero posacenere, che lui reggeva tra le mani.

"C'era anche il suo ragazzo, Leonardo Galanti." Riprese Enrico. "Ma è stato in disparte tutto il tempo, non sembrava il suo ambiente. Lei era ubriaca fradicia e quando l'ho avvicinata ci ha persino provato con me..."

Ti stupisce tanto? Avrebbe volute chiedergli.

"Cosa hai scoperto da lei?" Riuscì a domandargli invece.

"Ha detto che in fondo le dispiaceva che avessero deciso di interrompere le indagini. E che, tieniti forte, avessero licenziato anche la cameriera. Ha ripetuto che sua madre è pazza, ma ha aggiunto che sono tutti pazzi nella sua famiglia. Che è contenta di vivere a un oceano di distanza da loro."

Ora Enrico fissava Amelia aspettando una reazione.

"Scusa, perché far entrare in casa propria un investigatore e una... com'è che mi chiamate tu e Christophe? Un'esperta di occultismo. Dico, perché farci entrare in casa, raccontarci quelle cose e poi buttarci fuori? E perché buttare fuori, proprio negli stessi giorni, la cameriera? Era a servizio da tanto tempo e, per inciso, prepara dolci incredibili. Quando allontani tutte le persone esterne che lavorano per te vuol dire che c'è qualcosa che stai nascondendo." Rifletté a voce alta.

Amelia camminava avanti e indietro. Due passi con la gamba sinistra, pivot, due passi con la destra.

"Ottima osservazione. È proprio per questo che ti dico che io non ci vedo chiaro e voglio scoprire cosa c'è dietro. Non mi piace questa storia. Non mi piace affatto."

Enrico la seguiva spostando gli occhi. Amelia si fermò.

"Vuoi scoprire? Indicativo presente?"

"Sì, certo. Neanche morto mi terranno lontano adesso."

Si udì il rumore di una porta che si apriva e poi si richiudeva. Era quella di ingresso. Una voce femminile che parlava al telefono, rumore forte di tacchi. Interruppe il batticuore di Amelia. Vide il lembo di un impermeabile svolazzare davanti alla porta aperta della stanza in cui si trovavano lei ed Enrico. Poi una donna piuttosto alta, con il telefono in una mano e una valigetta di Prada color cammello nell'altra. Posò a terra la valigetta, guardò Amelia. Le andò incontro con la mano libera tesa.

"Sono Miriam, molto piacere." Disse mentre continuava a tenere il cellulare all'orecchio.

La sua stretta era forte, la sua mano fresca e morbida, il suo sorriso rassicurante. Nel fondo degli occhi scuri, Amelia riconobbe tracce di Enrico.

"Miriam Limardi." Specificò.

Prima ancora che Amelia potesse dire qualcosa oltre al proprio nome e cognome, la sorella di Enrico fece un cenno di scuse, indicò il telefono, alzò gli occhi al cielo, bisbigliò un ciao generico e si voltò per andarsene. Amelia ora le dava le spalle, ma la sentì ugualmente esitare un attimo sulla soglia. E percepì che stava inviando un segno di approvazione a Enrico. Qualcosa del tipo "bravo, molto carina!"

Sorrise, Enrico se ne accorse. E arrossì.

"Ecco, hai conosciuto la famosa Miriam, mia sorella. Sorellastra a dire il vero. Da parte di padre. Si occupa di tutte le questioni legali dello studio." Disse nascondendo una specie di imbarazzo.

"Sembra simpatica."

"È un po' agitata."

Amelia sorrise, fece un gesto di comprensione.

"È un avvocato."

Enrico sorrise a sua volta, indugiò un attimo su Amelia, come fosse rapito da lei. Poi di colpo si ridestò.
"È arrivata al momento giusto, comunque. Stavo per proporti di continuare a indagare insieme a me sul caso Radaelli. Senza clienti, ma Miriam può occuparsi di stendere un contratto. E il compenso puoi deciderlo tu."
L'universo intero si mise a splendere come se stesse venendo ricoperto da una pioggia rosa glitter. Fuori in realtà ora scendeva una pioggia ben diversa. Sottile, fitta. Di intensità crescente. Del contratto e dei soldi ad Amelia importava zero, quello che la rese felicissima fu sentire che Enrico voleva continuare a indagare, lavorare fianco a fianco al caso Radaelli. Anche in assenza di un committente. Indagare insieme a lei.
"Perché lo fai?" La domanda venne fuori dal petto. Rapida, incontenibile, un getto.
"Puro desiderio di verità."
Puro desiderio di verità. Erano belle parole, Amelia si augurò che fossero anche sincere. Sembrava che in lui qualcosa che riguardava le motivazioni fosse cambiato.
A pensarci bene anche per Amelia le motivazioni erano cambiate e stavano cambiando molto in fretta o per meglio dire si stavano evolvendo passo dopo passo.
Al principio era stata solo una scusa per rivedere quell'investigatore. Poi era diventata una curiosità, una sorta di studio. Dopo la sera precedente e adesso con le nuove

informazioni di Enrico era quasi un'urgenza. Doveva scoprire che cosa stesse succedendo in quella casa, con quel fantasma che da quella casa usciva anche per farsi vedere da Amelia. Mentre la ragione originaria dell'interesse per il caso, però, non veniva certo meno. Al contrario.
"Sinceramente temevo che sarebbe finito tutto qui." Ammise. Intendeva l'indagine, davvero, ma il suo inconscio ci aveva appiccicato dell'altro. Altro che Enrico o non colse o finse di non cogliere.
"Sono felice di sapere che questa indagine ti coinvolga."
"Ho lasciato anche dei clienti in sospeso." Un'altra confessione.
Si guardarono negli occhi mentre il cuore di Amelia faceva capriole avanti e indietro, avanti e indietro.
"E io non ho accettato due nuovi casi che sono arrivati."
Enrico si spostò dietro la scrivania, restando in piedi.
"Vorrà dire qualcosa, no?"
Amelia tacque, qualsiasi parola avesse pronunciato in quel momento sarebbe stata pericolosa.
"*Words are spells*" diceva spesso Jeff.
Le parole sono formule magiche. Quello che dici, crei.

*

Enrico la invitò a sedersi e poi fece altrettanto. La nuova distanza fisica tra loro era fastidiosa, ma necessaria. Amelia si tolse il cappotto, tirò giù un poco le maniche del morbido maglione panna e nero con piccole nappe che pendevano in diagonale. Si guardò le unghie fresche di manicure, adesso dipinte di nero, arrotondate. Facevano contrasto con la pelle chiara. Avvertì la sensazione di un colpo di aria che la spostò, ricordò la mano che aveva afferrato la sua dal divano. Le unghie rosse, il colorito pallido. Il terrore, la paralisi notturna. Quell'atmosfera di oscura sospensione che l'aveva spinta a forza in un mondo segreto. La nebbia. Il fantasma. Il sogno. L'acqua. Acqua, un elemento che tornava spesso. Il miagolio di Indiana. La telefonata a Enrico... Sentì un groppo in gola e si ricordò di essere andata a dormire e di essersi svegliata arrabbiata con lui.

Enrico, come già era capitato in quei pochi giorni, le lesse nella mente.

"Adesso vuoi raccontarmi cosa è successo ieri sera? Perché mi avevi chiamato? Non aspetto altro."

Era difficile dire se scherzasse o fosse serio. Se la stesse prendendo in giro oppure no.

Da una stanza in fondo al corridoio arrivarono stralci di conversazioni telefoniche concitate che vedevano protagonista Miriam Limardi. Enrico fece finta di niente o forse ci era talmente abituato che non ci faceva più caso. Era lo stesso per Amelia con i fantasmi e con le varie manifestazioni soprannaturali. Ci era talmente abituata che non le facevano più chissà quale effetto. Però questo, di fantasma, gliene faceva eccome. E le faceva effetto anche l'idea di parlarne con Enrico che in fondo conosceva da una settimana. Cinque giorni scarsi, per la precisione. Gli avrebbe dovuto spiegare molte cose per fargli capire in che modo avesse collegato le apparizioni viste a casa sua con il fantasma di casa Radaelli. Molte cose che ad Amelia di solito piaceva riservare a pochi intimi. Pochissimi. In verità solo a Jeff, se si escludeva la famiglia di sangue. In tanti sapevano che Amelia era particolarmente, diciamo, sensibile e ricettiva. Pressoché nessuno sapeva tutto. Certo, aveva già detto a Enrico della sagoma che aveva visto sul vetro nel salone dei Radaelli ed Enrico, per questa e altre ragioni, aveva già capito che Amelia possedeva "abilità paranormali". Era un passo avanti rispetto a molti altri nella conoscenza della vera lei, come le aveva fatto notare Jeff, ma faceva lo stesso paura. Voleva dire aprirsi sul serio e Amelia era brava in tante cose, ma in quello poco. Però era anche coraggiosa e sapeva quando rischiare.

Di nuovo un rumore di passi nel corridoio, nessuna voce questa volta. Se non quando arrivò alla porta di ingresso e

disse "non ripasso in studio. Ci vediamo domani!"
E poi aggiunse "ciao Amelia, piacere di averti conosciuta!"
Amelia non fece in tempo a rispondere, Miriam Limardi era probabilmente già dall'altra parte della città. Si muoveva più rapida di un giaguaro.
Appena lei ed Enrico rimasero soli avvertì con chiarezza qualcosa di avvolgente nell'atmosfera. Si sentiva bene, al sicuro e al contempo eccitata. Dentro a un'avventura eppure protetta. Così alla fine si decise a parlare.
Mentre lo faceva, poco a poco, si rese conto di avere sempre saputo che con quella persona avrebbe smesso presto di usare filtri e indossare maschere. Si rese conto di essere straordinariamente a suo agio. Gli disse tutto, proprio tutto. Della ragazza davanti alla rosticceria cinese, delle frasi bisbigliate al suo orecchio, del braccio bagnato, delle correnti d'aria, della sensazione di precipitare nel vuoto, della mano che l'afferrava, del tulle strappato, del sogno… Sentì le guance in fiamme quando dovette raccontargli che nel sogno loro due erano insieme nella camera da letto di una casa sul mare, che lei indossava un abito da sposa. Non poteva tralasciare niente. Okay, giusto i dettagli del reggiseno e di lei nuda. Quelli erano davvero troppo.
Spiegò che le succedeva da sempre, di avere esperienze simili. Di percepire cose in modo tanto forte. Parlò di

nuovo della sua famiglia, stavolta in modo approfondito. Parlò di come era cresciuta, di sua madre, di sua zia empatica al punto da leggere i cuori altrui come fossero il retro di una scatola di cereali. Di nonna Adelaide, dalla quale la gente andava per comunicare con i propri cari defunti. Gli parlò del ciondolo-amuleto con smeraldo grezzo incastonato che indossava sempre, glielo mostrò abbassando il collo del maglione e tirandolo fuori. Era stato grazie a quel dono che a nove anni Amelia aveva davvero realizzato di essere magica, di appartenere a una discendenza di streghe le cui abilità andavano curate e protette, anche con un talismano come quello.

Se zia Melissa l'avesse sentita non era certa che avrebbe approvato, figuriamoci il suo amico Jeff, ma Amelia era un fiume in piena ed Enrico era in pieno ascolto.

La seguiva con un'attenzione e un interesse che nessuno le aveva riservato prima. Nel suo sguardo non c'erano tracce di giudizio, né di curiosità morbosa.

Quando finì, lui non ebbe nessuna delle reazioni che Amelia avrebbe immaginato.

"È possibile che il fantasma dei Radaelli si sia, come dire, attaccato a te? E che abbia quindi lasciato i Radaelli e la loro casa? Che il non vedere e sentire altre cose strane abbia spinto Regina a ritirarsi?" Ipotizzò Enrico mentre giocava con il fermacarte a forma di piramide.

Lo disse con naturalezza, senza scomporsi davanti alle

rivelazioni di lei. Senza fare commenti, senza porle domande sul resto. Non sembrava disinteresse quanto più una silenziosa comprensione. Ad Amelia venne voglia di chiedergli perché avesse il fermacarte di un convegno di criminologi del 1987, anno in cui lui doveva essere a malapena nato. E perché non si fosse sconvolto quando lei gli aveva raccontato ciò che aveva visto e che vedeva.

"È possibile." Rispose.

Continuò a riflettere osservando la pioggia fuori che si dava sempre più da fare.

"Tuttavia mi sembra improbabile. Sono abbastanza sicura che questo fantasma stia cercando di mettermi, di metterci, sulla strada giusta. Che stia mandando dei segnali simbolici. Le manifestazioni spiritiche sono molto più complesse di quanto tu possa immaginare." Si lanciò a dire.

Le sembrava di parlare con Jeff da tanto era rilassata. Non aveva indugiato neanche una volta sulla parola "fantasma". O su "segnali". Il merito era quasi tutto degli occhi di Enrico che la guardavano davvero. Che la vedevano.

"Le porte che cigolano il più delle volte non vogliono dire niente, se non che c'è bisogno di oliare i cardini. Questo genere di segnali invece significano moltissimo." Riprese con ancor più animo.

"Quindi il fantasma si sarebbe presentato in due case diverse. Regina Radaelli d'altronde non ha mai detto che il fantasma avesse smesso di palesarsi da loro. Solo che non voleva andare oltre con le indagini."

Amelia annuì. "Può darsi che abbia scelto di comunicare direttamente con me perché sa che io l'ho visto. Anzi, vista, nel salone dei Radaelli."

Un tuono aprì il cielo in mille parti, gli scuri sbatterono. Amelia ed Enrico si guardarono senza dire una parola. Nonostante il temporale, lui aveva riaperto la finestra per fumare di nuovo. Adesso un'aria inaspettatamente calda entrava dentro alla stanza riempiendone ogni angolo. Odorava di mare, di sera limpida in piena estate, di terrore. L'acqua prese a cadere come fosse un monsone thailandese. Amelia ricordò di un viaggio con suo padre in una piccola cittadina a sud di Bangkok. Era il 2008, stagione dei monsoni, lei un pomeriggio era quasi volata via mentre giravano per un mercato delle pulci. Poi pensò all'acqua, al vento, all'angosciosa sensazione di precipitare o di volare via che aveva provato la notte prima. Che cosa cercava di comunicare il fantasma? Di nuovo quel profumo femminile. Che veniva da chissà dove e che chissà dove se ne andò. Enrico non disse nulla, ma Amelia sospettò che lo avesse respirato anche lui.

Il telefono le vibrò in tasca, diede un'occhiata al display. Il nome di Christophe lampeggiava minaccioso sullo sfondo nero.

"Rispondi pure." Disse Enrico, ma lei aveva già rifiutato la chiamata.
Lui restò a guardarla un momento, diede un tiro alla Winston Blue, soffiò lentamente il fumo dalle narici come un drago.
"Chris che ne pensa delle tue abilità soprannaturali?"
Lo chiese come se si trattasse di un talento qualunque e come se avesse visto che era stato Christophe a chiamarla. Le sembrava difficile dalla posizione in cui si trovava, magari era davvero in grado di leggere il pensiero. Magari aveva anche lui delle abilità soprannaturali e per questo credeva nel soprannaturale. E ad Amelia.
"Non ne parliamo spesso."
Se gli avesse confessato che Christophe non sapeva quasi niente, gli avrebbe implicitamente confessato anche che lui in pochi giorni era diventato più importante di Christophe. Enrico volle sapere come si fossero conosciuti, Amelia riassunse ed escluse i particolari romantici. Lui disse che Chris, come lo chiamava, gli aveva parlato di lei. Non si erano sentiti molto nell'ultimo anno, ma quando lo avevano fatto Amelia era sempre stata nominata. Non era sceso in dettagli però, né gli aveva detto di che cosa si occupasse la bella italiana che frequentava. E lui non lo aveva scoperto fino alla festa della Juniper quando l'aveva vista la prima volta.

La stessa cosa che aveva fatto con lei e Amelia cominciava a spiegarsi il perché.

Capitolo 9

"Potremmo tracciare un identikit dello spirito."
Gli occhi di Enrico erano completamente svegli adesso, non più arrossati e ad Amelia il succhiotto che lui aveva sul collo non dava più fastidio.
"Mettiamo insieme le informazioni che abbiamo e cerchiamo di capire chi possa essere. Ai Radaelli non possiamo di certo chiedere."
"Un identikit?"
"Con i cadaveri non identificati di solito funziona così."
Amelia rabbrividì. I fantasmi non le facevano paura o ribrezzo, i cadaveri sì. I cadaveri erano brutti, puzzavano, erano la versione peggiore del corpo fisico. Ne aveva visti nella sua vita, alcuni appartenevano a persone con le quali aveva avuto un legame, altri no. Tutti le avevano provocato tutti la stessa fastidiosa e appiccicosa sensazione. Soffocò un conato di nausea.
"Hai ragione, in fin dei conti questo fantasma è proprio un cadavere non identificato." Ammise sconsolata.
Lo vide aprire il primo cassetto della scrivania e tirare fuori un grosso raccoglitore con la copertina rossa semi

trasparente. Lo stesso cassetto nel quale il martedì aveva nascosto il reggiseno lasciato da Eleonora. Enri, Ele. Chissà se Enri aveva restituito a Ele il suo capo intimo rosa di pizzo. O se lo aveva conservato come souvenir.
"Io te la descriverò e tu farai un ritratto? Come funziona?" Domandò per scacciare il pensiero.
"Qui dentro" indicò il raccoglitore "ci sono schede con domande che aiutano l'identificazione di un soggetto ignoto."
"Fantastico."
Cominciava a piacerle quella faccenda di indagare, le si addiceva. Come il pericolo le si addiceva perché faceva parte del pacchetto completo di un'avventura.
"Niente di top secret, sono schede che si trovano sul sito del Ministero dell'Interno. Chiunque può scaricarle. Io le ho giusto un po' modificate per i casi ai quali lavoro di solito. In realtà di rado mi avvicino a cadaveri. O a fantasmi."
Le si addiceva molto Enrico che con il passare del tempo sentiva sulla sua stessa lunghezza d'onda e che come lei dava l'idea di essere elettrico. Amelia aveva paura del luogo in cui l'alchimia con Enrico avrebbe potuto trascinarla, ma era pronta ad affrontare il rischio.
Il cielo si stava oscurando, sembrava che volesse già fare buio anche se era appena pomeriggio. L'approssimarsi dell'inverno la intristiva, eppure, mentre stava lì dentro in

quello studio a tracciare l'identikit di un fantasma insieme a Enrico, le andava benissimo. Anzi lo trovava perfetto.

Amelia gli chiese dell'acqua ed Enrico le procurò un bicchiere e una bottiglietta da mezzo litro fresca che prese da un capiente frigo-bar a sua volta nascosto dentro al mobile che reggeva la macchina del caffè sostitutiva. Un bel mobile, ora che lo osservava meglio. Forse degli anni Settanta. Di quel periodo Amelia aveva conoscenze che riguardavano più i complementi d'arredo e gli oggetti che i mobili. Comunque, Enrico aveva buon gusto.

Era quasi certa che lo stile dell'arredamento in quella stanza fosse opera sua e non della sorella Miriam che sembrava più tipo da Shabby Chic. Intuizione estetica che confermò poco dopo sbirciando dentro all'ufficio di lei mentre andava alla toilette. Tornata alla base, lo trovò al telefono con Eleonora. Sembrava uno scherzo. Christophe ed Eleonora si palesavano sempre e continuamente, nei momenti peggiori. Ma c'era poco da scherzare o da stupirsi, le cose stavano così. Enrico frequentava Eleonora, Amelia frequentava Christophe che a sua volta era amico di Enrico. Le loro strade non erano libere. Procedevano parallele e andavano avvicinandosi, ma non erano libere.

"Sì, ci sentiamo domani. Mi dispiace, ma ho un sacco da fare in studio. Potrebbe andare avanti fino a tardi. Molto tardi, anche stasera." Alzò gli occhi verso Amelia, non l'aveva sentita entrare. Rimase un attimo interdetto. Lei era in piedi in mezzo alla stanza, le mani giunte all'altezza del chakra del plesso solare. Si fissavano a vicenda. Una volta Selene, la sua insegnante di yoga nonché amica, aveva espresso un concetto che in quel momento le tornò in mente con prepotenza.

"Sappiamo di avere una connessione con una persona quando i nostri occhi vengono completamente calamitati dai suoi e viceversa." Completamente calamitati dai suoi e viceversa.

"Va bene. Ciao Ele." Disse Enrico e poi mise giù.

"Sei pronta per l'identikit?" La voce ora tradiva un certo disagio.

"Pronta." Disse mentre si sedeva di nuovo, la borsa di Hermès a fare da rigido cuscino.

Enrico aveva estratto dal raccoglitore un plico di fogli pinzati, all'incirca quattro o cinque pagine stampate solo su una facciata. Tabelle su tabelle con spazi a destra lasciati in bianco per le risposte.

"Non ti ho nemmeno chiesto se avevi altro da fare oggi." Si scusò mentre toglieva il cappuccio a una penna nera.

"Avrei molte cose da fare a dire il vero, ma questo caso mi preme."

Mentire non era il suo forte. Dissimulare sapeva farlo. Manipolare anche, seppure in un modo non malevolo. Per le bugie non era geneticamente dotata. Se le chiedevano qualcosa in modo diretto rispondeva in modo diretto. Era uno degli aspetti del proprio carattere che Amelia preferiva, anche se non sempre veniva apprezzato.

"Non scordiamoci del contratto, però. Voglio essere certo che mi darai una mano e che non mi abbandonerai. Senza le tue intuizioni paranormali sarei perso in questa folle indagine." Strizzò entrambi gli occhi e anche il naso. Lievemente. Sorrise solo con un angolo delle labbra. La guardò in un modo che non lasciava grande spazio all'immaginazione. Era come se un pezzetto dopo l'altro stessero facendo crollare il muro che li separava.

Passarono più di quaranta minuti, alla fine dei quali Amelia ed Enrico avevano tra le mani il profilo abbozzato del fantasma. Ricavato dalle informazioni dei Radaelli, dalle apparizioni, dai sogni, dalle percezioni di Amelia. Dalle brillanti intuizioni di Enrico che testimoniavano il suo acume investigativo.

- Pelle: chiara, pallida e fredda
- Sesso: femminile
- Corporatura: sembrava magra, ma non eccessivamente. Forse poteva definirsi minuta
- Altezza: media?
- Etnia: sicuramente caucasica
- Età presunta: inferiore ai venticinque anni

- Capelli: biondi e lunghi fin sotto le spalle, lisci
- Occhi: difficile dirlo, probabilmente castani
- Segni particolari: portava un profumo caramelloso, di quelli che si sentono spesso in giro, comunque costoso. Unghie rosse a forma di mandorla, lunghe
- Abbigliamento: un abito nero di tulle da sera con la gonna a ruota fino alle ginocchia. Amelia non aveva visto scarpe, di sicuro non un cappotto
- Classe sociale: dai dettagli sopra, avrebbe detto elevata
- Causa della morte: qualcosa che aveva a che fare con l'acqua e con una caduta. Avvenuta in una stagione calda o in un posto chiuso, dato che il fantasma non indossava abbigliamento pesante? Durante una serata elegante? Al momento della morte l'abito si doveva essere lacerato: lo si deduceva dal rumore di uno strappo che ad Amelia era capitato di sentire più volte

Nella sezione "note" aggiunsero: vicina a Tommaso, Regina, Norma e Viola Radaelli. Forse a Leonardo Galanti e Giulio Soncini. Possibile, ma improbabile connessione diretta con la cameriera dei Radaelli ora licenziata. Non era molto, ma Enrico sembrava soddisfatto. Si complimentò addirittura con Amelia per la sua abilità.
"Da profiler", disse ma subito si corresse. "Sensitiva."

"Trova un altro termine Enrico, neanche sensitiva mi piace." Era la prima volta che pronunciava il suo nome a voce alta parlando con lui.
"Come vuoi, scegli il nomignolo che più ti piace e ti ci chiamerò."
Solo a lei sembrava una sorta di scorpionico doppio senso?
"Adesso che abbiamo l'identikit, come si procede?" Chiese per dimenticare i colpi di calore che la bombardavano da tutte le parti.
"Facciamo delle ricerche." Rispose. "Vieni da questa parte."
Amelia fece il giro della scrivania portando la sedia accanto a quella di Enrico e ribaltando la propria prospettiva di centottanta gradi. Si lasciò avvolgere dal misto di profumo, odore di sigaretta e ammorbidente che Enrico emanava. Dalla sensazione di potere che le dava sedere da quella parte, vicina a lui.
Enrico possedeva password di accesso a pagine Web semi top secret o comunque molto, molto protette. Altro che "sito del Ministero dell'Interno, possono accedere tutti".
"È per via dell'Interpol?"
Enrico si fermò, la guardò di traverso.
"Di cosa parli?"
Amelia indicò lo schermo. "L'accesso a siti off limits."

"Diciamo che è uno dei vantaggi di essere un grande criminologo."
"Presuntuoso."
Cambiò l'incrocio delle gambe. La destra si stava addormentando così schiacciata contro la scrivania. Enrico se ne accorse e si allontanò un poco per lasciarle più spazio. Peccato, pensò lei.
"Anche tu sei stimata nel tuo ambiente. Lo sai tu, lo so io. Lo sanno in molti a quanto pare, ho letto l'articolo di *Vanity Fair*. A proposito, complimenti!"
Amelia spalancò gli occhi, si voltò di mezzo giro per guardarlo meglio. Lui fece lo stesso.
"Cosa credevi? Sono un investigatore, è il mio mestiere. Prima di chiederti di collaborare con me su un caso dovevo prendere almeno qualche informazione. Chiedere a Chris mi sembrava brutto."
"Io però non ho preso informazioni su di te."
Ma aveva pensato di farlo.
"Sbagliato! Avresti dovuto."
Infatti.
"Sei un amico di Christophe, credevo che fosse sufficiente come garanzia. E lavori per l'Interpol."
"Potrei essere un amico di Christophe, lavorare per l'Interpol e nel tempo libero essere un serial killer." Cercò di spaventarla con una smorfia tenebrosa.

"Anche io se per questo potrei essere una serial killer. Non è il genere di informazioni che si trovano su Google, comunque."

"Su Google però possiamo cercare di capire chi sia questo fantasma. Chi fosse prima di diventare un fantasma, insomma."

Enrico tornò a concentrarsi sul caso e intanto cominciò a scaricare un PDF, digitando in più finestrelle tre password particolarmente lunghe.

"Se è vero come dici tu che sta cercando di metterci sulla pista giusta, spero che ci aiuterà anche nelle ricerche."

Ad Amelia piacque il modo in cui Enrico mostrava di fidarsi di lei. E delle indicazioni di un fantasma. Era segno di coraggio, di un intuito che sapeva ascoltare, ma anche di una certa dose di follia che secondo lei era indispensabile in una vita che potesse dirsi interessante.

Dopo un'altra ventina di minuti di ricerche infruttuose e frustranti, però, Amelia stava per perdere le speranze e incupirsi di nuovo. Anche la grinta di Enrico andava sfumando. Tutti quei siti da spia non erano di grande aiuto.

Il telefono di Amelia squillò. Era Hart, non poteva non rispondere, a Los Angeles erano le 8 del mattino. Uno squillo a quell'ora significava senz'altro "urgenza Hollywood". Si scusò con Enrico e si allontanò dalla scrivania. Andò fin dall'altra parte dello studio dove il mobile anni Settanta terminava attaccato al muro.

Hart, al contrario delle sue più buie aspettative, era tranquillo. Voleva anzi dirle di non affrettarsi con le figurine egizie che la produzione stava ritardando a causa dell'infortunio del regista. Niente di grave, ma era caduto da cavallo nel suo ranch e doveva restarsene fermo a letto.
Amelia benedisse il regista, il cavallo. Si dispiacque, si sentì crudele e cinica, ma non potè fare a meno di gioire.
Un pensiero in meno! Era proprio quello che le serviva in quel momento, un pensiero in meno.
Quando tornò raggiante alla scrivania, trovò Enrico con lo sguardo corrucciato.
"Altroché siti top secret, questo è *Il Corriere della Sera*." Disse senza alzare gli occhi dallo schermo, mentre scorreva con il mouse e leggeva attentamente. I muscoli del suo volto si contrassero improvvisamente.
"Accidenti, ci sono dettagli che coincidono. L'età, la classe sociale, oh mio Dio e poi…" si bloccò.
"Cosa?"
"Senti qui." Schiarì la voce, mosse il mouse.
"Il tragico incidente è avvenuto durante una festa privata. La vittima, una giovane della Milano bene, è precipitata da una delle terrazze del giardino di una villa a picco sulla scogliera. Il corpo è stato rinvenuto solo la mattina dopo. Non riportava segni di aggressioni, solo lesioni pre e post mortem provocate dallo sbattere contro gli scogli. L'autopsia invece ha rivelato ingenti tracce di alcool."

Il cuore di Amelia batteva così forte e così veloce che le pareva di vederlo. Aveva sentito tutto. Mentre Enrico leggeva una parte di lei aveva viaggiato dentro al corpo di quella ragazza. Aveva unito a quella sensazione i presentimenti e le altre sensazioni provate a casa Radaelli e la sera successiva. Tutto tornava in un modo spaventoso.
"C'è una foto?"
Enrico riprese a scorrere e cliccare, scorrere e cliccare.
"Non ho ancora trovato neanche il nome della ragazza. Qui ci sono data e luogo della morte, però. Villa Ghirlanda a Santa Margherita Ligure, Genova. 27 luglio 2016."
Villa Ghirlanda... Perché le diceva qualcosa? Per caso nella sua vita era già stata a Villa Ghirlanda? Vicino a Santa Margherita Ligure, a Rapallo per l'esattezza, lei aveva la casa di proprietà che teneva in affitto, ereditata dalla madre. Percorrendo quella strada non trovò collegamenti, ma poi si soffermò su un dettaglio. La parola "ghirlanda", era quella a suonarle. Ma certo! Il sogno, la casa vicino al mare, Enrico che parlava con un uomo che vendeva ghirlande fatte a mano. Ghirlande, Villa Ghirlanda. Un altro segnale del fantasma?
"Eccola!" Fece Enrico nel momento in cui Amelia ebbe l'illuminazione.
"Ha i capelli biondi, lunghi. La pelle chiara. Sembra proprio la figura che hai descritto. Guarda tu stessa."

Si chinò per vedere il volto della ragazza da vicino. Impressionante. Era lei. Era il fantasma. Era davvero lei. La silhouette sul marciapiede davanti al Drago Verde. Amelia la sentiva addosso. Strizzò gli occhi per leggere la didascalia in un carattere microscopico sotto alla foto.
"Camilla Rachele Landi."
Nell'esatto istante in cui pronunciò quel nome, la finestra che Enrico aveva socchiuso si spalancò da sola, la porta si mise a cigolare. Il bicchiere d'acqua dal quale aveva bevuto Amelia si rovesciò. Enrico era pallido, pietrificato, Amelia respirava con affanno. La porta cigolò di nuovo senza muoversi. Così come nessuno dei due si era mosso per asciugare l'acqua caduta.
"Cosa dicevi sui fantasmi e i cigolii delle porte?"
Le domandò con voce tremante.
Amelia deglutì.
"Cosa ti dicevo sull'imprevedibilità dei fantasmi?"

Capitolo 10

Tre nomi per una sola persona: Camilla Rachele Landi.
Ripresi dallo shock, nell'ora che seguì cercarono informazioni sulla ragazza. Diversi articoli, tutti simili tra loro, tutti simili a quello pubblicato su *Il Corriere della Sera* trovato da Enrico. Un paio di pagine Facebook commemorative piene di GIF di orsetti e di agghiaccianti foto montaggi del volto della vittima sul corpo di un angelo. Amelia suggerì a Enrico di cercare su Google se spuntasse da qualche parte il nome di Viola o di Norma, di Giulio anche. Persino di Leonardo. Combinati a quello di Camilla Rachele Landi. Così come prima di scoprire la sua identità avevano digitato sulla barra di Google, ad esempio, "Norma Radaelli + ragazza bionda + morta". Così come avevano fatto entrambi all'inizio, ognuno per conto proprio, cercando i Radaelli e i loro affini.
Adesso era più facile, almeno sapevano chi fosse la ragazza morta. Il fantasma aveva un nome, un'identità terrena. Era un grosso passo avanti.
Non venne fuori niente, però. Cercarono i loro singoli profili su Facebook. Norma non ne aveva uno, Giulio e Leonardo neppure. Solo Viola aveva un profilo Facebook,

ma non lo aggiornava dal 2015. Avevano invece un account Instagram, ma chiuso, privato. Sia Amelia che Enrico avevano verificato in precedenza, ma vollero ricontrollare insieme. Di Camilla nessuna traccia sui social a parte le pagine Facebook a lei dedicate.

Enrico, anticipando la domanda di Amelia, annunciò che non avrebbe usato metodi illeciti per entrare nei loro account. Che quelle non erano cose da investigatori, ma da criminali. Amelia alzò le mani e lo fece sorridere dicendo "okay capo".

Tante informazioni su quella Camilla, nessuna su di lei insieme agli altri. Che si fossero sbagliati? Che non fosse lei il fantasma dei Radaelli?

Impossibile, pensò Amelia.

Le era bastato dare una mezza occhiata alla foto.

Appena un secondo dopo, Enrico provò con Regina Radaelli. Niente. Allora con Tommaso.

Sbucò un articolo del primo agosto 2016.

Ai funerali della giovane figlia del notaio Landi, anche l'immobiliarista Tommaso Radaelli.

Una foto sfuocata lo ritraeva di spalle, in un cappotto nero, mentre fuori dalla chiesa stringeva la mano a quello che doveva essere il notaio Landi. Il padre di Camilla. Tutto lì. Di nuovo non molto, ma comunque un aggancio.

"Era figlia di un amico di Tommaso Radaelli? È con Tommaso che ce l'ha il suo fantasma? In ogni caso dovevano conoscerla anche gli altri. Almeno i più stretti. Aveva l'età di Viola, il padre è andato al funerale." Ragionava rapido Enrico. "E se non troviamo altri collegamenti sul Web non significa che non ci siano. A volte sono più sottili, più nascosti. Oppure vengono nascosti."

Amelia pensò altrettanto in fretta. Batté entrambi i palmi sulla scrivania abbastanza forte da far traballare la piramide fermacarte.

"C'è solo una cosa da fare." Sentenziò.

Sentiva di avere il fuoco negli occhi e tutta l'attenzione di Enrico. Quel gioco le piaceva ogni secondo di più. Le piaceva e la spaventava. Forse era lei stessa il pericolo dal quale guardarsi.

"Cos'hai in mente?"

"Dobbiamo chiedere a chi è tornato per parlare." Virgolettò le parole nell'aria.

"Intendi…"

"Evocheremo lo spirito, parleremo direttamente con lei."

Enrico sgranò gli occhi.

"A casa mia, questa sera." Continuò pronta Amelia.

Enrico diventò più pallido di quando aveva visto la foto di Camilla Rachele Landi.

"Ti senti bene?" Lo prese in giro.

"Tu ci sei abituata, io no!" Protestò.

"Sono abituata a un sacco di stranezze, molte più di quelle che immagini."

Infilò il cappotto e prese la borsa. Se era vero quello che aveva detto a Eleonora, quella sera si era tenuto libero per lei. Insomma, per indagare con lei.

"Vuoi farlo davvero?"

"Certo." Allacciò il cappotto. "Tu no?"

Enrico fece il giro della scrivania.

"Va bene." Tentennò. "Ma non ti lascio andare prima di averti fatto firmare il contratto e averti assicurato quello che ti spetta. So che non si deve mai arrivare a mani vuote a casa di una strega."

"Strega." Sorrise. "Questa è una definizione che mi piace!"

Sorrise anche lui, bello in modo sconfortante.

"Il contratto portalo stasera, così non arriverai a mani vuote. Il che, a proposito, è vero." Gli strizzò un occhio.

*

I sensi di colpa di Amelia nei confronti di Christophe crescevano di pari passo con l'elettricità nei confronti di Enrico. Con la frenesia per la faccenda del fantasma, del caso, dell'indagine ora divenuta segreta sui Radaelli. Doveva richiamarlo. Doveva farlo subito, perché poi sarebbe tornata a casa e lì avrebbe avuto una marea di faccende da sbrigare prima dell'arrivo di Enrico Limardi.

L'arrivo di Enrico Limardi! Il solo pensarci le faceva rotolare il cuore.

Okay, okay, Christophe, si rimproverò. Pensa a Christophe.

"Amelia Montefiori, mi stavi facendo preoccupare!" Rispose dopo uno squillo. Parlava da un luogo caotico, forse una piazza.

"Scusa, ero impegnata. Tu cosa fai? Dove sei? Come vanno gli scavi?"

"Sono venuto a prendere il coordinatore alla stazione di Luxor. Era rimasto bloccato al Cairo per faccende burocratiche ed è riuscito ad arrivare in zona solo oggi." Disse in francese.

Colpi di clacson, rumore di passi, rombi di motore.

"Mi hanno prestato una macchina vecchissima, stavo rischiando di rimanere a piedi."

"Peggio della tua Seat Ibiza del 1200 a.c. non ci può essere niente." Rise Amelia. Cercò di essere intima, di fare accenni a quanto lo conosceva, come lui aveva fatto la sera prima riguardo alla lezione di yoga, alla cena cinese a base di ravioli. Scoprì che il coordinatore degli scavi era quel famoso Ben con il quale Christophe chattava su WhatsApp la sera del party della Juniper, in taxi. Christophe le parlò di come stavano organizzando il lavoro, di quanto fosse difficile operare in quella particolare area dal punto di vista tecnico. Di norma le sarebbe interessato molto, ma dopo due minuti di conversazione la testa di Amelia si era già staccata dalla telefonata per volare fino a Enrico e non tornare più indietro. Non si era soffermata neppure sul fatto che Christophe avesse nominato più volte l'archeologa egiziana. Poteva raccontarsi quello che voleva: la verità era che il fuoco già flebile con Christophe era sul serio compromesso.

Poco più tardi Amelia ronzava come un'ape per casa, metteva ordine, faceva la doccia... Indossò una tuta intera di lana sottile, blu mezzanotte a maniche lunghe, una specie di occhiolino a Enrico. Si passò un trucco leggero sul viso e gettò gli avanzi della cena del Drago Verde interrotta dal fantasma la sera prima. Spalancò tutte le finestre per cambiare aria, accese una radice vergine di palo santo. Per purificare l'ambiente, per creare la giusta energia prima di quell'incontro che la agitava tanto, prima della seduta spiritica. Scese nel cortile interno del suo palazzo per buttare il sacco della spazzatura nei bidoni condominiali. Era una bella sera, il cielo limpido e stellato. Forse proprio come quella in cui era morta Camilla Rachele Landi nel luglio di tre anni prima. Precipitare da una scogliera, ubriaca, a poco più di vent'anni. In un abito di tulle, durante un party.

Una fine tragica e poetica, si diceva Amelia. Che forse aveva anche un colpevole umano. Un colpevole umano con il quale Amelia stessa era entrata in contatto?

Stava pensando a Camilla, a quello che avrebbero fatto quando sarebbe arrivato Enrico. Fremeva al pensiero dell'incontro imminente, all'idea di loro due che usavano insieme la Ouija e sperava che la tavoletta non avrebbe tradito. Che evocare lo spirito portasse le risposte che stavano cercando. In quel momento, un altro corpo ultraterreno si presentò agli occhi di Amelia. Era quello di Glenda, la moglie del portiere. Le sorrise poi scomparve. Ecco, quelle erano apparizioni alle quali era abituata. Pacifiche, semplici. Oliviero sapeva che Amelia aveva visto lo spirito della moglie una sola volta, non che succedeva di frequente. Aveva evitato di indugiare troppo su quelle apparizioni, in parte per non inquietarlo, in parte per non sbilanciarsi e svelare il suo talento con gli spiriti. La differenza tra la personalità del fantasma di Glenda e quella del fantasma di Camilla, comunque, era abissale, ma d'altronde era logico che fosse così: Glenda era solo nostalgica, Camilla era arrabbiata. Per quale motivo ancora doveva scoprirlo.

Salì i gradini due alla volta per scaricare un po' di adrenalina. Mancava un'altra rampa e poi sarebbe arrivata al suo portone. Incrociò la vicina del piano di sotto che usciva di casa, si salutarono con un cenno del capo. Si udì il solito strappo di tulle e poi un tonfo, seguito da un suono simile a quello di un tuffo. Qualcosa che piomba dentro l'acqua. La vicina non se ne accorse, non lo sentì. Amelia invece sì. Riprese a salire le scale sempre più in fretta, aprì la porta di casa, la richiuse. Non vedeva l'ora che arrivasse Enrico. Ammise di avere davvero paura di questo fantasma. Si presentava all'improvviso, in modo sempre più terrorizzante.

La metteva in difficoltà, le toglieva il respiro. Il suo impeto era prepotente e violento e crescente. Bisognava farle capire che poteva parlare, che poteva fidarsi di lei. Di loro. Che non c'era bisogno che creasse situazioni da film horror perché la ascoltassero.

Si stava lavando le mani nel bagno piccolo quando il campanello suonò. Dal videocitofono il viso di Enrico. Li separavano quattro piani, due porte e un cortile interno.

Le ginocchia di Amelia cedettero a una scossa di gioia

mista a sollievo condita con un pizzico di ansia. Un paio di minuti dopo varcò la porta di casa sua e fu per la prima volta lui a entrare nel mondo di Amelia. Tra le mani aveva il sacchetto in carta marrone di un'enoteca.

Dopo averlo accolto lo aggiornò sull'ultima visita soprannaturale che aveva ricevuto sulle scale. E in preda a un bisogno di calore disse che era felice che lui fosse arrivato.

"Ci avrei messo meno, ma c'era un ingorgo tremendo in piazza della Conciliazione."

Fece un sorriso che la riscaldò al punto che le venne da piangere.

Che strana sensazione, pensò.

Enrico tolse il giubbotto, Amelia lo prese e lo agganciò all'appendiabiti.

"Dove abiti?" Gli chiese mentre gli faceva strada verso il salone.

"Chinatown."

I suoi occhi vagavano per l'appartamento di Amelia. Si alzarono fino al soppalco che ospitava la libreria e sembrarono restarne impressionati. In effetti era piuttosto scenografico.

"Mi piace Chinatown." Commentò.

"E a me piace il tuo appartamento." Commentò lui.

Con gli occhi si spostò su Amelia e sorrise ancora.

Le descrisse la sua di casa, che a sentire i racconti aveva

le stesse vibrazioni di un appartamento del Greenwich Village in una caotica notte di estate. Poi le descrisse la vita nel quartiere, i movimenti della zona pedonale di Paolo Sarpi visti da chi ci abitava. Pensò che le sarebbe piaciuto andarci e fu certa che si sarebbe immaginata lì dentro, in seguito. Con lui.

Finalmente Enrico allungò ad Amelia il sacchetto dell'enoteca. Dalle informazioni stampate sul sacchetto, seppe che si trovava in Cadorna e che chiudeva alle 7 di sera, il che significava che aveva avuto il pensiero di andare e comprare la bottiglia appena uscito dallo studio. Prima di passare da casa. Aveva pensato a loro che bevevano insieme fin da prima delle 7 di sera.

"Ho portato una bottiglia di J. Bally.", disse mentre Amelia la sfilava dal sacchetto. Forma trapezoidale, rum scuro. Lo conosceva e le piaceva.

Amelia si girava la bottiglia tra le mani, un po' confusa.

"Addirittura e perché mai?"

"Mi sono informato, ho letto che il rum aiuta nelle evocazioni spiritiche."

Amelia la posò sul tavolino tibetano, accanto al pothos. I libri sullo spiritismo erano ancora nascosti lì sotto dalla sera prima.

"È vero, più o meno. Ma è anche vero che è rischioso evocare uno spirito sotto effetto di rum. Potenzia tutto."

Si fissarono.

"In generale alterarsi quando c'è intorno un fantasma è pericoloso."
Ieri sera se non avessi fumato la marijuana legale di Jeff e bevuto lo Chardonnay sarebbe stato sicuramente meglio per esempio, si rimproverò ancora una volta Amelia.
Dalla camera da letto spuntò il gatto reduce da un lungo sonnellino. Trotterellò fino alle gambe di Enrico, si fermò, lo guardò per qualche istante con i suoi occhioni senza tempo.
"E tu chi sei?" Disse Enrico mentre si chinava lentamente e allungava una mano per lasciarsi annusare. Non usò nessuna voce alterata.
"Indiana."
"Sei molto bella, Indiana."
"Concordo, però è un maschio. Indiana come Indiana Jones." Lo corresse Amelia.
"Preferisco di gran lunga i volatili ai felini, ma tu sembri davvero meritevole, Indiana come Indiana Jones."
Gli parlava come faceva lei, come se fosse umano. Con il rispetto che si riserva ai nuovi incontrati.
Le tremò il cuore. Ancor di più quando vide che Indiana non solo si lasciava accarezzare, ma emetteva anche delle flebili eppure distinguibili fusa.
"Allora, che facciamo con il rum. Rischiamo?" Domandò Enrico mentre si rialzava e guardava il micio camminare fino al tappeto sul quale prese a farsi le unghie.

Amelia aveva smesso di provare a togliergli l'abitudine, almeno lasciava in pace il divano di velluto.
Afferrò il J. Bally. "Rischiamo." Rispose.
Gli chiese di seguirla in cucina, dove un'unica luce, calda e potente, tingeva tutto di fuoco. Prese due bicchieri da rum dalla vetrinetta che si trovava nella zona della cucina opposta ai fornelli, li posò sul tavolo. Enrico continuava a guardarsi attorno anche lì e anche lì pareva apprezzare ciò che vedeva. Si avvicinò alla finestra, sporse la vista fuori. Su via Corsico e sui tetti, sui vasi di piante aromatiche delle quali Amelia si prendeva cura. Che proteggeva dagli attacchi di Indiana e del maltempo.
"Hai una casa stupenda."
Adesso era di nuovo vicino a lei, la seguiva avvicinare la bottiglia di rum ai due bicchieri stretti sopra e sotto e larghi al centro. Cicciotti sui fianchi come la canna della sera prima.
"Dimmi un po', quanto sei ricca?"
Amelia alzò la testa, lo guardò e scoppiò a ridere con la bottiglia a mezz'aria.
Nessuno le aveva mai domandato quanto fosse ricca o almeno non in quel modo brutale. Posò la bottiglia senza aver riempito un bicchiere.
"Tu ti informi su di me, vieni a casa mia, mi chiedi quanti soldi ho in banca e io non so nemmeno… quanti anni hai." Era stata la prima obiezione a venirle in mente.

Enrico fece cenno di aspettare, andò di là, tornò con un foglio piegato a metà e inserito in un lucido.
"È il contratto. Qui sopra troverai la mia data di nascita, il luogo e persino il codice fiscale e la partita Iva. Già che ci sei fammi il piacere di leggerlo. Inserisci il compenso nello spazio che ho lasciato vuoto in fondo e firmalo. Magari prima del rum. Sai, preferirei che fossi nel pieno delle tue facoltà."
"Non è mica il mio testamento."
Amelia prese una penna dal cassetto della cucina. Un'altra Stadler blu a righe gialle e nere.
"Vuoi portare avanti un'indagine per puro piacere e per di più pagarmi quanto voglio, qui forse sei tu quello che ha finanze interessanti. Non per farti i conti in tasca come fai tu, ma il tuo studio è in Cadorna. E al polso hai un Panerai."
Indicò l'orologio di Enrico usando la penna, mentre si sedeva e sfilava il foglio del contratto dal lucido. I dati di Amelia erano tutti corretti, doveva averli recuperati dal suo sito personale. Poi lesse quelli di lui. Enrico Limardi, nato a Milano il 9 novembre 1987. Residente in via Paolo Sarpi 23, Milano (MI).
9 novembre 1987. Trentadue anni. Trentadue anni appena compiuti... Un attimo! Trentadue anni compiuti il giorno stesso in cui si erano conosciuti. Il giorno del party della

Juniper! D'altronde era uno Scorpione e quella era la stagione astrologica degli scorpioni.
"Sabato…" cominciò a dire.
"Era il mio compleanno, sì." La anticipò.
Amelia muoveva la penna facendola oscillare veloce tra l'indice e il medio della destra.
"Perché non lo hai detto?"
Enrico scrollò le spalle.
"Perché non ho otto anni."
Amelia riguardò il contratto. 1987.
Dove si era già imbattuta, di recente, in quella data?
"No, ne hai trentadue." Poi tornò a lui.
"Christophe lo sapeva che era il tuo compleanno?"
"Credo di no."
Enrico fece una strana smorfia e riprese a muoversi per la stanza, a esplorare, a indagare con gli occhi.
"Continuo a chiedermi se non mi convenga rubarti a lui e sposarti."
La penna le cadde di mano e rotolò rovinosamente a terra insieme alla disciplina di Amelia. La prese da sotto al tavolo, tornò in posizione, lisciò il foglio con la mano.
9 novembre 1987. 1987… La piramide fermacarte sulla scrivania di Enrico allo studio!
Associazione Criminologi Investigativi - Terzo convegno internazionale, Trieste 1987 o qualcosa di simile.
Stappò la Stadler, la tenne sollevata.

"L'anno del convegno riportata sul tuo fermacarte, 1987."
Disse ad alta voce.
"Accidenti, sei un'investigatrice migliore di me."
Si stupì e si compiacque assieme.
"Era di mio nonno. Faceva lo stesso lavoro, più o meno, adesso è in pensione. A quel convegno gli assegnarono un premio alla carriera e pochi giorni prima ero nato io, il suo secondo nipote. Quel fermacarte era il suo feticcio e lo ha conservato anche quando si è ritirato dagli affari. Me lo ha donato come portafortuna il giorno in cui ho aperto lo studio con Miriam."
Le piaceva scoprire cose su di lui, imparare a conoscere qualche dettaglio più riservato. Ora per esempio sapeva che quella di Enrico per l'investigazione era una vocazione di famiglia. Che era legato al nonno paterno. Che ci teneva alla storia, alle radici. Che lei ed Enrico si somigliavano. Amelia si era lasciata ispirare dall'amore per l'avventura e per i misteri di civiltà lontane che aveva anche suo padre Bernie. Ed era legata al soprannaturale come sua madre Rebecca e tutte le donne della famiglia Occhilupo.
Si trovò a ripiegare il contratto, a tappare la penna.
"Non ho intenzione di firmare niente."
Spinse il contratto verso Enrico.
"Stavo scherzando sui soldi e su Christophe, prima."

Amelia prese la bottiglia e questa volta riempì i bicchieri di rum. Ne passò uno a Enrico, lei prese l'altro.
"Scelgo di indagare su questo caso senza un contratto. Per puro desiderio di verità." Lo citò. "Proprio come te."
Non brindò e bevve un sorso. Enrico fece uguale e continuarono a guardarsi.

Estrapolati dal contesto e ringiovaniti di qualche anno sembravano due studenti Erasmus a una serata Erasmus infrasettimanale destinata a non finire bene. Che si sfidano e flirtano a suon di cicchetti al bancone di un pub che odora di vodka al melone scadente.

Amelia capì che la situazione si stava complicando, che stava degenerando. Che si stava scaldando fino a diventare lava. Come la bocca del suo stomaco che bruciava a causa del distillato. Era sera, erano a casa sua, bevevano rum, lei gli aveva appena detto di volere indagare anche senza un compenso. Stavano per evocare uno spirito circondati da candele. Come una mano tesa dall'universo, arrivò Indiana in aiuto. Saltò sul tavolo, miagolò, fece una mossa buffa che li fece ridere entrambi. Enrico prese a grattargli la testa vicino all'orecchio sfortunato e Indiana lo lasciò fare. Se Christophe avesse tentato un approccio del genere se lo sarebbe mangiato di traverso e non ne avrebbe lasciato neanche un pezzetto.

Amelia salì sul soppalco del salotto, Enrico rimase sotto.

I molti libri di lei erano distribuiti in una scaffalatura incassata nel muro, che seguiva la parete della scala e continuava fino alla fine della passerella del soppalco. I soffitti erano talmente alti che il sogno di bambina di una libreria stile *La Bella e la Bestia* si era potuto realizzare. Era stato lo stesso architetto, ex marito di Melissa e autore del collegamento tra la Libreria Occhilupo e casa della zia, a occuparsi del progetto. Un progetto che aveva definito "ambizioso" neanche parlasse di un grattacielo ad Abu Dhabi. In effetti però aveva richiesto un sacco di lavoro ed era costato un quarto del prezzo totale dell'immobile. In tutta sincerità Amelia non aveva problemi economici e desiderava quella libreria più di ogni cosa. Non se ne era mai pentita, al contrario, e l'ex marito della zia ne era stato tanto soddisfatto da dedicare al progetto un'intera lezione al Politecnico.

Amelia si affacciò per guardare Enrico e per poco non le presero le vertigini. Era possibile che fosse bello da ogni punto di osservazione? Da davanti, dalle spalle, di fianco. Persino dall'alto! Adesso era nell'anfratto del soppalco libreria che ospitava una nicchia per lei particolarmente speciale e preziosa. Era lì infatti che teneva gli attrezzi da "esperta di occultismo". Lì che in un mobile a cassetti conservava le erbe e gli oli essenziali. I tarocchi, altri mazzi di carte da divinazione, il pendolo con i suoi quadranti, il librone degli incantesimi. La tavoletta Ouija. Di solito evitava di armeggiare in quella zona quando c'erano persone in casa, ma oramai lei ed Enrico erano fuori da qualsiasi regola.

Fuori da qualsiasi regola? Si ripetè. Amelia, riprenditi! Afferrò la scatola che conteneva la tavoletta Ouija e la planchette. L'aveva comprata a Roma per meno di quaranta euro in un negozietto dell'usato. Vi aveva operato un restauro sia fisico che spirituale, per pulirla dalle energie accumulate. Ci teneva molto, la usava poco. Normalmente Amelia non aveva bisogno di un mezzo di comunicazione medianica per dialogare con uno spirito. Normalmente non ne aveva bisogno perché gli spiriti che la avvicinavano erano più sereni e si facevano capire con chiarezza.

Teneva la scatola stretta sotto al braccio sinistro, mentre con il destro recuperava un sacchetto di candele bianchissime riservate alle evocazioni. Sentì un telefono che suonava con un motivo che non era il suo, poi Enrico rispondere. Lo vide allontanarsi. La sua voce si fece sempre meno udibile fino a che non sparì del tutto. Riuscì comunque a capire che si trattava, ancora una volta, di Eleonora Santi.

E se fosse stato proprio quello che Amelia sentiva per Enrico a rendere il fantasma con cui aveva a che fare in quel momento così diverso dagli altri, così incattivito? C'era qualcosa che cominciava pian piano a emergere nei pen-

sieri di Amelia. Una sorta di connessione che superava i piani del materiale e dell'immateriale...
Meno di dieci secondi dopo Enrico aveva già messo giù il telefono.

Capitolo 11

Due grandi cuscini erano stati disposti a terra, sul tappeto. Le luci erano tutte spente, le ventuno candele bianche distribuite per il salotto erano sufficienti a illuminare.
Ventuno, il numero che simboleggia la verità. Amelia non lo aveva scelto certo a caso. La tavoletta Ouija era stata estratta dalla scatola e posizionata tra i cuscini, anch'essa a terra, rivolta in modo che non fosse capovolta per nessuno dei due. Enrico era teso ed emozionato, Amelia avvertiva un senso di responsabilità. Lei sapeva gestire le manifestazioni paranormali, per lui era una cosa nuova. Avrebbe imparato da Amelia come Amelia stava imparando a condurre un'investigazione da lui. Il loro era uno scambio sano ed equilibrato in fin dei conti.
"Dobbiamo spegnere i telefoni." Disse mentre lo faceva con il suo e si chiedeva che cosa avesse raccontato Enrico a Eleonora. Sapeva che era lì, a casa di Amelia? Perché Christophe non lo sapeva.
"E metterli in un'altra stanza."
"Okay." Enrico premette un tasto finché lo schermo divenne nero e allungò ad Amelia il suo strano cellulare.

"È per via delle interferenze." Spiegò mentre portava i telefoni in cucina e chiudeva le porte. "Vogliamo evocare uno spirito preciso e non possiamo rischiare che altri si imbuchino. Se usassimo la Ouija mentre i telefoni sono accesi potrebbero insinuarsi sfruttandoli come canali."
Prese posto sul cuscino. Sedette anche Enrico, le spalle alla porta d'ingresso, Amelia di fronte a lui. L'aria intorno era avvolgente, le fiamme delle candele si riflettevano nei loro occhi.
"Non hai mai evocato uno spirito prima d'ora?"
"Mai."
Osservò la tavoletta, spostò la testa seguendo le lettere dell'alfabeto, i numeri.
"Se non sei convinto non lo facciamo. Io ci sono abituata perciò posso evocarla anche da sola. Un po' di paura ti è concessa. Anche io ho timore, è naturale, ma bisogna essere calmi per accogliere uno spirito, soprattutto quando non è uno spirito tranquillo. Altrimenti le cose possono finire male."
I suoi occhi erano piantati dentro a quelli di Enrico. Lo fissava severa e attenta. Lui ricambiava con uno sguardo che Amelia non gli aveva visto ancora.
"Sono convinto. Più che convinto."
Indiana era salito sul soppalco libreria e li guardava dall'alto. Avrebbe tanto voluto assistere alla scena dal suo punto di vista, vedersi da fuori vicina a Enrico.

"Prima di cominciare ti spiegherò le regole della tavola Ouija e mi assicurerò che tu le abbia capite. D'accordo?"
"D'accordo."
"Ottimo. Allora, chiameremo uno spirito che sappiamo essere stato legato a un corpo psicofisico morto in circostanze tragiche. Fino a ora le sue comunicazioni sono state forti, quasi violente. Dobbiamo essere particolarmente gentili e pazienti, ma anche proteggerci. Le domande sarò io a porle, ma tu puoi suggerirmele. Come già sai le manifestazioni paranormali sono imprevedibili, così i metodi di apparizione. Persino il linguaggio è difficile da interpretare. La concentrazione deve essere totale, dobbiamo essere presenti. Davvero, presenti."
Il tono di Amelia andava calando e diventando più suadente, ipnotico. Stava per continuare, ma un sorriso spuntato sulle labbra di Enrico la fece di nuovo fermare.
"Cosa c'è?" Gli chiese sorridendo a sua volta. Non poteva impedirselo.
"Niente." Scosse la testa lui senza cambiare espressione. "Solo che mi sono ricordato la sera del party della Juniper. Mentre camminavamo sul marciapiede per andare alla mia auto, tu avevi quella specie di mantella col cappuccio. Mi sono voltato e ti ho vista. Ho pensato alle cose che mi avevi raccontato poco prima su di te. Ho pensato che fossi… misteriosa."

Misteriosa. La stessa cosa che si era detta allo specchio indossando la mantella. Non era per nulla facile per Amelia restare calma in quel momento. Erano sul punto di evocare uno spirito ed Enrico si metteva a dire cose del genere. Il battito era velocissimo e tanto forte da sembrare in grado di sfondarle la cassa toracica. La sua mente era un'inestricabile matassa di pensieri, parole, sensazioni. Avvertiva un'energia potente tutt'intorno a sé, a Enrico, alla tavoletta Ouija.

"Scusami, non volevo perdere la concentrazione."

"Posso andare avanti?"

Doveva muoversi in fretta, qualsiasi esitazione la indeboliva e sbriciolava i suoi già vacillanti freni inibitori mentre invece doveva restare solida.

Enrico la incitò con un cenno partecipe.

"Certamente, continua."

"Questo" disse Amelia toccando appena la planchette "è il nostro indicatore".

Si assicurò che la stesse davvero seguendo.

Nel frattempo Indiana era ridisceso dal soppalco e si era messo a un metro da loro, perfettamente al centro. Seduto sul tappeto. Simmetrico.

"Si chiama planchette. Poseremo entrambi le dita qui sopra, senza fare pressione e non le staccheremo fino a che la seduta non sarà conclusa. È importante che ti ricordi di non allontanare la mano a meno che non sia io a dirtelo,

in certi casi potrebbe anche diventare necessario. Saluteremo lo spirito facendolo sentire accolto e a suo agio e dichiarando che apriamo i canali di comunicazione solo per lui. Lei, in questo caso. La inviteremo nel nostro cerchio e prima di porre qualsiasi domanda specifica ci accerteremo che sia il fantasma giusto."
Enrico riassunse le direttive di Amelia senza difficoltà.
A modo suo dimostrò di avere capito e di essere concentrato. Le piacevano i collegamenti che faceva nella sua testa. Usava le sue conoscenze per comprendere cose nuove. Un atteggiamento che Amelia apprezzava perché lo trovava intelligente. Come un bravo criminologo deve essere, certo, ma anche di più. Enrico sembrava possedere una particolare sensibilità per i dettagli nascosti. Amelia non potè impedirsi di fare un paragone con Christophe, dal quale il secondo uscì demolito.
Il gatto si fece ancora più vicino, ora sedeva tra loro, lo sguardo sulla Ouija, come fosse un terzo partecipante.
"Ci siamo."
Amelia allungò le mani e posizionò le dita sulla planchette. Un istante dopo Enrico la seguì.
Era abbastanza grande per ospitare le loro dita insieme e abbastanza piccola perché le unghie di Amelia a tratti sfiorassero i polpastrelli di Enrico. Si guardarono, lei gli chiese se fosse pronto e lui rispose con un cenno del capo. Inspirò a fondo, entrò nel momento. Espirò a fondo

e si concentrò.

"Spirito di Camilla Rachele Landi, dolce spirito, questa notte ti chiamiamo qui per parlare con te, se lo vuoi."

Amelia fece una pausa per dare tempo alla tavoletta Ouija, allo spirito e a Enrico di mettersi a proprio agio. Di scaldarsi.

Passò un tempo indefinito durante il quale non si udì nulla, ma Amelia poteva percepire l'aria diventare tesa. Solida. Se avesse staccato le dita dalla planchette era certa che l'avrebbe toccata. Le vibrisse di Indiana si muovevano su e giù.

"Ti invitiamo nel nostro cerchio, Camilla, qui sei al sicuro." Proseguì.

Indiana si distese come una sfinge, Enrico guardò Amelia. Lei accennò un sorriso e riprese.

"Camilla Rachele Landi, so che hai già provato a parlare con me e io sono qui per ascoltarti. Siamo qui per ascoltarti. Ora te lo dirà anche Enrico."

Si chinò poco verso di lui, abbassò la voce fino a un sibilo.

"Ripeti dopo di me. Okay?"

"Okay."

"Camilla Rachele Landi, siamo qui per ascoltarti."

Diede il via a Enrico.

"Camilla... Rachele Landi, siamo qui per ascoltarti."

Cercò l'approvazione di Amelia e Amelia strinse le pal-

pebre per comunicargli che stava andando bene.
Le fiamme di un paio di candele presero a muoversi, prima piano, poi più forte. Un tintinnio, come bicchieri che si scontrano. Risate. Musica che viene da lontano. "Ehi!" Gridato da una voce femminile. Lo scroscio lontano delle onde sugli scogli. Un vento caldo e piacevole. Rumore di passi sulla ghiaia. Profumo femminile. Quando Amelia capì anche Enrico aveva sentito, il suo cuore andò in delirio. Le loro dita erano ferme sulla planchette, finalmente questa si mosse.
Con lentezza passò dalla lettera C alla lettera R alla lettera L.
Amelia vide Enrico respirare affannosamente, la bocca socchiusa. Si morse il labbro di sotto e la guardò. Anche in quel momento Amelia riuscì a pensare a lui in una situazione molto diversa e molto più romantica.
Indiana aveva cambiato posto e si era accucciato con la schiena contro la gamba sinistra di Enrico, a proteggerlo.
"Se sei Camilla Rachele Landi rispondi a questa domanda: che lavoro fa tuo padre?"
Enrico corrucciò lo sguardo, disorientato. Amelia rimase ferma in attesa. La planchette si mosse di nuovo. Questa volta più rapidamente.
N-O-T-A-I-O. Indicò in sequenza.
"Giusto, il notaio Landi. Lo diceva l'articolo del funerale con la foto di…"

"*Shhh!*" Lo zittì Amelia.
"Camilla, sei tornata per dire qualcosa?"
Silenzio. Di nuovo rumore di passi sulla ghiaia. Che anche Enrico udì. Silenzio. La planchette immobile.
"Ehi!" Stavolta la voce fece sussultare Indiana. Rumori indistinti, come se la scena di un film fosse stata mandata avanti veloce. Silenzio. Amelia sentì una pressione all'altezza delle clavicole, simile a due mani che la afferravano. Durò pochissimo, il respiro le mancò. Avrebbe voluto scrollarsi, ma non poteva staccare le dita dalla planchette. Che andò dritta verso SÌ.
"Oh mio Dio." Non riuscì a trattenersi Enrico.
"Camilla, sei arrabbiata con qualcuno?" Proseguì rapida Amelia.
La risposta fu altrettanto rapida. SÌ.
"Qualcuno che ti ha fatto del male?"
Una folata di aria calda proveniente dal nulla mosse i capelli di Amelia. Fece alzare Indiana, gonfiare il maglione di Enrico… Voci concitate, rapidissime, coperte da altri rumori che si intervallavano in una frequenza ripetuta. Suono di tacchi. Un cigolio. Risatine basse. Schiocco di un bacio. Silenzio. Passi sulla ghiaia. Silenzio. Altri passi sulla ghiaia, più accennati. "Ehi". Passi sulla ghiaia rapidi, sempre più rapidi. Stop. Voci concitate. Musica in lontananza. Tintinnio di bicchieri.

Tulle strappato. Forte spostamento d'aria. Un grido. Colpi. Tonfo su uno specchio d'acqua. Silenzio.

Camilla continuava a inscenare la propria morte, Amelia ne era certa. Cercava di dire qualcosa ma ancora non riusciva a coglierlo. Enrico tantomeno. Se a una domanda così diretta il fantasma non voleva o non riusciva a rispondere, avrebbe tentato di girarci intorno.

"A chi dobbiamo riferirci per scoprire la verità?"

Indiana miagolò facendo sobbalzare entrambi.

Amelia ed Enrico per un istante staccarono le dita dalla planchette. Fu sufficiente mollare la presa perché si spostasse rapidissima.

R-A-D-A-E-L-L-I.

"Tommaso!" Esclamò Enrico a voce alta, cosa che era fortemente sconsigliata durante le sedute spiritiche. Figurarsi durante sedute spiritiche così burrascose.

La planchette reagì al grido di Enrico. Strisciò, questa volta molto, molto piano in direzione del NO.

Si guardarono. Aveva detto no.

"Allora chi?" Domandò lui adesso sottovoce.

"Allora chi, Camilla?" Ripeté allo spirito Amelia.

Dei passi proprio accanto a loro, alla destra di Amelia e alla sinistra di Enrico. Cigolio di una porta, ma nessun movimento evidente. Una risatina, lo schiocco di un bacio. La planchette era letteralmente impazzita. In una successione continua e sempre più rapida di lettere indicava N-O-R-M-A-N-O-R-M-A-N-O-R-M-A-N-O-R-M-A-N-O-R-M-A-N-O-R-M-A-N-O-R-M-A-N-O-R-M-A…

Le cose precipitarono, una figura dai contorni instabili comparve. Rumore di tulle strappato, ancora. La figura scomparve subito in un minuscolo flash. Amelia la vide e la sentì. Enrico, di sicuro se non la vide almeno la sentì. Aveva di nuovo lasciato la scia di profumo. Tutte e ventuno le candele si spensero insieme. Buio. Passi sulla ghiaia, vicinissimi. Una voce bisbigliata di donna. Giovane. Le luci del salotto si accesero da sole. Amelia fu spinta da mani invisibili sotto gli occhi attoniti di Enrico.

Si riprese, guardò la tavoletta Ouija.

"Stai bene?" Le chiese lui con il fiato bloccato.

Amelia annuì.

"Enrico…" Disse indicando la tavoletta con gli occhi.

"Cosa c'è, cosa dice la planchette?"

Non aveva il coraggio di abbassare lo sguardo sulla Ouija e Amelia non poteva biasimarlo.

"Non è la planchette. È la Ouija."

Un altro soffio di vento caldo, onde sugli scogli. Musica lontanissima.

Enrico si guardò attorno, poi la tavoletta.

"Oh cavolo, ma è…"

"Sì, è bagnata." Disse Amelia.

"Dobbiamo interrompere subito la seduta."

Capitolo 12

Nessuno dei due spiccicava parola. Erano in cucina, vicini al tavolo. Amelia stava riempiendo due bicchieri d'acqua, ma Enrico la ignorò e riempì quelli di rum. Svuotò subito il suo, chiese il permesso ad Amelia poi andò alla finestra, la aprì e accese una sigaretta. Guardava fuori, Amelia guardò lui. Enrico non parlava. Era pallido. Il colore scuro dei capelli rendeva cupa la sua sagoma.
Sembra un vampiro, pensò.
Con la mano destra che teneva fuori dalla finestra fumava, con la sinistra stava riaccendendo il telefonino. Lei neppure ci aveva pensato.
Appena un istante dopo, il cellulare squillò.
"Pronto?" Disse Enrico. "Pronto?" Ripeté altre due volte.
Guardò lo schermo, poi Amelia.
"Era un numero che non avevo salvato." Spiegò.
Aprì una schermata per inviare un messaggio, ma il telefono squillò di nuovo.
"Non sento, chi parla?"
Enrico si voltò di scatto verso Amelia.
Aveva gli occhi spalancati e sillabava qualcosa con le labbra. Sembravano due parole, forse un nome proprio

seguito da un cognome. Spense la sigaretta. Arrivò di fronte a lei, spostò il telefono e le sussurrò quelle due parole che in effetti insieme formavano un nome di persona: Leonardo Galanti.

Le labbra di Enrico sfiorarono la parte alta dell'orecchio di Amelia. Involontariamente, ma fu una scossa che le fece venire la pelle d'oca. Sapeva di tabacco bruciato, di rum caldo. Di notte. Di segreti.

I fantasmi sono in grado di provocare cambiamenti nelle energie dei campi elettromagnetici, si disse Amelia.

E l'energia elettromagnetica in quel momento pareva davvero impazzita.

Enrico si spostò, attivò il vivavoce. Dall'altro capo Leonardo Galanti sembrava agitato. In sottofondo rumori freddi e voci fredde.

"Sono, siamo in ospedale. Al Policlinico." Parlava come se si stesse nascondendo, si udiva un rimbombo.

"Cos'è successo?" Domandò Amelia a bassa voce.

"Cos'è successo?" Ripeté Enrico a Leonardo.

Scena simile a quella accaduta poco prima, all'inverso, con il fantasma di Camilla Rachele Landi.

Amelia si rese conto di essere spaventata. Come lo era Enrico. Come sembrava esserlo Leonardo. Come lo era ancora il fantasma di Camilla. Come doveva esserlo stata Regina per decidere di chiudere tutto. E Tommaso, per imporglielo. Come lo era Norma, in ospedale. Come di sicuro lo era la cameriera, licenziata in tronco dopo dieci anni. Come Viola e Giulio che stavano vedendo le loro nozze messe a rischio. Come lo era chi nascondeva il segreto. Chi sapeva.

Leonardo chiese a Enrico di aspettare e seguì un silenzio.

"Eccomi."

Tornò la sua voce, stavolta Amelia lo immaginò in una stanza piccola, magari un bagno.

"Non voglio parlare davanti agli altri." Spiegò.

"Leonardo, vuoi che sia io a fare le domande e tu a rispondere? Ti senti più al sicuro così?"

Enrico guardò Amelia.

La situazione che si andava creando diventava sempre più il riflesso dell'evocazione con la tavoletta Ouija di poco prima.

"No." Disse Leonardo.

Fece un respiro, si assicurò di essere davvero solo. "Credo che da qui nessuno possa sentirmi."

"Bene, allora ti ascolto." Enrico guardò ancora Amelia.

"Norma è caduta dalle scale, in casa. È successo circa mezz'ora fa. Siamo appena arrivati qui seguendo l'ambulanza. Sta bene. Non è grave, ma da tenere sotto controllo. Ha una gamba rotta e... e anche due costole. Un trauma cranico, dicono. Ha perso conoscenza per qualche minuto prima che arrivasse l'ambulanza."

Fece una pausa.

"È stato terrificante."
Silenzio. Anche tra Amelia ed Enrico che si fissavano sopra allo schermo del telefono di lui. Silenzio. Anche in casa, ma ad Amelia pareva che il fantasma fosse lì con loro. In ascolto.

Norma. N-O-R-M-A. La persona che la planchette mossa da Camilla aveva indicato come quella alla quale dovevano riferirsi per scoprire la verità. Norma era caduta dalle scale. Norma Radaelli era caduta dalle scale, in casa Radaelli. Circa mezz'ora prima. Proprio quando Amelia ed Enrico stavano per cominciare la seduta con la Ouija.

"Come è successo?" Domandò Enrico.

"Io... io non lo so di preciso. Stavo leggendo un libro in camera. Norma era appena uscita dalla doccia, stava andando in cucina ed è caduta dalle scale. È scivolata." Soffocò una specie di singhiozzo.

Amelia pensò che non sarebbe mai diventato un grande avvocato, Regina Radaelli su questo aveva ragione: Leonardo sembrava privo di quel tipo di spirito.

Tornò mentalmente a casa Radaelli. Al tour o sopralluogo che avevano fatto lei ed Enrico condotti da Regina.

Era difficile ricordare la disposizione esatta di tutte quelle stanze e la loro collocazione rispetto alle scale che conducevano al piano di sotto. Di una cosa però Amelia era pressoché certa: le toilette non erano abbastanza vicine alla rampa da giustificare il pavimento bagnato. A meno che Norma non avesse camminato a piedi nudi.

Veloce come un fulmine prese il volantino di una pizzeria d'asporto e con la penna - la stessa che avrebbe dovuto usare per firmare il contratto - scrisse: "chiedigli se Norma era scalza". Lo mostrò a Enrico.

Lui annuì e obbedì. Aveva capito perché Amelia voleva saperlo e le piacque quella complicità immediata.

"Io non capisco." Disse invece Leonardo. "Perché me lo chiedi?"

"Rispondi e basta, per favore. Norma era scalza?"

"Non lo so."

Fece una pausa, si sforzò di ricordare.

"Sì, cioè no, aveva le pantofole. Ne ho trovata una a metà scala e l'altra ancora al suo piede. Quello non rotto."

"Okay, grazie."

"Senti, so che non state più indagando sulla storia del fantasma, ma io penso…" Si interruppe.

Voci femminili risero sotto. Leonardo riprese a parlare.

"Scusa, sono solo due infermiere. Non voglio che mi senta nessuno." Ripeté agitato.

"C'è qualcosa di strano, molto più strano di quello che vi hanno raccontato l'altro giorno. E da quando siete venuti qui tu e la tua collega i genitori di Norma non fanno che chiudersi nello studio di lui a discutere. Ma già da prima… Hanno licenziato la cameriera. Si respira un'aria tesa. Poi adesso Norma... sembrano tutti impazziti e Viola è isterica."

"Potrebbe averla spinta lei Norma o avere provocato la caduta?"

Le domande dovevano essere nate nella mente di Enrico nel momento stesso in cui le pronunciava a voce alta, a giudicare dalla sua espressione e dal modo in cui le aveva formulate.

"No, quando è successo Viola era di sotto. Erano tutti di sotto. Tommaso e Regina erano appena rientrati a casa, Giulio e Viola stavano guardando un film in salone. Io ero l'unico al piano di sopra. La stanza in cui dormiamo io e Norma è vicina alle scale, i passi di chi sale e scende si sentono sempre. L'avrei sentita, appunto."

Enrico annuì guardando Amelia, come se anche Leonardo Galanti potesse vederlo.

"In più nel momento in cui i paramedici hanno dichiarato che la gamba era rotta e che forse c'erano anche altre fratture, Viola è scoppiata a piangere. Non per Norma, chiaro. È preoccupata che questo incidente le rovini le nozze. Non ci ha guadagnato niente."

Non una campionessa di solidarietà, empatia e amore fraterno, ma Amelia era già comunque certa che il responsabile della caduta fosse da cercare tra i morti che ce l'avevano con Norma Radaelli e non tra i vivi.

Quella sua caduta sembrava un messaggio cifrato. L'acqua, l'azione di precipitare, la spinta...
Era Enrico ad avere bisogno di una conferma. Aveva bisogno di non tralasciare la tradizionale strada investigativa alla quale era abituato e Amelia sentì di comprenderlo.
Ciò che Enrico aveva percepito e forse visto durante la seduta con la Ouija era difficile da accettare come reale. Ci voleva tempo, come minimo.
"Io non credo nei fantasmi, però..." Riprese Leonardo.
"Però?" Lo interruppe in modo brusco.
"I vasi con i bouquet di prova di Viola sono stati tutti ribaltati ieri notte mentre dormivamo. E io e Norma stamattina abbiamo trovato un mucchietto di ghiaia in fondo alle lenzuola, sotto le coperte."
Enrico strinse l'avambraccio di Amelia. I bouquet, la ghiaia. Il pavimento bagnato...
Sentiva le dita di Enrico premute sulla carne coperta da un sottile strato di lana. Era una presa così diversa da quella che aveva avvertito durante la seduta spiritica. Quella di Enrico era una ricerca di complicità, l'altra il preludio di un gesto minaccioso. Di uno scossone. E poi di una spinta, magari... Come una spinta giù dalle scale.
Camilla, perché lo stai facendo? Le chiese nella sua testa.
Un soffio di aria calda fu l'unica risposta che ricevette.
"So che sei sconvolto, Leonardo, ma dimmi: pensi che la tua ragazza ti nasconda qualcosa? Ha fatto riferimento a

una possibile causa non accidentale della caduta, quando si è svegliata? Ha parlato del... del..." Non riusciva a dirlo. "Del fantasma?"
"Se vuoi saperlo, penso che qui tutti nascondano qualcosa. E che si coprano a vicenda."
Quella di Leonardo era stata espressa come una pura e semplice constatazione, priva di tonalità. Adesso si mostrava un filo di più l'avvocato.
"Non ha detto niente, solo che è scivolata. Ma non serviva che dicesse niente, come non serviva che parlassero gli altri."
"Cioè?"
Silenzio.
"Leonardo? Pensi che Norma o qualcuno di loro sappia che cosa vuole questo spirito?"
Un respiro.
"Leonardo? Ci sei ancora?"
Silenzio.
"Sì, scusa, credevo che..."
"Cosa?"
"Credevo che ci fosse qualcuno."
Stava diventando paranoico o aveva dei buoni motivi per essere così agitato?
"Questa presenza o quello che è, secondo me ce l'ha con una persona in particolare."
"Intendi la tua ragazza?"

Di nuovo silenzio.

"Allora diciamo che sono due le persone."

Enrico cercò Amelia, la trovò e vide il volto concentrato nella riflessione, quasi tormentato.

"Chi è l'altra?" Gli chiese.

Leonardo abbassò la voce così che per udirla si dovettero sforzare entrambi. Disse che preferiva non rispondere, non in quel momento.

Due persone. Due persone. Una di queste era Norma e l'altra? Suo padre Tommaso? Camilla aveva detto di no. Tradimento, pensò Amelia.

Tradimento. Mandare a monte il matrimonio. Rovinare la felicità degli sposi e della loro famiglia. Rovinare un giorno di festa. Così come in un giorno di festa Camilla era morta. Vendetta. Amelia, che nel sogno indossava un abito da sposa, sapendo che avrebbe rubato la scena a un'altra. Ancora, tradimento. Sotto al velo, in chiesa, la sposa non era Viola. Le somigliava, ma aveva i capelli biondi. I capelli biondi come quelli di Camilla Rachele Landi. Tulle strappato. L'altra persona era Viola? In che modo le Radaelli e Camilla erano legate?

La testa di Amelia era al centro di una tempesta.

"D'accordo Leonardo. Non dire a nessuno che mi hai telefonato. Domani mattina puoi passare al mio studio?" Ci ripensò. "Anzi no. Vediamoci da un'altra parte, non si sa mai. Ti scriverò un messaggio tra poco. Fai in modo di non lasciare il cellulare incustodito. Tienilo lontano da occhi indiscreti, okay? Poi cancella il messaggio."

Scuola 007, pensò Amelia riemergendo dalle sue intense e caotiche elucubrazioni.

"Per qualsiasi cosa terrò il telefono acceso." Disse Enrico guardando lei.

Non che Amelia avesse in mente di evocare di nuovo il fantasma di Camilla con la Ouija e quindi farglielo spegnere. Di certo non più quella notte.

"D'accordo." Rispose.

"A domani." Aggiunse prima di riagganciare.

*

"Se vuoi saperlo, penso che qui tutti nascondano qualcosa. E che si coprano a vicenda." Aveva detto Leonardo. Non tutti conoscevano il segreto legato al fantasma, ma tutti sospettavano che ne esistesse uno. Qualcuno era al corrente della verità, qualcuno ci andava vicino. Qualcuno era più responsabile, qualcuno meno. Tutti, dal primo all'ultimo, erano coinvolti in un modo o nell'altro. Ma come? E perché? Due persone in particolare. Norma e chi? Finora il solo collegamento pseudo diretto che avevano era tra Camilla e Tommaso Radaelli. Lui al funerale di lei. Lui che stringeva la mano al padre di Camilla. Ma Camilla aveva detto di no alla supposizione che fosse Tommaso quello che conosceva la verità. Allora Viola? Ad Amelia non tornava. Cos'altro c'era? Perché c'era tanto, tanto di più. Lo spirito provava a dirglielo, in un modo che era difficile da decifrare, il messaggio arrivava disturbato. Camilla era troppo arrabbiata, Amelia troppo ricca di emozioni, Enrico anche. I Radaelli nascondevano troppo e dopo che Norma era caduta dalle scale dovevano essere di certo terrorizzati.

"Non puoi sfruttare i tuoi contatti in polizia per sapere di più sulla notte in cui è morta Camilla?" Chiese Amelia a Enrico. "È successo a una festa, no? Magari potremmo scoprire chi erano gli altri invitati a quella festa."

Si trovavano entrambi sul balcone della cucina e lui stava fumando una nuova sigaretta. Incastrati tra una lavanda angustifolia e una menta cervina.

"Potremmo, ma ti ricordo che non stiamo facendo niente di ufficiale. Non siamo in un film, Amelia. Rischio la licenza."

"Come sei poco avventuroso!" Protestò lei.

Aveva appena bevuto, infine, il bicchiere di rum che Enrico le aveva riempito prima della telefonata di Leonardo. Con quello pre-seduta spiritica era il secondo. Per lui il terzo.

"Poco avventuroso? Ma se ho appena evocato un fantasma insieme a te."

Amelia rise. "*Touchée.*"

"Lo ho annotato nella lista di ricerche da fare, comunque. Capire chi c'era alla festa. Non chiederò ai miei contatti in polizia, ma credo di sapere come arrivarci."

"Come?" Non si accontentò Amelia.

Enrico glielo fece notare, che non si accontentava, ma rispose ugualmente.

"Conosco un'organizzatrice di eventi. In estate la sua attività si sposta spesso tra Santa Margherita, Rapallo, Portofino... in quella zona della Liguria insomma."

Com'era sua abitudine, Amelia si sforzò di crearsi un'immagine mentale dell'organizzatrice di eventi, per il gusto masochistico di capire se fosse attraente. Se fosse o

fosse stata una sua conquista. O quantomeno un flirt. Stava impazzendo?
"Le chiederò se ha lavorato a quella festa. Anche se così non dovesse essere, sono certo che nell'ambiente se ne sia parlato e che sappia a chi potrei chiedere. Conosce tutti, è nel giro dagli anni Ottanta."
Amelia calcolò rapidamente. Se lavorava da quarant'anni doveva averne almeno sessanta. Ma bastava per renderla innocua?
Di colpo Amelia cambiò umore e pensiero, sospirò. Si era intristita pensando alla sofferenza di Camilla e a quella di chi le voleva bene. Sapeva cosa significasse perdere qualcuno e si augurò che chiunque avesse perso Camilla fosse circondato da persone vive che lo facevano sentire vivo. Come era stato per lei quando sua madre era morta. Senza l'energia incontenibile di papà Bernie e i viaggi avventurosi con lui, senza la cura e le coccole di zia Melissa, senza i vizi ai quali l'avevano abituata per Amelia sarebbe stato tutto molto, molto più amaro.
Enrico scrollò la sigaretta nel posacenere da terra che Amelia aveva "rubato" da casa di suo padre a Torino.
"Non immaginavo che questo caso si sarebbe rivelato un intrigo del genere, altrimenti non ti avrei coinvolta."
Da via Corsico, da via Vigevano e più in là dal Naviglio Grande arrivavano voci indistinte e allegre.
"Davvero? Non mi avresti coinvolta?"

Enrico la guardò sotto le palpebre mezze sollevate. Sbuffò per sorridere. Fumò ancora e non rispose.
Riecco lo Scorpione, pensò.
"Ti avrei coinvolta lo stesso, hai ragione."
Si fermò per commentare il grido sboccato di un ragazzo per la strada. Aspirò un tiro lento.
"Secondo ciò che dice Leonardo, Norma è caduta dalle scale più o meno mentre noi stavamo per usare quella tavola dei fantasmi." Disse tornando con l'attenzione ad Amelia.
Tavola dei fantasmi. Alla Ouija non sarebbe piaciuto l'epiteto scelto da Enrico.
"Il pavimento era bagnato e Norma indossava le pantofole."
"Infatti, per questo ti ho chiesto di domandarlo a Leonardo. L'unico motivo per il quale un pavimento possa essere bagnato è che ci si è camminato a piedi nudi usciti dalla doccia, ma i bagni erano lontani dalle scale, ricordi anche tu?" Continuò Amelia.
"Mi pare di sì."
"O che ci si versi sopra dell'acqua appositamente."
"L'acqua torna sempre…"
"D'altronde è così che è morta Camilla."
Amelia ebbe un fremito sulla parola "morta". A volte dimenticava che i fantasmi fossero stati prima dei semplici morti. Era una cosa che la impressionava. Come i cadave-

ri. Il punto di congiunzione tra il mondo dei vivi e quello degli spiriti. Il salto. Il click.
"C'è qualcosa che mi sfugge. Il fantasma ci ha fornito tanti di quei dettagli che..."
"Indizi." La corresse Enrico mentre fumava tirando profonde boccate dalla sigaretta. Sorrise.
"Indizi."
Il cielo era ancora bello come quando era scesa in cortile e aveva visto il fantasma di Glenda. Avrebbe avuto voglia di posare la testa tra il petto e la spalla di Enrico, respirare il suo odore. Chiudere gli occhi e lasciarsi andare. Scosse la testa, una parola suonò come un fischio nel timpano. Tradimento.
"Andiamo a parlare con la cameriera che lavorava per i Radaelli. Nenita, mi pare che si chiami. In qualche modo la troveremo. Andiamoci domani mattina presto, che dici? Dobbiamo scoprire perché è stata licenziata. Se è arrabbiata con loro ne approfitteremo per farci svelare dei segreti, i domestici sanno sempre tutto. Poi io darò appuntamento a Leonardo ai Giardini della Guastalla. Anzi, aspetta, gli scrivo subito."
Enrico si fermò per prendere il cellulare. Compose il messaggio, lo inviò.
Leonardo rispose con un "okay" senza farsi attendere.
"Chissà se si ricorderà di cancellare la conversazione." Disse Enrico.

"Va bene, andiamo da questa Nenita. E poi mentre tu sarai con Leonardo io andrò all'ospedale a parlare con Norma Radaelli." Decise Amelia.
"No, è fuori discussione."
"Perché?"
"Potrebbe vederti qualcuno e chiedersi cosa ci fai lì. Qualcuno di vivo o qualcuno di morto, ma altrettanto pericoloso."
"Potrebbe succedere anche a te."
"Io sono un investigatore e ho il porto d'armi."
"E io sono una strega."
Enrico sorrise, non la prese in giro come avrebbe fatto chiunque altro.
"Tra l'altro il Policlinico, dove è ricoverata Norma, è a due passi dai Giardini della Guastalla. Non li hai scelti per questo?" Insistette Amelia. "Saremmo anche vicini."
"Sì, ma l'idea che tu ti metta nei guai non mi piace. Sono stato io a trascinarti in questa faccenda. Anche se tu poi mi hai trascinato a evocare lo spirito, è vero." Fece un ghigno che lo rese antipatico ma bellissimo. Scorpione, ancora.
"Non mi lascio trascinare in niente in cui io non mi voglia lasciar trascinare." Dichiarò Amelia con tutta la sua fierezza.
"Lo so."
"E penso sia lo stesso per te."

Enrico sospirò, lei lo fissò, restò col fiato trattenuto.
"Dovresti fare qualche domanda alla tua ragazza, non hai detto che conosce le Radaelli?"
Sperò tanto che Enrico se ne uscisse con una frase tipo "quale ragazza? Se ti riferisci a Eleonora è solo una storiella senza importanza."
"Già provato." Rispose invece. "Dopo che te ne sei andata dal mio studio le ho telefonato per chiederle se conoscesse Camilla. Ha detto che le suonava, che si ricordava della sua morte a una festa o qualcosa del genere, ma non la conosceva personalmente. Le ho chiesto se sapesse di un legame tra Camilla e i Radaelli. Ha risposto di no, mi ha ribadito che conosce poco anche loro nonostante abbiano amici in comune. Idem per Giulio Soncini."
Spense la sigaretta e prima di rientrare rimasero bloccati l'uno di fronte all'altra. Fermi. Sospesi. Ad appena tre centimetri di aria frizzante di distanza.
"Avevo pensato di parlare con i parenti di Camilla. Con il padre, in particolare." Fece Enrico rompendo il silenzio.
"Cosa ti ha fatto cambiare idea?"
"Come sai che ho cambiato idea?"
Amelia non rispose.
"Comunque è così. Non mi sembra, ecco, la strada giusta. Dopo stasera me ne convinco di più."
Lei guardò lontano, al di là dei tetti del palazzo di fronte. Fino al poco della Darsena che si riusciva a scorgere e

solo nelle notti limpide come quella. Le venne in mente il fantasma di Camilla di fronte alla rosticceria Drago Verde, di fronte alla Darsena. I capelli lunghi biondi, l'abito nero di tulle da sera. Le unghie rosse. I piedi quasi certamente nudi. Si ripresentava come era morta o come era vissuta per l'ultima volta, dipendeva dai punti di vista. Amelia ebbe un brivido così forte che si sentì dondolare.
"Vorrei che Camilla mi parlasse chiaramente, ma è troppo astiosa."
"Forse pensa che siamo dalla loro parte. Dalla parte di chi sa cosa le è successo." Ipotizzò Enrico.
Rientrarono in cucina, Amelia chiuse la finestra e diede un ulteriore sguardo fuori. Ricordò la sera del party della Juniper, che ora sapeva essere anche il giorno del compleanno di Enrico. Aveva brindato davanti a quella vista.
"Che questa notte illumini il mio cammino" aveva chiesto.
In che modo l'Universo stesse rispondendo alla sua preghiera le era ancora incomprensibile.

*

Di minuto in minuto le cose cambiavano e si muovevano veloci, una novità arrivava dietro l'altra. Se qualche ora prima le avessero detto che la seduta con la Ouija sarebbe stata così turbolenta, che anche Enrico avrebbe sentito i segnali forti della presenza di Camilla, che Leonardo avrebbe telefonato per dire che Norma era caduta dalle scale... Ma più di tutto questo, se le avessero detto che Enrico Limardi avrebbe dormito da lei avrebbe sul serio stentato a crederci. Okay, okay. Passo indietro. Amelia ed Enrico si erano confessati di avere paura a restare soli. Poi ne avevano riso, si erano presi in giro a vicenda. Amelia, un'esperta di occultismo, sensitiva anzi strega, si era corretto Enrico, aveva paura del fantasma di una ragazza! Lui un criminologo, Scorpione, che fa boxe, aveva paura del fantasma di una ragazza! Eppure era così.
Sia Amelia che Enrico erano su di giri. Pensierosi, eccitati, desiderosi di confrontarsi ancora e ancora.
"Rimani qui." Gli aveva detto lei.
Dopo che si erano riempiti l'ennesimo rum, che lui aveva acceso l'ennesima sigaretta e che si erano seduti sul divano nella zona veranda della terrazza nella zona giorno.
"Ho due stanze per gli ospiti. Puoi scegliere quella che preferisci."

Come immaginava, Enrico scelse quella che Amelia aveva ribattezzato "Orient Express". L'aveva arredata ispirandosi al lusso dei vagoni ferroviari del treno descritto da Agatha Christie nell'omonimo romanzo e cercando spunto dai tanti, avventurosi e immaginari viaggi nel tempo che avevano fatto parte dei sogni e della ricca vita mentale di Amelia. I toni nero, oro e turchese, le luci basse provenienti da lampade Art Déco. La moquette di velluto, le pareti scure ma calde. La finestrella che dava sul Naviglio Grande.
"Le lenzuola sono pulite, qui c'è il bagno." Disse Amelia indicando una stanza con la porta chiusa alla sua destra. "Posso prestarti qualcosa per dormire."
"Grazie. Una maglietta sarà sufficiente. E se per caso ce l'hai, uno spazzolino da denti." Sorrise lui.
In quel momento Amelia provò un inusuale imbarazzo, sentimento fastidioso che la tangeva di rado. Enrico Limardi era lì, in casa sua. Stavano parlando di lenzuola e di pigiami e di spazzolini da denti. E lei non era riuscita a bloccare il pensiero di lui che dormiva con solo una maglietta addosso.
"Prima di conoscerti avrei detto che fossi tu fortunata a stare con Christophe. È un uomo in gamba, con un lavoro affascinante. Bello da morire anche, o sbaglio? Ora però sto ribaltando la prospettiva."

Gli occhi di Enrico vagavano per la stanza, d'improvviso si fermarono. Amelia pensò che si riferisse di nuovo al suo conto in banca.
"Ho già detto che collaboreremo gratis, non ti basta?"
Enrico la guardò.
"Non parlavo delle tue evidenti spropositate ricchezze. Ma di te in quanto… te." Sorrise indicando sia Amelia che la stanza.
Il silenzio che piombò fu così pesante da farle desiderare che un suono, uno qualsiasi lo interrompesse. Andava bene anche un rumore paranormale.

Capitolo 13

Amelia era nella toilette della sua camera, dove si era rifugiata per svincolarsi dalla tensione che si era creata con Enrico. Aveva attraversato al buio il piccolo corridoio secondario e poi aveva fatto ingresso in quello principale. Era passata in cucina, aveva preso il telefono ancora spento. L'aveva riacceso e aveva letto velocemente i messaggi. Niente di importante o degno di nota.
Si stava spazzolando i capelli, un gesto che faceva per calmarsi da quando aveva memoria. La sua amata chioma, una cascata a volte ingestibile, a ogni passaggio diventava più morbida. I capelli di Amelia come quelli di tutte le Occhilupo erano folti. Ondulati in modo naturale, di un biondo fragola ramato che al sole pareva scintillare. Ne era sempre andata fiera. Ripose la spazzola, si guardò allo specchio. Inspirò dal naso ed espirò sempre dal naso, come a yoga. Si chiese che cosa avrebbe pensato di Enrico la sua insegnante e amica Selene. Sicuramente avrebbe captato qualcosa di lui che ad Amelia sfuggiva. Selene era brava in questo, riusciva a fare luce su dettagli celati nell'anima altrui.
Si spostò nella zona lavanderia, passò sfilando veloce ac-

canto al bagno nel quale ora Enrico si stava forse lavando le mani. Flashback vivido. Pensò a Christophe la sera del party della Juniper. Pensò a ciò che aveva pensato guardandolo. Pensò a ciò che avrebbe dovuto pensare di lui adesso e che invece non stava affatto pensando. Pensò a quanto stava pensando di Enrico e che non avrebbe proprio per niente dovuto pensare.

Pensare è decisamente un'abitudine del cavolo, farfugliò dentro di sé.

Prese asciugamani puliti, uno spazzolino nuovo. Poi si ricordò della maglietta. Tornò nella cabina armadio, posò gli asciugamani e lo spazzolino. Aprì il cassetto dove teneva le cose lasciate dagli uomini che erano passati di lì. Calzini di lana con cani Beagle stampati sopra di Jeff. Un costume da bagno rosso a bermuda, sempre di Jeff. La camicia di Pietro, un analista finanziario che aveva frequentato prima di Christophe. Tre paia di mutande, un dolcevita grigio scuro, un paio di jeans e una maglia a maniche lunghe di Christophe. La prese, la guardò, la ripose. Sotto ne intravide un'altra che la richiamò. Verde scuro, stampa bianca.

"VII Seminario Internazionale di Arte & Antropologia, Berlino, 2001."

Poteva andare. Era sul punto di lasciare la cabina armadio quando vide che Christophe la stava chiamando. Senza pensarci troppo rifiutò la telefonata.

Tornata alla camera degli ospiti bussò e il colpo fece aprire la porta socchiusa. La stanza era vuota. Amelia si affacciò, guardò dentro. Non ci voleva molto, saranno stati sì e no quindici metri quadrati.
Il parquet nel corridoio scricchiolò, avvertì una presenza. Poco dopo una mano le si posò sulla spalla e lei, terrorizzata, lanciò tutto in aria insieme a un grido.
"Santo cielo, scusami!" Disse Enrico mentre si dava da fare per aiutarla. "Ero andato a fumare una sigaretta in terrazza."
"Te l'avevo detto che sono spaventata." Fece lei rialzandosi.
Anche Enrico adesso era in piedi e teneva la maglietta con due mani, dritta davanti a sé, per osservarla. Lesse la scritta ad alta voce.
"Chris?" Chiese.
Amelia scosse la testa. "Nel 2001 era alle elementari. E poi è un archeologo, non un antropologo."
"Giusto. Le mie facoltà investigative stanno morendo, che cosa triste. Allora di chi è?"
"È di mio padre." Rispose Amelia.
Immaginò Bernie assistere alla scena. Enrico gli sarebbe piaciuto. Gli piaceva anche Christophe, a dire il vero.
Non era mai stato il genere di padre che ostacola le scelte sentimentali della figlia. Non era mai stato un padre geloso, neanche un marito geloso, le raccontava zia Melissa.

"Tua madre era misteriosa, lo è sempre stata. A volte dava l'idea anche a me che potesse avere dei segreti. Degli amanti, magari. Ma Bernie non le è mai stato addosso, l'ha sempre lasciata libera."
Diceva che era una donna misteriosa, sua madre. Misteriosa.
Amanti, tradimenti, segreti. Misteri. Sembravano essere dappertutto. Forse li aveva nel DNA.
Enrico ora guardava la maglietta con occhi ben diversi e un sorriso sollevato che era difficile non notare.
"Giusto, tuo padre. Un antropologo mi dicevi."
"Sì." Amelia gli allungò lo spazzolino, comunicò che avrebbe preso degli altri asciugamani ma lui glielo impedì. Buttò la T-shirt su una spalla e sfilò dalle mani di Amelia la pila di asciugamani.
"Hanno a malapena toccato terra." Disse.
"E questa moquette sembra appena lavata."
"Vedi, le tue doti investigative stanno resuscitando. Proprio stamattina è venuto Shehan, il signore delle pulizie. È un artista nel suo campo. Dovresti conoscerlo, credo che vi piacereste". Non sapeva perché lo avesse detto, però era vero.
Enrico posò gli asciugamani, sedette sul bordo del letto, si dondolò un poco e decretò che quello era davvero un gran materasso. Amelia rise. Adesso era appoggiata allo stipite della porta, la massa di capelli a fare da cuscino.

"Di che genere di crimini d'arte ti occupi, di solito?" Gli chiese.

Enrico si era alzato e guardava fuori dalla finestra dell'abbaino.

"In realtà il più delle volte a ingaggiarmi sono semplicemente persone molto ricche che tengono molto ai propri oggetti."

Amelia annuì, finse di essere soddisfatta della risposta.

"Però hai collaborato con l'Interpol sul caso del conte di Genova."

Enrico si girò, alzò le spalle indifferente.

Faticava a capire perché sminuisse il proprio lavoro. Sentirlo parlare in quel modo un po' la irritava se doveva essere sincera. Lo vide alzare le sopracciglia, sospirare. Sedere di nuovo sul bordo del letto, i gomiti posati sulle cosce, piegato in avanti con la testa rivolta verso di lei.

"Sai perché questo caso del fantasma mi coinvolge tanto?"

Lei allargò le braccia. "Puro desiderio di verità mi pare di aver capito."

Enrico prese la confezione con lo spazzolino e la rigirò tra le mani.

"Sento che stavolta c'è davvero qualcosa da scoprire."

Mise una particolare enfasi su "stavolta" e "davvero".

Amelia cambiò posizione, si raddrizzò.

"Cosa intendi?"

In quel momento arrivò Indiana, disegnò un otto intorno ad Amelia, entrò nella stanza e con un balzo elegante salì sul letto accanto a Enrico.
"Ciao, Indiana." Gli sussurrò lui.
Aveva lasciato lo spazzolino e ora accarezzava il micio.
"Non mi fraintendere, il mio lavoro mi dà un'infinità di soddisfazioni, anche economiche. Il più delle volte però sono puramente economiche. Non me ne frega niente di indagare per scoprire a quale tra i famelici nipoti di una signora con il triplo cognome andrà il suo Uovo Fabergé. Né aiutare l'Interpol se questo significa solo passare mesi chinato su carte e riprese video di qualche telecamera di sicurezza, per cosa poi? Consegnare alla giustizia un viscido mercante d'arte e farmi dare un pat pat sulla spalla dal direttore del Louvre?"
I condotti di Enrico si erano aperti e Amelia lo sapeva, era l'effetto che poteva fare incontrare così da vicino un fantasma. Cambiamenti nei campi elettromagnetici.
Se Amelia era scombussolata, Enrico doveva essere dentro a un uragano. Quella sera era venuto in contatto diretto con un fantasma per la prima volta. E si vedeva.
"Allora perché lo fai, se non ti emoziona?" Gli domandò.
Si accorse in quel momento di quanto fosse stanca.
Le facevano male i muscoli del corpo e le palpebre faticavano a restare aperte. Ciò nonostante sarebbe rimasta volentieri così, in piedi, tutta la notte a parlare con lui.

"Sono cresciuto vedendo mio nonno innamorato del suo lavoro e ho creduto che sarebbe stato lo stesso per me. Indagare mi è sempre piaciuto, giocavo a farlo anche da piccolo. Ho sperato di provare anche io l'entusiasmo che provava lui, ma non ci sono mai riuscito fino in fondo. Perché mio nonno vedeva, anzi vede tuttora, cose che io non vedevo. Risolveva i casi aiutandosi con strumenti che non possono essere comprati. Mi capisci? Strumenti simili ai tuoi. Gli stessi casi che seguiva erano importanti. Per me non è stato così e sono già sei anni che lo faccio. Non è stato così fino ad adesso. Fino a questo caso. Fino a questa sera. Fino a... te."
Amelia tacque, lo osservò cercando di distaccarsi da tutto. Anche da sé. Enrico continuava ad accarezzare un Indiana in visibilio, che sotto le sue coccole si era rilassato tanto da ribaltarsi su un fianco e socchiudere gli occhietti. Davvero inusuale per lui che in quanto spirito familiare tendeva a proteggere Amelia e la sua magia, a non accogliere con benevolenza gli esterni. Fino ad ora la sua unica eccezione era stato Jeff.
"Questo caso mi è arrivato per una ragione precisa."
Ora Enrico la fissava senza staccarsi, la mano posata con delicatezza sul fianco di Indiana.
Lo lasciò, ronfante, e fece scrocchiare una per una tutte le dita della mano destra. Amelia lo immaginò ancora una volta sul ring. In calzoncini da boxe. Con i guantoni, i

capelli scuri sudati e gli occhi magnetici pieni di fuoco.
Pronto a un incontro.
"Quale credi che sia questa ragione?"
Stava per crollare un altro muro che li separava. Amelia poteva udire distintamente il rumore delle crepe che si formavano sul cemento.
"Conoscerti."
Indiana si svegliò, tirò su la testa e rizzò l'orecchio sfortunato.
"Mi hai conosciuta prima che ti arrivasse il caso. E mi avresti conosciuta comunque, un giorno o l'altro, tramite Christophe."
Doveva provare a domare l'incendio prima che divampasse e li incenerisse entrambi.
"Intendevo che il caso che mi ha portato Regina mi ha a sua volta avvicinato a te, ma il nostro incontro era già nell'aria e adesso lo so."
Amelia si sentiva morire e rinascere e morire di nuovo, dentro e fuori in mille modi diversi e sconosciuti. Sembrava impossibile gestire la situazione che stava prendendo una sua traiettoria. Sempre colpa dei campi elettromagnetici?
"Sabato era il mio compleanno ed ero andato a pranzo con mio nonno. Prima di salutarmi e di regalarmi questo orologio," indicò il Panerai "mi ha guardato dritto negli occhi in un modo che conosco bene e mi ha chiesto che

programmi avessi per la serata. Ho risposto che Eleonora voleva andare fuori a cena e poi a bere da qualche parte, ma che avevo anche ricevuto un invito per la festa di una casa d'aste. Sai cosa mi ha detto? Devi andarci, vai a quella festa. Gli ho chiesto perché, mi sono messo a ridere. Mi sembrava assurdo che mi suggerisse di passare il compleanno in mezzo a pedanti antiquari. Lui ha risposto qualcosa tipo 'sensazioni', proprio come fai tu. Ci ho pensato tutto il giorno, non capivo se quello che sentivo a mia volta fosse stato influenzato da mio nonno o meno. Ma alla fine, come sai, ho scelto di seguire l'istinto e ci sono andato. Ele non era molto contenta, nel
tragitto stavamo litigando ed è per questo che guidavo come un pazzo".
Enrico la guardò, Amelia si sforzò di risultare inespressiva, di controllare le proprie emozioni.
"Dovevo entrare in contatto con qualcuno come te." Insistette. "Qualcuno che i fantasmi li vede realmente, come mio nonno. Qualcuno che mi dimostrasse che non è pazzo e che…"
Qualcuno come te significava chiunque? Significava che se al posto di Amelia Christophe gli avesse presentato un sensitivo di cinquant'anni con l'alopecia adesso Enrico sarebbe stato a casa di questo a fare sedute con la Ouija e chiedergli in prestito il pigiama?

"Ti ho incontrata nemmeno una settimana fa e guarda dove siamo." Schiarì la gola. "Hai capito cosa sta succedendo?"

Che domanda strana, pensò Amelia. Poteva riferirsi a tutto e a niente.

Silenzio. Il micio così come si era in fretta rilassato e poi addormentato si era ridestato e alzato. Ora sedeva sul piccolo davanzale dell'abbaino. Dietro di lui i palazzi della ripa del Naviglio inseriti in una cornice blu scuro trapuntata di stelle. Non si vedeva, ma Amelia sapeva che poco più in là a sinistra c'era casa di Jeff. E che proprio lì, in linea d'aria un'ottantina di metri, dormiva Melissa. Sentì la loro mancanza come se non li vedesse da mesi. Come se si trovasse in una terra lontana e straniera. Sentì nostalgia e anche una strana inquietudine. Guardò Enrico.

"Ho scelto io di andare a sbatterci la testa, lo so."

Disse prima ancora che Amelia potesse pensarlo.

"Ho accettato il caso Radaelli perché il soprannaturale mi ha sempre affascinato."

"Hai accettato il caso Radaelli perché il soprannaturale ti ha sempre affascinato, sì. Questo non lo hai di certo nascosto. Ma secondo me, tu sei più che affascinato dal soprannaturale. Ne sei, ossessionato? Coinvolto?"

Era come se qualcuno avesse parlato al posto suo. L'Amelia di pancia, quella vera. Quella che sapeva le cose. A giudicare dallo sguardo di Enrico aveva fatto centro.

"Hai deciso di mettere in gioco le tue credenze contrastanti per vedere quale avrebbe vinto." Continuò ispirata. "Ti sei detto che l'avere conosciuto proprio due giorni prima di venire contattato dalla Radaelli un'esperta di occultismo fosse una specie di segno. Un segno a sua volta anticipato da tuo nonno a pranzo. Non avevi altri indagini importanti in mano, ma comunque questo è il caso che attendevi da sempre. E stasera tutto è arrivato all'apice. È diventato concreto. Hai ricevuto la conferma che cercavi e un po' temevi: i fantasmi, le energie misteriose esistono davvero. Tuo nonno non è pazzo. E tu, proprio tu, tu stesso puoi sentirli. Secondo me perfino vederli. Come tuo nonno. Come me. Come i Radaelli non possono."

Amelia fece una pausa, respirò, guardo Enrico.

Si rese conto di quello che aveva detto, ma non si pentì.

"Mi sbaglio?"

Lui non rispose. Almeno non subito e non a parole.

Capitolo 14

Dopo il monologo di Amelia non era sceso il gelo che ci si sarebbe potuti aspettare. Certo, lei avrebbe potuto essere un po' meno teatrale, ma il momento lo richiedeva. O se non altro si può dire che lo concedeva.
Enrico era stato talmente svelato, messo a nudo, smascherato da lei che sulle prime non aveva potuto fare altro che ammutolirsi. E in seguito confermare ogni passaggio. Confermò anche di avere visto con i suoi occhi, così come lei, il fantasma di Camilla. Era stato una sorta di rito di passaggio per lui e lei ne era stata testimone.
Il mattino dopo, nonostante quella serie di fatti intensi, Amelia si sentiva ristorata. Aveva riaperto gli occhi alle 6:45, un quarto d'ora prima che suonasse la sveglia. Energica, coraggiosa, centrata. La casa era silenziosa. Enrico dormiva? O se ne era andato?
Fece una doccia, asciugò i capelli seguendo il solito accurato rituale per domarli. A seguire si dedicò agli altri rituali per il suo corpo. Pulita, profumata di vaniglia e cosparsa di crema, si vestì. Una mini nera di camoscio ereditata dalla nonna materna Adelaide. Collant 50 denari di Wolford, scarpe stringate, dolcevita di cachemire.

Tutta di nero, a eccezione del trench invernale e di una tracolla di Mulberry color prugna. Uscì dalla camera da letto e rischiò di andare a sbattere contro la porta. Di solito la teneva aperta, ma quella notte in casa sua c'era un'altra persona. Qualcuno che fino a poco prima era per lei un perfetto estraneo e ora le faceva diventare il cuore una gelatina ai lamponi.

Con immensa sorpresa e un subbuglio indicibile dello stomaco, trovò Enrico seduto al tavolo della cucina. Due tazzine di caffè, una semipiena e l'altra vuota. La moka ancora fumante sul poggia pentole in argento a forma di farfalla che le aveva regalato zia Melissa. La presina imbottita di Courmayeur agganciata al manico della moka. La zuccheriera con due cucchiaini accanto. Sulla destra il contratto che Amelia non aveva firmato era diventato per Enrico un fitto taccuino degli appunti. Per scrivere aveva usato la sua Stadler blu.

"Spero non ti dispiaccia, ho preparato il caffè. Ne vuoi un po'? È ancora caldo."

Amelia annuì, sorrise. Era bello anche la mattina presto. Diede uno sguardo fuori dalla finestra, poi scese fino alla ciotola di Indiana. Era quasi vuota, la riempì con i croccantini.

Quando si rialzò e tornò al tavolo per bere il caffè Enrico sorrideva ancora.

"Vedo che ti sei dato da fare. Da quanto sei sveglio?" Indicò il foglio tutto scritto e per giunta con una grafia minutissima. Pressoché illeggibile. Non ci aveva fatto caso quando lo aveva visto compilare la "scheda di identificazione cadaveri" per l'identikit di Camilla. Enrico scriveva peggio di un dottore di settantacinque anni.

"Da un po'. Ho dormito molto bene, comunque."

Anche io, pensò Amelia. Nonostante tutto anche io.

"Che cosa hai scoperto?" Chiese sedendosi.

Afferrò la tazzina, bevve un sorso.

Non aveva voglia di dirgli che lei, in realtà, aveva l'abitudine di prendere il caffè della moka allungato con molto latte in una tazza grande con aggiunta di cannella.

"So dove abita Nenita, la cameriera che i Radaelli hanno licenziato. È ospite della sorella vicino piazza Napoli."

Nel frattempo si era alzato, aveva messo la sua tazzina nel lavello, ci aveva fatto scorrere l'acqua dentro e chiesto ad Amelia dove tenesse le spugne per lavarla.

"Non preoccuparti, lasciala lì."

Bevve il caffè anche lei e imitò i gesti di Enrico.

"L'hai avvertita? L'ex cameriera dei Radaelli intendo."

"Spero di sorprenderla." Strizzò un occhio.

"E se non la trovassimo in casa?"

Enrico scosse la testa.

"È a casa."

Sembrava più intraprendente quella mattina, ma d'altronde non la stupiva. La sera precedente Enrico aveva scoperto qualcosa di sé che aveva sempre sospettato. Si era tolto un peso e per quanto la consapevolezza di essere dotato di antenne paranormali potesse essere frastornante, quella stessa consapevolezza gli offriva una dolce sensazione di potere. Amelia lo capiva perfettamente.

"Come fai a esserne certo?"

Si stavano spostando verso l'ingresso, dove incrociarono Indiana che li ignorò per andare a fare colazione.

"Ho i miei metodi segreti, non posso rivelarti tutto o finiresti per rubarmi il mestiere. Sei troppo furba. E portata."

Sorrise, indossò il giubbotto.

Amelia pensò a tutte le cose che erano successe da quando gli aveva aperto la porta di casa.

"Tu potresti rubarmi il mestiere di sensitiva, se per questo. Ieri notte da semplice credente sei passato a praticante." Lo lasciò passare, Enrico rimase zitto e inespressivo.

"Troppo presto per l'ironia?"

La richiuse, girò la chiave nella toppa, la mise nella tasca interna della borsetta. Enrico andò a chiamare l'ascensore seguito da Amelia.

"No, mi sono fermato all'espressione 'sensitiva'. Pensavo ti irritasse. Non preferivi strega?"

Amelia sorrise, inclinò il capo, non rispose.

Mentre il vecchio gabbiotto Art Déco scendeva lentamente i piani, si chiese che cosa avrebbe pensato il portiere vedendola con un uomo che non era Christophe. Negli ultimi mesi c'era stato solo lui e Oliviero stava sperando che Amelia finalmente avesse trovato l'amore con la A maiuscola. Era dolce a preoccuparsi per lei e per quanto lo trovasse superfluo non voleva impensierirlo. In più non le andava di dare spiegazioni. Perciò senza dire niente a Enrico scelse di fare il giro dalle cantine per arrivare al garage dove teneva la sua Mini, evitando così di passare davanti alla guardiola.

Si concesse di dare solo una breve sbirciatina a loro due riflessi insieme nello specchio dell'ascensore o sapeva che avrebbe finito col paragonare l'immagine a quella di lei e Christophe.

*

Venti minuti dopo, tra un ingorgo e la ricerca di un parcheggio, arrivarono in piazza Napoli.
Il cielo era terso, l'aria di novembre pizzichina, ma dolce. Lei ed Enrico stavano indagando insieme come in un film. Lui indossava ancora il maglione della sera prima. Era una sensazione di intimità quella che le restituiva guardarlo e sapere che si era lavato i denti nel suo bagno, che aveva dormito tra lenzuola che aveva acquistato lei con indosso una T-shirt di suo padre. Che aveva preparato il suo caffè e bevuto dalla sua tazzina.
L'incontro con Nenita che seguì fu tanto breve quanto surreale. Aprì lei stessa la porta, ma senza la divisa che indossava dai Radaelli e con i capelli sciolti fu difficile riconoscerla. La sua età oscillava in una fascia tra i trenta e i quaranta, essere più precisi era arduo. Portava un maglione verde menta e jeans délavé. In testa un cerchietto nero spesso, ai piedi pantofole di spugna di due taglie più grandi. Ci mise qualche secondo per realizzare chi fossero, dove li avesse già visti. A quelli ne seguirono altrettanti che servirono a formare sul suo volto dalla pelle liscia un'espressione di preoccupazione.
"Buongiorno." Disse Amelia.
"Si ricorda di me? Sono Amelia Montefiori. E lui è il mio

amico e collega Enrico Limardi. Ci siamo incontrati a casa Radaelli."

Su "amico e collega", sottolineatura che era sia una citazione che una frecciatina, Enrico quasi scoppiò a ridere. Ovviamente non gli era sfuggito il tiro che Amelia aveva appena giocato.

"Cosa volete?" Chiese Nenita.

"Sappiamo che non lavora più per i Radaelli." Si inserì Enrico.

La donna fece un sospiro teso.

"Nemmeno noi lavoriamo più per loro." Si affrettò ad aggiungere Amelia.

"Che cosa volete?" Ripeté.

"Nulla, solo un semplice confronto con lei. Brevissimo, immagino abbia altri impegni."

Amelia si sentiva una di quelle truffatrici viscide che vanno porta a porta a cercare di vendere prodotti per sostenere terrificanti schemi piramidali. Su questa informazione, però, Nenita parve rilassarsi.

"Prego."

Condusse lei ed Enrico dentro alla casa nella quale era ospite da qualche giorno.

Chissà come ha fatto Enrico a scovare il nuovo indirizzo e a essere certo di trovarla in casa, si chiese di nuovo Amelia questa volta tra sé.

Lui aveva i suoi metodi, certo. Metodi segreti che non rivelava. Ne aveva anche Amelia d'altronde.

Nenita li fece accomodare in un lungo e stretto salotto poco luminoso. Offrì loro caffè e di nuovo quei dolcetti filippini ai quali Amelia non seppe resistere. Purtroppo neanche in quell'occasione sarebbe stato appropriato chiedere la ricetta.

Sua sorella era fuori, disse Nenita. Faceva la tata per una famiglia che viveva in zona, per l'esattezza in piazza Bolivar. Forse le avrebbe trovato un nuovo impiego dalla madre della sua datrice di lavoro, i Radaelli le avevano lasciato ottime referenze.

Per pulirsi la coscienza e per tenerla zitta, ma certo, pensò Amelia.

A giudicare dallo sguardo rapido che si scambiarono lo aveva pensato anche Enrico.

"Come mai siete qui se non lavorate più per i Radaelli? In che modo posso aiutarvi?"

Chiese ad Amelia che stava valutando se addentare un secondo dolcetto. Ensaymadas, si chiamavano, almeno quello riuscì a scoprirlo. Il suo stomaco brontolava ancora, non era da lei saltare la colazione. Né bere caffè amaro a stomaco vuoto.

Nenita non era scortese, anzi, si era mostrata piuttosto ospitale e generosa nonostante la loro non anticipata visi-

ta. Però aveva uno scudo protettivo impenetrabile. E Amelia captava dell'indefinibile sotto a quello scudo.
"Abbiamo deciso di proseguire autonomamente l'indagine. Interesse personale, diciamo."
Rispose Enrico per lei, per entrambi.
"Capisco." Commentò Nenita.
Capiva sul serio o era un "capisco" di circostanza?
Nenita prese la tazzina e bevve il caffè in modo robotico.
"Non mi è dispiaciuto lasciare la casa comunque. Da quando c'è quella storia del fantasma è diventata invivibile." Disse riappoggiando la tazzina vuota.
Così, come se fosse niente. Forse capiva davvero.
"Lei, Nenita, ha visto qualcosa? Ha sentito qualcosa?" Domandò Amelia, ma Nenita non rispose.
"Quella famiglia si è rovinata da sola, con il tempo." Fece a un certo punto.
"Da quando c'è il fantasma?" Insistette.
L'ex cameriera dei Radaelli si voltò e fissò Amelia.
"Tanti segreti, troppi segreti." Mosse una mano davanti al viso, quasi schifata, come se scacciasse una mosca.
"Che tipo di segreti?" Enrico sembrava irritato dalla fumosità di Nenita e Amelia sentiva di comprenderlo.
"Non posso dirvi niente, è ovvio."
Li zittì entrambi con una nuova espressione rigida e severa. Poi si alzò in piedi invitando implicitamente anche loro a fare altrettanto.

Breve e surreale, appunto. Erano già sulla porta, l'avevano già ringraziata per il tempo concesso anche se non avevano avuto neanche mezza risposta. Nenita esitò. Guardò Amelia, Amelia resse lo sguardo.
"Non voglio fare la spia. Non è perché mi hanno dato più soldi o perché mi hanno chiesto di stare zitta. È perché non voglio fare la spia."
"Okay." Le sorrise Amelia. "Lo apprezzo." Aggiunse.
Non era certa che fosse lo stesso per Enrico, che in fondo era proprio grazie a chi faceva la spia che riusciva a risolvere un caso più in fretta.
Amelia stava per voltarsi e andarsene, ma Nenita non aveva finito.
"Io la conoscevo." Disse. Prese ad annuire, la sua testa dondolò su e giù. "Io la conoscevo." Ripeté. "Non l'ho vista, ma so che era lei."
Enrico fece un passo per riavvicinarsi a loro.
"Chi?" Domandò Amelia.
Una lacrima scese veloce e dritta sulla guancia soda di Nenita. La asciugò in fretta con la manica del maglione.
"Camilla. Frequentava casa Radaelli anche quando era viva."

*

Amelia ed Enrico stavano attraversando il parco di piazza Napoli, piatto e spettrale, per raggiungere viale Misurata dove avevano lasciato l'auto. Camminavano vicini, entrambi con le mani in tasca e il mento nascosto dentro al bavero. Superarono i giochi per bambini. Scivoli, altalene e giostrine, le uniche note colorate.
"Quando Nenita ha detto che non voleva fare la spia è come se stesse cercando di comunicare dell'altro."
Si voltò verso Enrico, lo trovò pensieroso e confuso.
"Mi segui?"
"Non proprio."
"I segreti che conosce sui Radaelli devono c'entrare con la verità su Camilla, è un dato di fatto. Tuttavia non sa che cosa sia successo di preciso, non ha i sospetti che abbiamo noi oppure non starebbe zitta. Sarebbe già andata alla polizia. È una donna solida, con dei principi. Non rivela ai primi venuti i segreti di una famiglia per la quale ha lavorato tanti anni, ma non insabbierebbe cose così importanti e sconvolgenti come un potenziale omicidio. Significherebbe commettere un reato, essere complici di qualcosa di brutto. Quella donna è troppo integerrima per infrangere la legge. E troppo pura di cuore per appoggiare un assassino."
Erano saliti in auto, Amelia aveva messo in moto ed era

uscita dal parcheggio. Il semaforo rosso l'aveva obbligata a fermarsi subito.

"Ha senso, molto senso, ma tu come hai fatto a captare tutto questo?"

Si fermò, guardò Amelia, poi fuori dal finestrino.

"Io non capisco."

"Potrei provare a spiegartelo, ma non abbiamo tempo adesso."

Amelia era in grado di andare oltre a strati di maschere, di parole, di sguardi, di gesti e leggere quello che c'era scritto sotto. Certo che Enrico non capiva. Aveva cominciato a sentire e vedere i fantasmi quanto Amelia, vero, ma solo da qualche ora. E la sensibilità estrema che lei possedeva non era una cosa che si conquistava così, che compariva. Andava coltivata.

Ingranò la prima, ripartì con il verde e proseguì dritto. Controllò l'ora sul cruscotto.

"A breve devi vederti con Leonardo, pensiamo a questo. E a me che sto andando in ospedale da Norma Radaelli."

Svoltò in via Tortona, lasciò attraversare una coppia di ragazzini fuori dalle strisce. Spensierati, belli, folli, appiccicati l'uno all'altra. Cercò Enrico con la coda dell'occhio, ebbe l'impressione che lui stesse facendo lo stesso.

"Non dirò a Leonardo che siamo stati dall'ex cameriera. Mi farò dire chi è questa seconda persona oltre a Norma con la quale ce l'ha il fantasma, ma non gli dirò neanche

che sappiamo di Camilla. Niente nomi, niente informazioni, niente suggerimenti da parte nostra. Con nessuno. Dobbiamo essere furbi, discreti e segreti. Chiaro?"
Furbi, discreti e segreti.
"Chiaro."
Adesso era di nuovo il turno di Enrico di insegnarle qualcosa, i metodi del vero investigatore. Lei gli aveva appena insegnato che si potevano captare cose nascoste delle persone ascoltando a fondo oltre ai rumori di superficie.
"Hai dei sospetti su Leonardo Galanti, per caso?"
"Fino a che non scopro la vera verità sospetto sempre tutti. Anche le vittime."
Non era il suo modo di vedere la vita, non era la sua prospettiva, tuttavia Amelia lo trovò un approccio interessante. E in quel caso specifico in effetti anche necessario.

Capitolo 15

Lasciò la Mini in una viuzza laterale a poca distanza dal Policlinico e dai Giardini della Guastalla. Lei ed Enrico si salutarono lì. Mentre camminava rapida e guardinga verso l'ingresso dell'ospedale, ripassò i suggerimenti che le aveva dato prima di scendere dall'auto.
"Entra con nonchalance, se incontri qualcuno di loro dì che sei lì per ritirare delle analisi, fingi di non sapere nulla di Norma e vattene, missione fallita. Se la via è libera chiedi quale sia la stanza di Norma cercando di sembrare naturale, fai in modo di arrivarci almeno vicina anche se ti diranno che non si può perché non è l'orario. Una volta lì accertati che non ci sia nessuno a farle visita o alle macchinette al piano. Entra senza chiedere il permesso e improvvisa."
Eh sì, perché a quel punto non c'era nulla che si potesse prevedere. Né la reazione di Norma, né tantomeno eventuali apparizioni umane o soprannaturali. Sapevano entrambi che l'orario di visita ufficialmente cominciava a mezzogiorno, ma proprio per quello Amelia era convinta che fosse meglio andarci prima. Nonostante il rischio altissimo di non riuscire affatto a vedere Norma.

A quel punto, con una facilità estrema, Amelia invece ci arrivò e anche in breve tempo. L'infermiere alla reception era talmente preso dal cellulare che non solo le comunicò il numero della stanza senza fare domande, ma le indicò persino dove prendere l'ascensore. Nonostante un cartello gigante appiccicato al plexiglass dicesse "visite solo dopo le 12". Non era nemmeno dovuta ricorrere alle sue abilità segrete di manipolazione mentale!
C'era forse lo zampino di Camilla? Aveva ascoltato le sue preghiere e distratto l'infermiere in qualche modo?
In ogni caso adesso era lì, davanti alla stanza 315, al secondo piano. Il corridoio era vuoto.
Spinse la porta. La stanza, come prevedibile, era singola. Privata. Figurarsi se Norma Radaelli si sarebbe ridotta a condividere lo spazio con altri degenti. La prima cosa che vide furono i capelli castani lunghissimi che cadendo quasi lambivano la parte inferiore del materasso. Poi la gamba ingessata fino al ginocchio. La TV stava trasmettendo un episodio della terza stagione di *Una Mamma Per Amica*. Amelia l'aveva guardata tutta quella serie, appena uscita, chiedendosi come sarebbe stata la sua vita se anziché sua madre a morire fosse stato il padre. E se loro due fossero rimaste sole. Aveva l'impressione che, in quel caso, avrebbe somigliato molto a quella di Rory Gilmore. Okay, il padre di Rory era vivo e vegeto e solo distratto, ma il senso era quello.

Fece un primo passo dentro, poi un secondo e un terzo. Finalmente, Norma si voltò. Stava facendo le parole crociate, non seguiva la TV. Posò la penna e il giornale con i cruciverba sul comodino, non si scompose.
"Buongiorno." Disse Amelia.
La guardava lì, in quel letto asettico, inerme con gli occhi di una belva ferita.
"Amelia Monteneri, giusto?" Sorrise, eppure gli occhi restarono inespressivi, come se non fossero in grado di partecipare a quel sorriso.
"Montefiori."
Norma strappò senza troppa delicatezza la pellicola in alluminio di protezione di una poltiglia alla mela rossa. Ci tuffò dentro un cucchiaino di plastica e ne mangiò un po'. Era tremendamente ammaccata in un letto di ospedale e si nutriva di pappette, ma la sua bellezza non era affatto compromessa.
"Giusto, Montefiori. Che cognome poetico."
Ridacchiò in un modo irritante che Amelia scelse di ignorare.
La sua condizione, il suo incidente, per quelli era dispiaciuta. Ma c'era in Norma una nota di crudeltà, di poco pulito. Almeno così pareva ad Amelia. Forse si stava lasciando influenzare da Camilla, stava inconsciamente parteggiando sempre più per il fantasma.
"Come stai?" Le chiese.

"Così." Disse indicando il gesso, le bende in testa e tutto il resto. Alzò un sopracciglio. Guardò fuori, verso la finestra. "Mi dimetteranno domattina."
Intorno al capezzale di Norma Radaelli un vaso di rose rosa, un altro con un bouquet misto colorato e poi un peluche bruttissimo con le sembianze di un topo che diceva "get well soon!" e teneva tra le mani un palloncino viola.
Amelia pensò che quel dono fosse di Leonardo.
Si chiese se ora si trovasse al parco con Enrico, provò a immaginarli su una delle panchine vicino al laghetto della Guastalla, ma non ci riuscì. Qualcosa glielo impediva e, contemporaneamente, una stretta dolorosa e amara le serrava la bocca dello stomaco.
"Come sapevi che sono qui? Chi te lo ha detto?"
Norma aveva la bocca piena, inghiottì e mangiò un'altra cucchiaiata, poi ripose la vaschetta rotonda di alluminio sul comodino.
"Furbi, discreti e segreti" aveva detto Enrico. Doveva essere furba, discreta e segreta.
Avrebbe potuto inventarsi qualcosa lì per lì, ma non ne fu in grado perché non era in grado di rispondere a una domanda diretta con una menzogna. Perciò la sola possibilità che le rimase fu quella di tacere.
Norma adesso osservava Amelia come se fosse una specie di "elephant man".
"Ah, certo. Sei una sensitiva."

Cercò di spostarsi sui cuscini, di tirarsi su con sforzo sovrumano. Amelia, pur infastidita da Norma, non era certo un mostro e l'aiutò a risistemarsi sul letto. Norma biascicò un grazie glaciale.

Non aveva intenzione di giocare al gatto e al topo con quella ragazza odiosa. Norma era stata indicata come "chi conosce la verità" dal fantasma di Camilla tramite la Ouija e Amelia era lì per capirci qualcosa.

"Credi che qualcuno possa avercela con te?" Domandò infine, senza filtri.

Norma rise, rise così tanto che finì per tossire e sembrare una di quelle vecchie streghe cattive dei racconti per bambini. Con la differenza che lei era anche bella come una di quelle attrici nelle classifiche di *People*.

"La lista è lunga."

Che cosa poteva aver fatto per avere tanti nemici a malapena venticinque anni? Che cosa poteva aver fatto a Camilla? E oltre a lei, Camilla, con chi ce l'aveva tra loro?

Seguì un silenzio e un tentativo di cambio di argomento e di presa di redini da parte dell'ammaccata Norma.

"Ho visto il tuo amico criminologo, l'altra sera."

Un angolo della bocca le si tirò su in modo malizioso.

Le spezzerei volentieri anche l'altra gamba adesso, si ritrovò a pensare Amelia.

Scacciò quel brutto istinto violento e cercò di restare lucida. Aveva capito la tattica di Norma Radaelli: stuzzicar-

la fino a farle dire cose che non voleva dire e svelare quello che sapeva. Lei voleva ottenere lo stesso risultato, ma avrebbe usato un metodo diverso. Più furbo, più discreto, più segreto. Più magico.
"Sì, lo so. So anche che sai che siamo stati licenziati da tua madre."
Norma rispose con un mugolio che somigliava a una conferma.
So anche che ci hai provato con Enrico, pensò ma ovviamente non lo disse.
"Sei qui perché ti spieghi come mai?"
Amelia non rispose.
"Ce n'è solo una di ragioni, mia madre è pazza."
"Tu credi davvero?"
"Io lo so, ci sono cresciuta." Tirò su col naso, schiarì la gola.
Amelia non ne era convinta. Certo, Regina Radaelli aveva un che di nevrotico, sembrava malleabile e un tantino vulnerabile. Ciò nonostante non dava l'idea di essere una madre che rovina la vita delle figlie. Tra i due chi Amelia trovava più tossico era Tommaso. Con la sua arroganza e la sua spocchia che puzzavano di arricchito anni Ottanta.
"Tuo padre cosa ne pensa?"
Norma replicò con un'alzata di spalle.
"E tua sorella, Viola?"

Silenzio. Silenzio totale. Il profumo di Camilla scivolò dentro alla stanza. Se Norma lo sentì, non ne mostrò segno.

"Rispetto a cosa esattamente, vuoi sapere che ne pensano? Al fatto che mia madre vi abbia chiamati da noi e poi cacciati? Per indagare su un fantasma? Al fatto che abbia dato il ben servito anche alla cameriera? O al fatto che in quella casa non si respiri mai un'aria serena da..."

Norma era difficile, ma Amelia non si sarebbe data per vinta. Ormai era lì. Era riuscita ad arrivare nella sua stanza, a non farsi mandare via dopo tre secondi. Doveva andare fino in fondo e tornare con delle risposte da Enrico.

Si avvicinò impercettibilmente al letto. La cercò con lo sguardo e quando trovò gli occhi ci incollò dentro le sue pupille e la tenne come aggrappata a sé. Stabilì una connessione profonda. Quella connessione che solo chi ha certe capacità sa trovare. La sua ipnosi magica di emergenza.

"In che rapporti siete tu e tua sorella?"

"Io e Viola non ci parliamo."

"Da quanto tempo va avanti così?" La voce di Amelia era calma, controllata e Norma sembrava sotto barbiturici.

"Tre anni." Rispose.

"Che cosa è successo tra voi?"

Adesso respirava forte, le narici si allargavano e stringevano, le labbra erano bianchicce.

"Non lo so."

Amelia non le credette.

"Quello che so è che mi odia, che non mi voleva al matrimonio. Ne sono certa. Lo sanno tutti, anche Giulio."

"Che tipo è Giulio?"

Norma alzò un poco le sopracciglia, le riabbassò. Non staccò lo sguardo da quello di Amelia. Lei non lo sapeva, ma anche volendo non avrebbe potuto farlo. Amelia la stava tenendo sotto incantesimo.

"Devoto e innamorato."

"Di Viola?"

"E di chi sennò."

"Tu sei innamorata di Leonardo?"

Senza accorgersene esitò. "Certo."

"Vuoi bene a tua sorella anche se sei arrabbiata con lei?"

"Io non sono arrabbiata con lei."

Amelia lasciò perdere quella strada.

"Norma, pensi che tua sorella abbia qualcosa a che fare con il tuo incidente?"

Adesso ci provò, Norma provò a ribellarsi alla presa, ma le fu impossibile. Amelia detestava dover arrivare a usare le sue capacità in modo tanto prevaricante, però lo sentiva necessario.

"Se si è messa d'accordo con quella dannata presenza, sì."

Amelia rimase senza fiato e percepì che Camilla aveva sentito.
"Su una cosa mia madre non è realmente impazzita. Un fantasma c'è davvero."
Adesso avrebbe davvero tanto voluto chiederle di più, arrivare al magma. Farle svuotare il sacco fino all'ultima briciola come avrebbero detto in un vecchio poliziesco. Però non poteva. Una sorta di codice deontologico della magia le impediva di sfruttare troppo l'ascendente che aveva sugli altri. Inoltre voleva almeno in parte mantenere la promessa fatta a Enrico di essere "furbi, discreti e segreti".
"Tu ci tieni a essere presente al matrimonio?"
Cambiò argomento per non rischiare di perdere altre possibilità. Qualsiasi informazione a quel punto andava bene anche quando non rappresentava un'immensa rivelazione.
Norma fece uno sbuffo.
"Al punto da rompermi una gamba e incrinarmi due costole." Disse ironica. "Credimi, se avessi potuto restare a New York ci sarei restata. E saremmo stati tutti più contenti."
Amelia ricordò quello che aveva detto Leonardo rispetto alla reazione di Viola dopo l'incidente.
Viola probabilmente provava per Norma la stessa astiosa freddezza, ma Amelia non credeva che sarebbe arrivata ad aizzarle contro uno spirito. Così come Norma non ri-

teneva davvero la sorella diretta responsabile del suo incidente, si capiva. Le Radaelli erano strette insieme da appiccicosi fili di segreti e bugie. A loro volta erano strette agli altri e gli altri tra loro. Se Camilla ce l'aveva con Norma, ce l'aveva con Norma per conto suo.
Aveva ribaltato i vasi con i bouquet di prova delle nozze, per di più. Se fosse stata dalla parte di Viola perché mandare un segnale così forte di rabbia nei suoi confronti?
"Chi sa, torna per parlare." Camilla sapeva. Camilla era tornata per parlare. Norma conosceva la verità, aveva detto tramite la planchette. Ma quale fosse oggi e fosse stato in passato di preciso il suo ruolo era un mistero. Lo stesso valeva per gli altri.
"Se posso esprimere il mio parere da sensitiva," sorrise Amelia, "secondo me questo fantasma sta cercando di dirti qualcosa".
Non era proprio così, ma se Camilla era in ascolto Amelia sperava che fosse abbastanza elastica da capire che la sua era una strategia. Per quanto elastico potesse essere uno spirito in cerca di vendetta.
"Di dire qualcosa a me?" Balbettò Norma.
Le sue labbra si erano raggrinzite, rinsecchite, prosciugate. Amelia pregò che non si sentisse male.
"Solitamente è così con gli spiriti, soprattutto quando sono tanto agitati."

Sembrava che Norma stesse per piangere, che soffocasse le lacrime dentro ai suoi begli occhioni grandi. Amelia provò un senso di compassione, la vide fragile. Spaventata.

"Potresti far capire al fantasma che può comunicare anche in un altro modo. Che non c'è bisogno che faccia del male a te, a nessuno."

Amelia cercò di addolcire la situazione, di calmare Norma, ma era troppo tardi.

Come se un argine fosse franato, le lacrime presero a sgorgare a fiotti e a bagnarle il viso. Era la seconda persona che faceva piangere quella mattina. Prima Nenita, ora Norma.

È proprio duro il lavoro degli investigatori, si disse. Adesso capiva perché bevevano e fumavano così tanto quelli dei libri, dei film, delle serie TV. E quelli veri, come Enrico.

Per un po' Norma Radaelli pianse e basta, mentre una vocina cercava di venire a galla. Al principio erano solo suoni indistinguibili, poi singole parole ripetute, ciascuna diverse volte. Infine riuscì a comporre una frase intera per quanto zoppicante.

"Se sei davvero una sensitiva, tu, allora dì a questo fantasma che io non so niente! Basta! Io non so niente. Dille che io non ho visto niente!"

I suoi gemiti e singulti divennero più forti di prima. Finché Norma non cacciò Amelia, con un grido che le lacerò il petto.

*

Uscì dalla stanza desiderosa di lasciarsi alle spalle quella situazione inquietante e quell'intreccio di relazioni famigliari ambiguo e perturbante. Desiderando più di ogni cosa risalire sulla sua auto, chiudersi dentro e telefonare a Enrico. Sperando che le chiedesse di vedersi subito e che avesse delle novità da parte di Leonardo.

Mentre attraversava la strada un pensiero la colpì. Norma aveva detto che lei e la sorella non si parlavano da tre anni. Tre anni. 2019, 2016. Nel 2016 Camilla era morta. Che fosse un caso si sentì di escluderlo. Soprattutto dopo che, nel suo delirio finale, Norma aveva parlato del fantasma al femminile. Se ne era accorta?

Enrico rispose subito, ma quando sentì la voce di Amelia parve deluso.

"Dove sei?" Le domandò.

"Appena uscita dal Policlinico."

Si guardò nello specchietto retrovisore. Il trucco era ancora okay, passò il burro di cacao colorato sulle labbra. Enrico aggiunse qualcosa che Amelia non capì. Gli chiese di ripetere.

"Hai visto Norma? Ce l'hai fatta?"

Amelia rispose di sì, con tono trionfante. Raccontò i passaggi principali a Enrico, dicendo che gli avrebbe spiegato tutto in un imprecisato "dopo".

Dall'altra parte prima un silenzio, poi una serie di voci sovrapposte.

"Pronto, Enrico?"

Enrico non rispose.

"Enrico?"

Altre voci, sempre più concitate.

"Vi ho visti." Disse una di queste. "Vi ho visti."

La voce di Enrico riapparve e le altre scomparvero.

"Amelia, hai sentito?"

"Sì." Deglutì. "Leonardo Galanti cosa ti ha detto?"

Pausa, Amelia credette che la comunicazione stesse per venire interrotta di nuovo.

"Non si è presentato."

Guardò l'orario. Lui ed Enrico avevano appuntamento alle 10, non poteva trattarsi di un semplice ritardo.

"Hai provato a chiamarlo?"

"Non risponde."

La stessa brutta sensazione di poco prima nella stanza di Norma si palesò ancora.

"Ah."

"Già."

Ancora silenzio.

Enrico sarebbe tornato a casa, disse. Aveva bisogno di fare una doccia e cambiarsi, poi sarebbe andato in studio sperando che Leonardo si facesse vivo. Per ora non era successo. Sua sorella Miriam aveva passato la mattinata

intera lì e non si era presentato nessuno. A parte un cliente con il quale Enrico aveva preso accordi due settimane prima e che aveva dimenticato di avvisare del cambio di programma.
Non chiese ad Amelia di raggiungerlo o di andare con lui, ma le disse che l'avrebbe chiamata più tardi.
"Così mi racconti di Norma Radaelli e cerchiamo di mettere insieme i pezzi. Se nel frattempo ho novità da Leonardo ti avverto."
Si sentiva stanca, provata, con l'adrenalina che pompava inarrestabile nell'organismo.
Nenita conosceva il fantasma, Leonardo Galanti non era andato all'appuntamento con Enrico, Norma Radaelli era impazzita, lo spirito di Camilla si infiltrava persino nelle loro conversazioni telefoniche adesso. E Amelia non riusciva più a passare due ore lontana da un uomo che neanche avrebbe dovuto interessarle. C'era un'unico posto in cui andare per trovare rifugio dalla tempesta.

Capitolo 16

Li intercettò appena in tempo, entrambi sulla soglia della Libreria Occhilupo a ridere e scherzare. Belli e sereni e pieni di luce come mai le erano sembrati prima. Corse loro incontro, li abbracciò. Poi si staccò dalla presa e sospirò.
"Lilì, che bella sorpresa!" Zia Melissa le fece una carezza sulla fronte e per poco Amelia non pianse.
Anche Jeff fu felice di vederla. Stavano andando a pranzo ognuno a casa propria, ma adesso che lei era lì proposero il Coven Café. Amelia si disse entusiasta per quanto il suo stomaco fosse un totale blocco di cemento.
Aveva bisogno della sua famiglia in quel momento e zia Melissa e Jeff erano la sua famiglia. Li aveva cercati apposta.
Sedettero dentro al locale, in un tavolino anni Cinquanta con quattro sedie diverse attorno. Una la riservarono a borse e cappotti. Il Coven Café era stato un teatro di cabaret e la vecchia struttura si vedeva ancora. Il palco adesso ospitava un'area boutique il cui perimetro era ricoperto di scaffali massicci in legno grezzo. Lì si potevano trovare da graziosi gioielli di designer emergenti a li-

bri di cucina. Da creme al cioccolato artigianali a candele con motivi floreali. Da kit per curare le piante grasse a taccuini a forma di biscotto. Da tazze con citazioni tratte da libri (l'idea, a Milo, l'aveva regalata Melissa) a tre diverse qualità di CBD a partire da venti euro al grammo. Era sempre lì che Jeff acquistava la sua tanto amata marijuana legale.

Milo aveva rilevato il locale che prima si chiamava Stand-up, da Stand-up Comedy, nel settembre 2013. Era un ragazzo molto allegro, simpatico. Il suo volto piacevole e le sue maniere avvolgenti da oste moderno facevano innamorare e tornare i clienti. Come lei, che al Coven ci andava da che aveva aperto e ci aveva trascinato zia Melissa prima e Jeff poi. Milo imparava subito i nomi di tutti, le loro storie. Sapeva come prenderli, ricordava i gusti e leggeva dietro a un sorriso tirato la necessità di più schiuma nel cappuccino. Il locale aveva anche una cucina di ottimo livello, curata da un cuoco svizzero amico di Milo. Tutto era ben fatto, ben concepito. L'arredamento mescolava generi e stili in modo azzardato, ma troppo carino. Le piante disposte qua e là a rendere tutto più intimo e domestico. Le toilette pulitissime con una selezione di libri da leggere sullo scaffale, carta igienica soffice e profumata, decine di stampe di celebri dipinti della storia dell'arte occidentale ben incorniciate appese ovunque fino al soffitto. I servizi offerti, quelli più pratici, erano impeccabili: caffè con ampissima scelta di miscele, tè, soft drink e un forno da urlo, cocktail bar, bistrot, concept store, zona studio, Wi-Fi potente, un iMac a disposizione dei clienti, consegne a domicilio e shop online. La personalità e la persona di Milo, ovviamente, erano il filo conduttore e tra i ragazzi che lavoravano per lui si respirava un clima sereno. Amelia capiva perché si trovassero bene al Coven.

Lei andava spesso fuori a mangiare e a bere, girava la città, girava il mondo e quello che vedeva era che la stragrande maggioranza dei locali pubblici erano gestiti da incapaci che facevano un mestiere di responsabilità senza rendersene conto. Di conseguenza, i dipendenti erano frustrati e infelici. Da Milano a Cape Town, da Philadelphia ai villaggi di pescatori in Malesia. Ovunque. Solo di rado le capitava di intercettare delle vere vibrazioni positive in quel genere di attività. Il Coven Café le possedeva quelle vibrazioni ed era immerso in una bella atmosfera. Milo era generoso con i suoi dipendenti, si percepiva. Proprio come Melissa lo era con Jeff. Milo e Melissa infatti si erano piaciuti da subito, anche se una volta lui aveva fatto una gaffe dicendo che Melissa gli ricordava sua madre. Sua zia era la donna più dolce e comprensiva del pianeta e delle galassie, ma anche terribilmente permalosa. In particolare quando si toccavano i tasti età o aspetto esteriore. Ci era passata sopra, però, e Milo adesso era di nuovo nei suoi favori.

Quel giorno, al Coven, tutto sembrava uguale e diverso. Loro tre, Milo. Una pausa pranzo qualunque di un venerdì come gli altri. C'era gente che non stava vivendo quello che viveva Amelia, attorno a lei. Gente che non vedeva i fantasmi, che non entrava di nascosto in una stanza di ospedale. Gente che aveva problemi come le bollette dell'A2A da pagare o scegliere dove fare aperitivo, indecisa se comprare o no l'ultimo iPhone e se accettare o no quell'invito a cena. Amelia lo trovava rinfrancante, ma anche straniante. Era lì, tra comuni mortali, con le due persone insieme a suo padre che amava di più al mondo. Che più erano in grado di farla sentire a casa. Eppure pensava solo a Enrico Limardi e pensava che solo lui l'avrebbe potuta capire davvero. Desiderava come una bambina che la chiamasse prima del previsto e si sentiva spaesata.

"Ma lo sguardo no, quello non si può confondere, né da vicino né da lontano! Oh, lo sguardo, sì che è significativo! Come il barometro. S'indovina tutto: chi ha un gran deserto nell'anima, chi senza una ragione è capace di ficcarti uno stivale fra le costole e chi invece ha paura di tutto."

Melissa accarezzò una guancia di Amelia mentre la fissava negli occhi, la leggeva.

"Mikhail Bulgakov" aggiunse.
"Se questo, di sguardo, è dovuto a quell'uomo misterioso che hai conosciuto, voglio sapere tutto." Disse, poi ordinò una Coca-Cola Zero e un club sandwich.
Amelia scelse uno striminzito carpaccio di salmone che pensava avrebbe a malapena toccato. Jeff si lanciò su un wrap di pollo croccante senza pomodoro con contorno di patatine. Milo, che quando poteva prendeva sempre le ordinazioni al loro tavolo personalmente, se ne andò facendo un complimento a Jeff e al suo look. Melissa si accodò, Amelia li guardò come fossero pazzi e stette zitta. Jeff indossava una delle sue solite camicie a costine, quel giorno di un rosso cremisi che aveva pensato subito gli donasse ben poco, ma a quanto pareva non era un'opinione diffusa.
"Ti ho detto che le ho raccontato del criminologo, di quel poco che sapevo. Tanto lo avresti fatto tu." Disse Jeff indicando zia Melissa.
Zia Melissa guardò ancora Amelia, anzi, la scrutò. Come sapeva fare lei, scendendo fin nei meandri. Fu più difficile da reggere che mai.
Attesero le ordinazioni chiacchierando del più e del meno, ma Amelia riusciva solo in parte ad ascoltare. Di solito non era così, di solito sapeva essere davvero presente con loro. Adesso era distratta, rapita, talmente risucchiata dagli avvenimenti degli ultimi sei giorni da di-

menticare il resto. Lo notarono entrambi e così, non appena Amelia fu pronta, lasciarono che il discorso scivolasse verso la cronaca di quello che le stava accadendo. Le concessero il completo dominio della conversazione mentre pranzavano. Tutto sommato lei ed Enrico non si erano detti niente riguardo alla discrezione in linea generale, esclusi Radaelli e affini. Amelia era libera di parlare. Di fare a zia Melissa e Jeff una sintesi concisa, ma non per questo priva di dettagli. Con loro poteva essere vulnerabile e non si risparmiò dal confidare quello che cominciava a provare per Enrico e quanto fosse consapevole di avere cuore, mente, anima e corpo "incasinatissimi".

Jeff e la zia erano appesi alle labbra di Amelia, immersi nel racconto. Lei stessa mentre parlava prendeva sempre più consapevolezza di tutto. Si vedeva da fuori. A volo di falco, come diceva suo padre, e si accorgeva di quanto tutto fosse complicato, ma affascinante. Inquietante, ma bello. Sotto ogni aspetto. Contro le aspettative, Amelia alla fine mangiò di gusto. Rubò persino una generosa manciata di patatine condite con sale grosso e rosmarino che Jeff stava lasciando freddare nel piatto. La tensione, lì con loro, si era un po' allentata. Il suo organismo si era rilassato. Tuttavia il senso di essere nel fulcro di un incredibile viaggio non si era affievolito. Al contrario. L'adrenalina era onnipresente.

"Lilì è davvero pazzesco." Commentò Melissa. "Devi fare in modo di restare in piedi però. Devi mantenere il tuo centro e volerti bene, proteggerti. Il fantasma, quella famiglia poco pulita, il tuo trasporto per questo ragazzo… è un carico pesante da sopportare. In più c'è Christophe."
La dolcezza di Melissa era adorabile, ma la sua premura la spaventava. Amelia era molto più forte di così e sua zia lo sapeva, però sapeva riconoscere i segni del pericolo in quanto empatica. Quello, unito al suo ruolo di madre sostitutiva, la rendevano iperprotettiva più che mai. Dopo aver bevuto un lungo sorso di acqua frizzante Jeff rise.
"Insomma!" Lo riprese Melissa.
"Che c'è?" Aveva smesso, ma non si era tolto il ghigno dalla faccia.
Lei allargò le braccia, indicò sua nipote e poi le carezzò il dorso della mano posata sul tavolo.
"Ti sembra il caso di divertirti?"
"Guarda che non sto morendo." Rise Amelia a sua volta.
Melissa si tirò indietro, sospirò. Pulì le lenti degli occhiali che le pendevano attorno al collo. Erano legati da una catenina di Tiffany in oro bianco che Amelia le aveva regalato per i suoi cinquant'anni. Lisciò il cachemire azzurro pastello del maglioncino a girocollo e scosse la testa.
"Dite quello che volete, ma questa faccenda è complessa e tu lo sai. Non si scherza né con gli spiriti, né con i segreti. Propri e altrui."

Amelia si sentì colpita al centro del petto.

"Okay, ma concedile di alleggerire un po' la tensione." Intervenne Jeff.

"Certo, certo. Però è importante che Lilì si ricordi che sta giocando con cose pericolose." Replicò zia Melissa.

Adesso aveva finito la sua Coca Zero e Amelia sapeva che ne avrebbe tanto desiderata una seconda. Aveva sviluppato una sorta di dipendenza negli ultimi mesi, questione alla base dei principali battibecchi tra lei e Jeff in libreria. Lui sosteneva che fosse molto meglio che bevesse un bicchiere di vino in più, tra le due. Che se doveva uccidersi il fegato tanto valeva che avesse anche degli effetti annessi.

"Io non sto giocando!" Alzò un po' troppo la voce Amelia, tanto che il vicino del tavolo accanto si voltò e lei dovette chiedergli scusa.

"Più che altro stai giocando con Christophe."

Jeff guardava Melissa, non lei.

Una dipendente nuova del Coven, che non aveva mai visto prima, si avvicinò al tavolo per sparecchiare. Sorrise mostrando un anellino alle gengive che spiccava su una dentatura bianca e perfetta, che a sua volta era racchiusa da labbra carnose senza rossetto. Ciascuno le allungò il proprio piatto e Melissa si interruppe.

Aspettò che la ragazza fosse lontana e poi si inclinò in avanti, verso Jeff.

"Tu Jeffrey non capisci che cosa significhi sul serio comunicare con i morti e tutto il resto."
Quando Melissa pronunciava il nome di lui per intero, Jeffrey, distanziandolo con una pausa nel discorso, significava che trovava la faccenda seria. Ancora di più se abbassava la voce fino ad assumere un timbro profondo e quasi severo.
"Sono quattro anni che ho a che fare con voi due, con le vostre abilità paranormali. Se dici che non vi capisco mi offendi." Stavolta guardò Amelia.
"Che vuoi da me, state bisticciando tra di voi come se io non fossi neanche presente."
Incrociò le braccia e voltò la testa dall'altra parte.
"Non ho detto che non ci capisci." Continuò Melissa. "Sai quanto io ami la tua grande apertura mentale. Dico che provare sulla propria pelle l'esperienza di entrare in contatto con certe entità arrabbiate è molto frastornante. Più di quanto si creda. Ora Amelia sta abbinando questa esperienza al contatto con persone, in carne e ossa, non pulite e a una situazione sentimentale difficile. Deve stare attenta. Deve proteggersi! Tutto qui."
Con il suo desiderio di riportare l'equilibrio in Amelia, in realtà la zia era riuscita a metterle addosso una grande ansia.
"Hai ragione." Si sentì dire. "È tutto un pasticcio."

"Questo è sicuro." Commentò Jeff. "Scusa se te lo dico, AM."

La chiamava spesso così: AM. Pronunciato con lo spelling inglese. Come "Anti Meridian". Erano sia le due lettere iniziali del nome, che le iniziali di nome e cognome. Jeff trovava quel nomignolo geniale e ad Amelia non dispiaceva. In quel momento però la irritò perché sentiva che avrebbe preceduto qualcosa che non voleva ascoltare.

"Secondo me c'è solo una cosa che devi fare."

"E quale sarebbe?" Chiesero all'unisono, ma con toni di voce diversi Amelia e la zia.

Jeff si sporse verso Amelia, Melissa li seguì.

"Mollare quel povero francese. Ha già abbastanza problemi a essere francese. E negli abbinamenti dolcevita-giacca. E con la sintesi nei racconti. Non creargliene altri innamorandoti del suo amico mentre stai con lui."

Dato che Enrico ancora non si era fatto vivo, quella sera Amelia decise di invitare Jeff a casa sua. Quanto le aveva detto su Christophe al Coven sulle prime le aveva fatto venire voglia di strangolarlo, ma poi aveva riso amaramente e gli aveva dato ragione come già aveva fatto con Melissa. Avrebbe esteso l'invito anche a lei, ma si era già messa avanti con i programmi. Quella sera sarebbe andata al cinema a vedere il nuovo film di Scorsese con un uomo che aveva conosciuto a casa della sua amica Emi-

lia. Era successo lo scorso weekend, alla famosa cena. Mentre Amelia era impegnata a prendersi una cotta effimera per un criminologo amico del suo ragazzo, sua zia cercava di dare concretezza alla propria vita sentimentale. O quantomeno a organizzare un vero appuntamento.
Amelia si stava comportando da insensibile, oltretutto. Bisognava che lo ricordasse. Comunque stessero le cose non era bello. Per l'ennesima volta telefonò al suo più o meno fidanzato in Egitto in preda a orripilanti sensi di colpa. E sempre per l'ennesima volta, appena a metà telefonata, si sentì distante da lui. Non era colpa della campagna di scavi, né lo era mai stata della distanza Parigi-Milano o dei rispettivi viaggi, né dell'incontro inatteso con Enrico Limardi. C'era qualcosa che in Amelia non era scattato e adesso diventava di minuto in minuto più evidente.
Di Enrico Jeff e Amelia parlarono molto più che dei Radaelli o del fantasma di Camilla. Anche se a un certo punto Jeff le propose di tirare fuori la Ouija e rievocarla di nuovo, questa volta insieme a lui. Amelia rifiutò categoricamente e gli chiese invece di prendere il portatile dallo studio, mentre lei dava da mangiare a Indiana.
"Cosa vuoi fare, ricerche sul tuo criminologo?" Chiese Jeff mentre obbediva alla richiesta di Amelia.
"Non è il mio criminologo e no, voglio solo ordinare la cena. Ho fame e il frigorifero è vuoto."

Adesso era in salotto e si stava lasciando cadere sul divano. Jeff sedette accanto a lei, aprì il computer, lo accese. Mentre si caricava le mise una mano sulla coscia e la batté come per dire "forza".

"Almeno la tua vita è eccitante. Pensa che io ho passato la settimana aspettando domani, quando come spero il tizio etero bellissimo entrerà in libreria."

Amelia posò la testa sulla spalla di Jeff.

"Tu sì che sei un vero romantico."

Il computer ora era acceso, richiedeva una password di accesso che Jeff conosceva. La inserì e premette invio.

"Oh, lo sei anche tu. Solo che sei anche matta. Parli con i fantasmi e ti innamori di uomini ancora più impossibili dei miei, ignorando quelli che sembrano disegnati apposta per te. *My God*."

Seguì con gli occhi Indiana che a sua volta inseguiva il suo giocattolo preferito, il quarzo rosa levigato. Corse fino alla finestra, tornò indietro, di nuovo verso la finestra. Amelia pensò che era da quella mattina, dalle interferenze durante la chiamata con Enrico fuori dal Policlinico, che Camilla non mandava segnali.

Jeff richiamò l'attenzione sul sito delle consegne a domicilio.

"Allora, sushi, cinese, greco, indiano... pizza?"

Amelia si chinò per guardare lo schermo.

"Tu di cosa hai voglia?"

"Forse indiano. Un bel pollo al curry con i peperoni."
Jeff andava pazzo per i peperoni, li avrebbe mangiati anche a colazione. Anzi, Melissa e Amelia erano convinte che lo facesse davvero a volte.
"Okay. Ordina dal K2 e scegli tu anche per me, ma niente di fritto. Niente pakora o robe del genere."
Amelia si era alzata, il suo telefonino stava squillando dal mobile Chippendale sul quale lo aveva appoggiato. Era in carica, attaccato a un cavo extra lungo che aveva comprato in uno dei banchetti del Naviglio Grande.
"Un pollo tikka masala?" Propose Jeff.
"Perfetto."
Amelia stava pensando solo alle prelibate salse dello storico ristorante indiano di via Magolfa adesso. Così, quando vide che sul display il nome del chiamante era di Enrico, fu sinceramente sorpresa. Schioccò le dita per richiamare Jeff, ma lui non la considerò.
"Jeff, è lui!" Gli mostrò il display anche se da laggiù di certo non sarebbe stato in grado di leggere.
"È il criminologo!" Quasi urlò.
In risposta, Jeff prima si coprì il viso con le mani e poi fece un commento divertito e sarcastico nella sua lingua madre, qualcosa tipo "l'abbiamo persa".
"Enrico, ciao."

Era così emozionata che faticò a trattenersi. Per fortuna Jeff era probabilmente impegnato ad aggiungere "extra peperoni" al suo ordine.

"Amelia." La voce di Enrico era tiratissima.

E brutta, molto brutta. Così brutta che le sembrò per un attimo di vedere in bianco e nero.

"Cos'è successo?" Il tono di Amelia allarmò Jeff, che adesso aveva alzato lo sguardo.

"Dove sei?" Le domandò Enrico.

"A casa, perché?"

"Accendi la TV. *Rai News 24*. Adesso."

Amelia staccò il cellulare dal caricabatterie e prese il telecomando dal cassetto del tavolino di fronte al divano. Selezionò il canale e alzò il volume. Le immagini che vide sulle prime non le dissero nulla.

"Hai sentito?" Enrico ansimava.

"No, non ho…" non ho sentito, stava per dire.

Ma poi, nel titolo in sovrimpressione lesse una frase. Nel frattempo la giornalista pronunciò un nome che ad Amelia era famigliare. Concentrò la propria attenzione verso lo schermo, per ascoltare il seguito.

Il tragico incidente è avvenuto questa mattina intorno alle 9:30. Il giovane, originario di Roma e residente a New York, si trovava a Milano per un matrimonio. Dalle prime indiscrezioni pare che la morte, avvenuta all'inter-

no della zona sauna in casa dei genitori della fidanzata, sia stata causata da un malore improvviso. Cadendo, il ragazzo avrebbe battuto la testa. La famiglia non ha ancora rilasciato dichiarazioni ufficiali.
I Radaelli, conosciuti per la Real Estates Radaelli, con ben trenta sedi tra Milano, Monza-Brianza, Sardegna, New York e Miami...

I minuti che seguirono furono vere e proprie montagne russe. Amelia era sottosopra, Enrico parlava a raffica e lei non riusciva a seguirlo. Jeff, poverino, era rimasto appeso. Consapevole solo del fatto che fosse successo qualcosa di terribile che riguardava quei tizi sui quali la sua amica stava indagando. E che la loro cena indiana sarebbe andata all'aria. La seguì con lo sguardo armeggiare nel Chippendale, prendere le Vogue alla menta, accenderne una.
"Voglio dire, perché farsi una sauna alle 9:30 del mattino quando alle 10 avevamo appuntamento? Leonardo ci teneva, lo sai. È stato lui a chiamarmi, a chiedere aiuto. È vero che sembrava uno che le saune le ama, ti ricordi che ne fece una anche il primo giorno? E tu sei andata da Norma alle 10, Leonardo era già morto e lei non sapeva niente?"
Amelia non sapeva rispondere. Pensava alla sensazione strana che aveva provato quando non era riuscita a im-

maginarsi Enrico e Leonardo parlare ai Giardini della Guastalla. Alle interferenze. Alla voce spaventata di Leonardo la sera prima. A Enrico che aveva telefonato a un morto. Ecco che di nuovo quel sottile confine tornava a impressionarla. Per alcune ore Leonardo era vissuto nella loro mente pur essendo già scomparso.

Si chiese come stesse Norma, si sentì male al pensiero di averla tormentata mentre ancora non sapeva niente. Poi si ricordò di come aveva esitato quando Amelia le aveva chiesto se fosse innamorata di Leonardo come Giulio lo era di Viola. Ma soprattutto, non poteva fare a meno di chiedersi perché. Perché Leonardo?

C'era solo una ragione ed era da ricercarsi nella chiamata ricevuta da Enrico dopo la seduta con la Ouija.

"E se fosse stato lui, l'altra persona con la quale ce l'aveva Camilla?" Ipotizzò Enrico.

Amelia ci rifletté per quanto le fosse possibile in quel momento.

"Non lo so, Enrico. Mi sembra improbabile."

"Dici che abbiamo peggiorato le cose, insistendo con il fantasma di Camilla? Credi che sia stata lei a fare questo a Leonardo?"

"No." Questa volta era sicura. "Credo piuttosto che nel caso di Leonardo, Camilla con la sua insistenza abbia tirato fuori segreti che qualcuno di vivo sta cercando di tenere sottoterra. Leonardo, come Nenita e come noi, ha

scoperto cose che dovevano rimanere dove stavano. Come abbiamo pensato fin da subito, non tutti sono colpevoli nello stesso modo e non tutti conoscono ogni aspetto. Ma sono sempre più certa che ogni singolo membro della famiglia abbia un ruolo preciso e una responsabilità precisa. Sia per la fine di Camilla che per le conseguenze portate dal suo ritorno come fantasma."
Amelia sottolineava le sue frasi ritmandole con un movimento del dito indice.
"Senti, puoi venire qui adesso? Sono ancora in studio. Ho sperato fino all'ultimo che Galanti mi cercasse."
Enrico sembrava turbato. Spaventato.
"Va bene, certo. Arrivo subito."
Jeff la guardò senza stupore. Lei gli indirizzò un mezzo sorriso tirato, il suo amico rispose con un cenno comprensivo.
"Ti prego stai attenta."
"Prenderò la metro, sono solo tre stazioni tra Porta Genova e Cadorna con la verde. E in mezzo alla gente si è molto più al sicuro."
"Sarai al sicuro anche dai fantasmi? Perché io non riesco del tutto a escludere una responsabilità soprannaturale."
Enrico era preoccupato per lei. Il che, persino in quel frangente drammatico e oscuro, la emozionò.
Quando riagganciò provò a spiegare a Jeff i retroscena mentre lui la bombardava di domande. Intanto indossava

le scarpe, infilava il cappotto, gli chiedeva scusa a ripetizione.

"Vai e scopri la verità, AM." Non c'era più sarcasmo nelle parole di Jeff.

"Mi dispiace lasciarti così, ma puoi restare qui, se vuoi. Ordina indiano, guarda Netflix, fai quel che ti pare."

Amelia girava per la casa cercando non si capiva bene cosa.

"Il mio cellulare, dove accidenti l'ho messo…"

Jeff arrivò in suo soccorso.

"È qui." Disse. "Dove lo hai lasciato, sul mobile." Indicò il Chippendale.

Amelia sospirò e provò a calmare il batticuore, ma era impossibile. In quel momento arrivò Indiana. Anche lui sembrava preoccupato per lei. Jeff lo prese in braccio, lui si lasciò fare. Amelia lo accarezzò sotto il mento e diede un bacio volante sulla guancia al suo migliore amico.

"Non ti vedo per niente bene, AM. Tua zia sarà apprensiva, ma dice cose giuste."

Le fece Jeff, mentre lei scompariva dietro alla porta di ingresso e correva giù per le scale incapace di attendere l'ascensore.

Capitolo 17

Scese alla stazione Cadorna della metropolitana e uscì dal lato della sede di Condé Nast, come Enrico le aveva suggerito. Salendo le scale lo trovò lì. Niente solito giubbotto, ma un parka sportivo nero, sciarpa di cachemire e ai piedi un paio di sneakers. Ovviamente stava fumando. Per quanto stanco e provato era sicuramente più fresco di Amelia che indossava ancora gli stessi vestiti di quella mattina. Si sentì per un attimo a disagio, non era da lei non cambiarsi d'abito, ma appena presero a camminare insieme verso lo Studio Limardi se ne dimenticò. Stentava ancora a crederci, Leonardo Galanti era morto e a quanto sembrava per il momento nessuno a parte loro due sospettava che ci fosse dietro qualcosa di poco chiaro. Di spaventoso. Di omicida.

Enrico gettò la cicca nel posacenere di un cestino, controllò che la strada fosse libera per attraversare fuori dalle strisce.

"Vieni." Disse.

Le afferrò l'avambraccio e poi scivolò fino alla mano. Il palmo di Enrico era caldo e premeva contro quello di lei. Correndo arrivarono dall'altra parte e lui non la lasciò

neanche quando giunsero sul marciapiede. Non subito, almeno. Era stato un gesto innecessario, lo sapevano entrambi. Un gesto che finì per portare la tensione segreta tra di loro a un livello esplosivo.
"Forse dovremmo parlare con la polizia. Noi due sappiamo che Leonardo era spaventato." Disse Enrico appena arrivarono sulla soglia del civico numero 2.
Ci aveva pensato anche Amelia, ma aveva paura che così avrebbero fatto infuriare ancora di più il fantasma di Camilla. Che l'avrebbero tradita.
"Dovremmo, ma possiamo aspettare?"
"Sì, aspetteremo. Anche perché nessuno prenderebbe sul serio i nostri racconti. Dobbiamo trovare una pista, una vera pista. Prima di esporci."

Era strano trovarsi lì dopo le 10 di sera, il buio fuori e ovunque, anche dentro. Tranne che per la stanza dove lavorava Enrico. Adesso la scrivania era un pullulare di fogli sparsi pieni di appunti, penne, evidenziatori.
Il fermacarte del nonno, però, spiccava su tutto. Amelia sorrise intenerita dal ricordo che Enrico le aveva confidato la sera prima.
"Ho trovato qualcosa, comunque. Più che qualcosa, rispetto alla notte in cui è morta Camilla Rachele Landi." Disse mentre sedeva alla scrivania e accendeva una televisione che in precedenza Amelia non aveva notato, in

alto, appesa con un sostegno alla parete, come se ne incontrano nelle camere d'hotel. *Rai News 24* parlava della giovane attivista svedese per l'ambiente Greta Thunberg. Le riprese mostravano fiumi di ragazzini che protestavano per le strade, agitando cartelli e striscioni semi-ironici e al tempo stesso terribilmente seri sul tema dei cambiamenti climatici. Anche Amelia ai tempi del liceo era stata sensibile ai grandi problemi del pianeta. Aveva insistito con suo padre perché facesse la differenziata prima che diventasse obbligatoria e per due estati di fila era andata in un campo estivo del WWF. Portava da mangiare ai gatti randagi insieme al nonno, quando era ancora vivo, e non teneva mai il frigorifero aperto troppo a lungo. Si ripromise di fare ancora qualcosa che avrebbe reso fiera la Amelia dei sedici anni. Per ora, a parte eliminare la plastica e comprare un depuratore, non le veniva in mente niente. Però poteva essere utile dando giustizia a Camilla, insieme a Enrico. Poteva essere la sua voce in questo mondo. Non era come spostare folle oceaniche e farsi sentire al parlamento europeo, ma era comunque qualcosa che avrebbe fatto bene all'umanità. In un modo più delicato, privato e sottile, certo.

"Hai parlato con la tua amica organizzatrice di eventi?"

Enrico fece una risatina, Amelia non capì il perché e glielo chiese. Lui scosse la testa e rise ancora.

"Sì, ho parlato con lei. Ma non è esattamente un'amica."

"Ah." Disse fingendosi disinteressata alle faccende private di Enrico quanto più poteva.
Non le riuscì. A quanto pareva da che conosceva lui mentre le sue capacità paranormali si acuivano, quelle di gestione dei sentimenti e della dissimulazione andavano indebolendosi.
"È mia madre."
Le parole di Enrico si persero nei ghirigori mentali di Amelia.
"Come hai detto?"
"Non è una mia amica, è mia madre. L'organizzatrice di eventi è mia madre."
Quella era in assoluto la notizia migliore della giornata. Non che la gara fosse dura. Tra pianti, ospedali, morti e fantasmi…
"Non lo sapevo." Commentò sioccamente.
"Certo che no."
Già, certo che no.
Enrico aveva alzato il volume perché il telegiornale era passato alla cronaca. Ancora non alla morte di Leonardo Galanti, però.
"Quindi, che cosa ha detto tua madre?"
Era così liberatorio. Sua madre, era sua madre! Non una specie di Samantha Jones di *Sex And The City*, ma sua madre!

249

"Non ha lavorato al party a Villa Ghirlanda, però conosce chi lo ha organizzato. Un tale di Camogli, mi pare, ma non è importante. Quello che è importante è che è riuscita a farsi mandare le foto della serata. Foto private che di solito gli organizzatori di eventi scattano per il loro portfolio o robe simili."

"Ma è fantastico!" Esclamò Amelia con un entusiasmo un po' fuori luogo.

Viaggiava ancora sulla scia della felicità per la scoperta del vero legame tra Enrico e l'organizzatrice di eventi.

Enrico alzò le sopracciglia, fece un altro dei suoi risolini enigmatici.

"Mia madre è fastidiosa e insopportabile, ma a volte sa rendersi utile. Ed è abituata a portare a termine i compiti rapidamente."

Ne parlava come fosse una sua impiegata o qualcosa del genere. Non con superiorità, piuttosto con distacco.

"Ora siediti e guarda qui." Indicò il computer. Lo stesso sul quale avevano visto per la prima volta l'immagine di Camilla da viva. Ruotò lo schermo nella direzione di Amelia.

"Ma forse prima avrai bisogno di qualcosa di forte. Uno Scotch può andare?"

Amelia era rimasta a stomaco vuoto dopo la cena indiana fallita con Jeff, ma lo Scotch sembrava lo stesso una giusta mossa.

"Benissimo." Rispose.

Enrico aprì un vano del mobile anni Settanta, prese due bicchieri e la bottiglia. Li riempì e ne passò uno ad Amelia. Brindarono senza dire a cosa. L'alcool scese lungo la gola di Amelia come un ruscello incandescente. Le fece bene. Forse stava diventando alcolizzata per colpa di Enrico. Lui restò in piedi dietro la spalla destra di lei, mentre Amelia, scorrendo le foto del party a Villa Ghirlanda nel quale era morta Camilla, alternava un sorso di distillato a uno shock e a una serie di esclamazioni che esprimevano il suddetto sconvolgimento.

"Mia madre me le ha girate via WeTransfer." Anche la voce di Enrico tremava. In parte per lo stesso shock di Amelia, in parte perché si sentiva a un centimetro da quella verità che tanto desideravano scoprire. Così disse.

Camilla era molto più bella, più allegra, più sorridente di quanto Amelia credesse. La foto dell'articolo sulla sua morte non le rendeva affatto giustizia. Né le apparizioni, ma quello era scontato.

Le immagini del party la ritraevano poche ore prima che morisse e Camilla questo non lo sapeva. Non aveva paure in quelle foto. Non c'era sospetto né timore nei suoi occhi. Solo, al massimo, una sorta di euforia coadiuvata dall'alcool che i medici legali avevano trovato nel corpo dopo l'autopsia. Come Amelia aveva immaginato, grazie ai rumori e ai fenomeni acustici dei quali le sue orecchie erano state testimoni nei giorni passati, il vestito indossato da Camilla era fatto di tulle. Un tripudio di tulle nero. Il ricordo del rumore del tessuto che si strappava fece congelare il sangue ad Amelia. Notò che nelle foto indossava anche sandali gioiello argento, probabilmente Jimmy Choo. Ricordò che in tutte le apparizioni, invece, era scalza. E che l'intensità dei passi sulla ghiaia era di due tipi diversi. Ma ricordò di aver sentito anche un rumore di tacchi. Non aveva idea di cosa significasse, non precisamente, ma decise di dirlo a Enrico. Lui suggerì che lo tenessero a mente.

Soprattutto, però, le fotografie del party del 27 luglio 2016 a Santa Margherita Ligure raccontavano un altro pezzo di storia. E chiarivano almeno in parte quali fossero le relazioni tra Camilla e gli altri. In tre immagini, infatti, Camilla era vicina a Viola Radaelli. Sembravano piuttosto affiatate. Sembravano amiche. Molto amiche. In una foto di gruppo, Camilla sorrideva stretta tra lei e la sorella Norma.

"Dille che non ho visto niente", aveva detto Norma.

"Vi ho visti", diceva invece la voce che in quei giorni si era presentata.

Norma sosteneva di non aver visto niente e voleva che il fantasma di Camilla lo sapesse. Niente, d'accordo, ma che cosa *non* aveva visto quella sera? Qualcuno che aveva visto qualcosa c'era, e quel qualcuno forse era proprio

Camilla. Lo stesso qualcuno, appunto, che era tornato per parlare.

"C'era anche Giulio Soncini." Disse indicando una figura ingessata dentro a un abito sartoriale inadatto alla sua giovane età. Teneva in mano un flûte di champagne e rideva. Di fronte a lui, Viola.

A pochi passi da loro Norma fissava un punto non meglio precisato. Inconsapevole di essere fotografata in un momento di malinconia.

"Era un party per celebrare la fine della sessione estiva di esami. Così ha detto l'organizzatore a mia madre." Sussurrò Enrico.

Amelia questa volta aveva prosciugato il bicchiere prima di lui e lo allungava in modo che Enrico potesse riempirlo di nuovo. Bevve ancora e cominciò a sentirsi brilla e anche affamata. Decisero di ordinare qualcosa, ma non si trovarono d'accordo su cosa. Dell'indiano a lei era passata la voglia. Propose cinese, scoprendo con immensa delusione che Enrico detestava quella cucina. Amelia trovò paradossale che vivesse proprio a Chinatown.

"Nessun problema. Tu ordini cinese, io un cheeseburger." Fu la proposta compromesso di Enrico.

Trenta minuti dopo due fattorini di due ristoranti diversi consegnarono quasi contemporaneamente le loro cene.

Rai News 24 aveva completato il giro di notizie, ma non aveva aggiunto niente rispetto a Leonardo Galanti. Amelia aveva sempre fatto fatica a capire come gestissero il flusso informativo. Stava infilzando un boccone di gnocchi di riso con verdure, evitando le carote che non amava granché. Enrico era già a metà di un doppio cheeseburger con bacon e salsa ranch molto invitante.
"Ne vuoi un morso?" Chiese notando che lo guardava con interesse.
Amelia scosse la testa.
"No, grazie. E tu? Sicuro di non volerti ricredere sul cibo cinese? Non è male questa rosticceria."
Anche se nessuna a Milano secondo lei poteva eguagliare il Drago Verde. Enrico rispose con un'espressione disgustata, da bambino piccolo, che la fece ridere.
Il loro pasto take-away stava terminando quando finalmente dallo schermo della televisione arrivarono le informazioni che attendevano, ma non che non aggiunsero niente rispetto a quelle di un paio d'ore prima.
"Tragico incidente." Ripeté una giornalista in studio.
"Tragico incidente." Recitava il titolo in sovrimpressione.
"Tragico incidente." Disse ad alta voce Amelia.
Tragico incidente, tragico incidente, tragico incidente...
Sentì un colpo sulla spalla. Senso di vuoto.
E fu lì che Camilla, dopo diverse ore di latitanza, si ripresentò con il suo profumo ad annunciarla. E con una di

quelle folate di aria calda che tanto le piaceva scatenare. Non servì che Amelia chiedesse a Enrico se si fosse accorto, perché lo disse lui per primo.
"Era lei, vero? Era Camilla."
Sembrava cominciare ad apprendere come gestire la paura, come non farsi travolgere. Imparava in fretta.
"È la stessa formula usata nell'articolo sulla morte di Camilla." Disse lei. "Tragico incidente." Lo virgolettò con le unghie dipinte di nero.
"Infatti. Tragico incidente. Ma come non lo è stato per Camilla, non lo è stato neanche per Leonardo. O per Norma, ma in quel caso credo che siamo entrambi sicuri che la colpevole fosse Camilla. Penso sempre di più, invece, che se a uccidere Leonardo è stato un malore che lo ha fatto cadere e sbattere la testa, quel malore sia stato provocato. Da qualcuno di vivo, che è in quella casa."
Enrico buttò la confezione vuota del cheeseburger.
"Quando è successo, Norma era in ospedale, con te. E quindi escluderei Norma. Però non riesco a escludere Norma per quanto riguarda la morte di Camilla." Sbuffò.
"Sono confuso."
Amelia aveva smesso di mangiare, il suo corpo era saturo di emozioni contrastanti. Non era in grado, in quel momento, di accogliere altro cibo. Di solito di appetito ne aveva anche troppo, per colpa di o grazie a un metabolismo rapido ereditato da papà Bernie che le concedeva di

ingozzarsi di pasta mantenendo gambe lunghe e magre da fenicottero. Certo, a ventinove anni le cose cominciavano un po' a cambiare e ora doveva fare attenzione. Yoga ogni giorno, in particolare il mercoledì al Centro Padma con Selene. Massaggi, jogging in primavera, creme. Comunque sia, quella sera la sua fame era comparsa e poi svanita, rapida ed evanescente come il fantasma di Camilla Rachele Landi.

"Anche io sono confusa."

"Ma ci stiamo arrivando, Amelia. Ci stiamo arrivando e forse adesso Camilla sta capendo che siamo dalla sua parte."

Amelia vide gli occhi scuri di Enrico gonfiarsi di lacrime che si sforzò di trattenere.

"Spero che possa capirlo anche Leonardo, ovunque si trovi."

Decise che doveva fermarlo prima che scivolasse in una dannosa e inutile spirale.

"Lo sai vero che non è colpa tua?"

Enrico non rispose, confermando che l'intuizione di Amelia era giusta. Si sentiva responsabile.

Chissà se Nenita era venuta a conoscenza della morte avvenuta quella mattina nella casa in cui aveva lavorato, si chiesero. Chissà se qualcun altro, magari un poliziotto vero, stavolta, sarebbe andato a farle qualche domanda.

"Se non fosse stato per te, avrei insistito di più con la ca-

meriera, ma tu hai voluto usare i tuoi metodi."
Alzò le mani.
"Io ho il mio ruolo, tu il tuo. Giusto?"
Enrico la guardò, non disse niente ma sorrise con gli occhi.
Passarono ai raggi X tutti i siti di informazione che Enrico aveva salvato in una cartella dei preferiti. Amelia sedeva accanto a lui, come il giorno dell'identikit.
Niente di nuovo, fino a che in un video sulla pagina di *Milano Today* li videro tutti. Tutti quanti. Davanti a casa Radaelli. L'articolo sotto il video, ben più ricco di dettagli rispetto ai notiziari nazionali, spiegava che in sostegno della sorella maggiore e futura cognata, Viola Radaelli e Giulio Soncini avevano scelto di rimandare le nozze. Nelle riprese girate fuori da casa Radaelli si vedeva Norma scendere da un Range Rover marrone aiutata da Giulio e da sua madre Regina. Regina sembrava invecchiata di dieci anni rispetto al martedì precedente. Norma si reggeva a malapena sulle stampelle e indossava occhiali da sole neri così grandi che il volto ne veniva quasi completamente eclissato. Dal sedile del guidatore un Tommaso Radaelli particolarmente tirato alternava espressioni terrorizzate ad altre furiose. Non si capiva se, queste ultime, fossero indirizzate al nugolo di giornalisti che presidiavano l'ingresso della casa in piazza Eleonora Duse. Oppure a qualcun altro. A una manciata di secondi dalla fine del

video si intravide anche Viola. Portava un lungo cappotto in renna e una cuffia rossa. Fumava ed era pallida. Molto, molto pallida.

"Possiamo scoprire dov'è sepolta Camilla?"

Domandò Amelia all'improvviso.

Enrico alzò le sopracciglia, inspirò ed espirò.

"Non sarà difficile, ma perché vuoi saperlo?"

"Sensazioni."

La sua parola magica preferita. La usava quando non voleva o non riusciva a spiegare un'intuizione. In quel caso, con Enrico, avrebbe voluto spiegarsi, ma non ci riusciva.

"Pensi di poterla vedere meglio lì? Camilla intendo."

Tentò Enrico, mentre accendeva una sigaretta.

Amelia rispose di no, non era quella la ragione.

"Di rado i fantasmi si presentano nei cimiteri, ma i vivi vanno a trovarli. E a noi adesso servono i vivi, se vogliamo delle risposte."

*

Restarono allo Studio Limardi fino all'una di notte inoltrata. A imbastire teorie e poi smontarle, a unire i puntini. A fare schemi sia mentali che su carta.
Ma anche a raccontarsi sciocchezze, aneddoti leggeri sulle rispettive vite per alleggerire la tensione. A ridere.
A fissarsi senza dire niente e riprendere a parlare per evitare l'imbarazzo. Enrico insistette per riaccompagnarla a casa, Amelia insistette ulteriormente e disse che avrebbe preso un taxi.
Mentre era a bordo e guardava la vita degli altri scorrere fuori dai finestrini, si rese conto che era venerdì sera. Che quelli della sua, della loro età, erano in giro a bere, a organizzare le macchine per andare a ballare, a flirtare e divertirsi come facevano tutti i comuni mortali. Tutti tranne lei. Ed Enrico. Che in fin dei conti avevano ventinove e trentadue anni, l'età perfetta per odiare la propria vita nei giorni feriali ed esplodere come petardi nel fine settimana. Eppure, anziché baciarsi di nascosto a una serata e rivedersi alle spalle di Christophe, stavano tessendo le fragili trame della loro attrazione intorno a storie di morti e di fantasmi. Di vendette e di segreti. Di famiglie contorte e di dinamiche misteriose. Si erano visti una sera per interrogare una tavoletta Ouija bevendo rum e un'altra per ascoltare *Rai News 24* bevendo Scotch. Con lo

scopo di scovare un potenziale duplice omicida che nessuno sospettava o aveva mai sospettato prima. Di vendicare un fantasma e un testimone che sapevano troppo. A ogni modo se la domanda fosse stata: "Faresti a cambio con loro?" la risposta di Amelia avrebbe tuonato potente: "mai". Non poteva invidiare niente e nessuno. La sua vita era perfetta. Completamente folle e per questo perfetta.

Solo una volta rientrata a casa Amelia si ricordò che quando era andata via Jeff era ancora lì. Non lo trovò, ma al posto suo c'era un biglietto sul tavolo della cucina.

Il tuo tikka masala è nel frigo! Sono rimasti anche dei pakora. So che non li volevi ma li ho presi per me e non li ho finiti. Fammi sapere come va, anche un messaggio. A qualsiasi ora.
Love You, Jeff

Aprì il frigo, sorrise guardando la teglia usa e getta del ristorante indiano K2 e notando la cura con la quale Jeff l'aveva riposta. Afferrò il sacchetto di carta con i pakora unticcio sui lati. Sedette al tavolo, le gambe in posizione del loto con i piedi ancora nelle scarpe. Diede un morso alla frittella di verdure e farina di ceci. Era davvero buona anche così fredda, maledizione. Il no ai fritti era uno dei pochi divieti alimentari che Amelia si era imposta negli ultimi tempi. Ma tanto quella sera tutto era andato definitivamente in polvere. Prima di alzarsi dal tavolo e lasciare la cucina, il biglietto le rammentò di tranquillizzare Jeff.

Stanca morta, ma sto bene. Credo che io ed Enrico siamo sulla buona strada. Poi ti dirò. Grazie per l'indiano, sei il migliore amico della terra.

Tre cuori viola e una scintilla.

Mentre poco dopo era nel bagno della camera e si lavava i denti, dal comodino giunse un bip.

Sulla buona strada nell'indagine o…

L'emoji della scimmietta "non parlo".
Amelia non rispose. Infilò il pigiama e scivolò sotto le coperte. Un minuto dopo Indiana la raggiunse.

Un minuto dopo ancora, Amelia crollò addormentata.

Capitolo 18

Alle 3:15 del pomeriggio all'ingresso principale, si erano detti. Mancavano dieci minuti alle 3 e Amelia era già alla fine di corso Lodi. Il navigatore della Mini si era rotto mesi prima e ancora non si era decisa a sistemarlo. L'app di Google Maps sul telefono dava sempre problemi e quel giorno riusciva a indicarle solo il percorso per arrivare al Cimitero di Chiaravalle con l'autobus.
Perciò adesso era lì, a seguito della linea 77. Era partita con largo anticipo, non fidandosi del suo senso dell'orientamento alla guida, specie in zone che conosceva poco o niente e per di più senza avere a disposizione un navigatore attendibile. Stava incollata al sedere di un vecchio bus caracollante che al posto della benzina, immaginò Amelia a giudicare dalla puzza, forse usava come combustibile carcasse animali. Non lo superava per paura di perdersi, voleva solo arrivare a destinazione e qualsiasi compromesso sarebbe stato accettabile.
A seguito del suo Virgilio, il 77, Amelia attraversò la zona Corvetto sulla quale sembrava non battere il sole nemmeno ad agosto. Superò rotonde circondate da condomini vecchi e scrostati, con alimentari e calzolai sulla

strada e i panni stesi alle finestre. Appena superata la chiesa di San Michele Arcangelo e Santa Rita, le parve di riconoscere un palazzo. Viale Omero.

Com'è che si chiamava quel tipo? Giacomo? Forse Gianluca. O solo Luca? No, Luca era quello che viveva a Ortica. Sì, quasi sicuramente Giacomo.

L'autobus era fermo lì davanti a causa dell'auto di una scuola guida che faticava a rimettere in moto.

Amelia ricordò di una notte. Era sgattaiolata fuori dal palazzo di quel Giacomo alle 4 del mattino perché il coinquilino di lui era rientrato ubriaco fradicio e si era messo a cucinare un ragù di salsiccia. Poi a cantare fortissimo il peggio di Miley Cyrus e poi ancora a ballare in mutande su una sedia traballante del soggiorno usando il mestolo sporco come microfono. Tutto ciò non le avrebbe dato grande fastidio, ci sarebbe passata sopra tranquillamente. In fin dei conti era nel letto con un ragazzo carino. Si sentì chiamata a scappare quando però quel ragazzo carino preferì andare di là e fare un video al suo coinquilino imbecille e postarlo su Instagram piuttosto che starsene lì con lei.

Amelia guardò l'ora, un minuto alle 3. Erano ancora fermi e questa volta non solo perché non voleva superare il 77.

Forse è un segno, forse ci siamo bloccati qui perché io ricordassi le innumerevoli, disastrose esperienze sentimentali che ho inanellato prima di Christophe, si disse. Perché mi ricordassi quanto sono fortunata e cosa mi potrebbe capitare se lasciassi un uomo che sembra disegnato per me come dice Jeff.

Appena il traffico riprese a scorrere, e lei a pedinare l'autobus, il pensiero cadde inesorabile su Enrico.

Rifletté su una cosa completamente nuova che lo riguardava. O meglio, che riguardava le sensazioni di Amelia per lui. Sul conto di Enrico non riusciva a fantasticare a differenza di quanto le era sistematicamente accaduto in passato con gli altri fidanzati o partner occasionali. Sia quando le piacevano, sia quando non ne era particolarmente attratta. Su Christophe, e di sicuro persino su quel tal Giacomo, Amelia aveva fantasticato.

Le fantasie su Enrico, invece, erano di natura diversa. Le immagini mentali erano vaghe e inafferrabili; le emozioni, invece, erano reali e concrete. Non era semplice spiegare quello che era in grado di risvegliare dentro di lei.

L'autobus e Amelia avevano appena lasciato alle spalle la città con un passaggio tanto brusco e inaspettato quanto piacevole. Una campagna gelida e nebbiosa da manuale ora fiancheggiava entrambi i lati della carreggiata. Non era più possibile per lei dissimulare il suo pedinamento del 77, ma gliene importava zero. In coda a una fermata, in attesa che scaricasse e caricasse i passeggeri sulla banchina, Amelia guardò dentro. Poteva vedere solo le nuche di due persone sedute nei posti in fondo. Si chiese se stessero andando anche loro al cimitero e se sì perché. Se fossero tristi, indifferenti o semplicemente abituati a quel tragitto. Ripresa la marcia, una figura vestita di nero con le mani in tasca apparve ai margini. Non era un fantasma, solo qualcuno abbastanza folle da sfidare il tempaccio per farsi una passeggiata in campagna. Le fece comunque venire i brividi.

Il percorso era costellato di vecchie cascine in rovina intervallate da fabbricati bassi che ospitavano aziende, in certi casi abitazioni private. Scorse persino un intero borghetto abbandonato. I tetti delle case erano crollati e le pareti sembravano le scatole delle sue scarpe ridotte in poltiglia dalle unghie di Indiana. Circa trecento metri dopo, l'insegna lugubre di un marmista di fianco a un'esposizione di angioletti e altri articoli di scultura funeraria, preannunciava tetra l'avvicinamento al cimitero. Tutto molto *creepy*, come avrebbe detto Jeff.

Amelia però sentiva solo uno sciame di farfalle danzarle nello stomaco. Che impazzirono quando sulla sinistra riconobbe la famosa Abbazia di Chiaravalle. In quel momento l'architettura romanico-gotica del complesso sembrava inviarle un messaggio: il nuovo incontro e il nuovo step dell'indagine con Enrico erano dietro l'angolo.

La sua strada e quella dell'autobus 77 si divisero quando quest'ultimo imboccò una specie di ingresso riservato a

ridosso delle mura esterne del cimitero. Il posteggio per le auto era dall'altra parte della strada ed era piuttosto striminzito. Appena girò il volante per parcheggiare vide l'inconfondibile Alfa Romeo nera del 1963 di Enrico.
Era stato lui, la sera precedente, ad averle raccontato che l'auto era stata immatricolata nel lontano 1963.
Amelia aveva supposto che fosse stata del nonno.
"L'ho comprata due anni fa, non so neanche io perché. Dovevo prendere un'auto nuova e invece ho visto questa. È stato un colpo di fulmine." Aveva raccontato.
"Bisognerebbe scoprirne la storia. Dal 1963 al 2017 sono tanti anni, tanti possibili intrecci. Chi era il proprietario precedente?"
Enrico non ci aveva mai pensato, aveva accettato il mistero di quell'auto un po' come Amelia aveva accettato quello di Indiana, disse. E lì, grazie a quel paragone, lei si era liquefatta. Sembrava che sapesse esattamente quali punti toccare per farle impazzire il cuore. Sembrava capace di leggerle dentro.
Una sensazione che aveva provato fin dal principio: quella di essere vista, veramente vista, da lui. Capita.

Amelia si avvicinò all'auto, in caso Enrico la stesse aspettando dentro, ma Enrico non c'era. Attraversò il parcheggio e raggiunse il cancello del cimitero. Sulla destra il 77 si riposava prima di riprendere la corsa. Sulla sinistra alcuni chioschi di fiorai. Dritto davanti a lei Enrico. Era appena dentro la soglia e parlava con un uomo basso e pienotto. A giudicare dalla divisa che indossava doveva essere il custode. Enrico si accorse di lei, restò per un istante che parve molto lungo a guardarla e basta. Poi sorrise e alzò una mano dicendo "ciao" e "vieni qui" con un unico gesto.

Enrico stava chiedendo dove si trovasse precisamente la tomba di Camilla Rachele Landi.

"Non sono tanti per fortuna i morti così giovani qui. Me li ricordo tutti dove stanno." Rispose il custode sorridendo.

Aveva gli occhi così vicini che se si girava di tre quarti sembravano uno solo. E un'allegria che stonava con l'ambiente, ma che era anche rinfrescante.

"Girate qui, terza fila, ultima tomba sulla sinistra. Ricevuto?"

Il cimitero non era granché popolato di visitatori in carne e ossa quella mattina, ma c'era comunque un certo andirivieni. Due signore impellicciate, a braccetto, si fermarono a farsi il segno della croce prima di uscire. Li guardarono e sorrisero, con una certa compassione. Chissà che cosa pensarono e chissà se si fecero delle domande, se si chiesero che ci facesse quella giovane coppia a spasso tra le lapidi del cimitero. Una donna molto alta con i capelli cortissimi rossi camminava spedita verso la zona riservata alle cellette cinerarie. Due coniugi parlavano di che cosa mangiare a pranzo, mentre posavano un mazzo di gigli screziati su una tomba.

Lei ed Enrico erano di nuovo uno accanto all'altra, nel pieno di una missione che non avevano del tutto pianificato.

"Ancora non ho bene inteso che ci facciamo qui."

Si lamentò lui mentre vedeva una madre con un bambino che piangeva davanti a una lapide. E poco più in là un Jack Russel che faceva pipì sulla tomba di una certa Clotilde Santelmi vedova Roveri, 1917-2014. A tenere il guinzaglio un omone barbuto in un cappotto di cachemire cammello, distratto dal cellulare. Quando incrociò Amelia la squadrò dalla testa ai piedi con sguardo di apprezzamento. Enrico se ne accorse e scosse la testa. Non commentò a voce. Di presenze non terrene, invece, quasi nessuna traccia. Ma quella non era una grande sorpresa. Come aveva spiegato a Enrico, i fantasmi di solito avevano poco da fare al cimitero. A meno che non volessero indicare ai vivi qualcosa che riguardava il loro corpo sepolto.

Faceva sempre più freddo, mano a mano che si inoltravano. La nebbia era fitta e i pettirossi fischiettavano tra le fronde degli alberi, nascosti nei cespugli.

Amelia pensò a sua madre Rebecca, che non aveva una tomba in un cimitero. D'altronde i resti non erano mai stati ritrovati, quindi perché darsi pena. La sua memoria

sopravviveva da un'altra parte, sui fili. Qualche volta le sarebbe piaciuto comunicare con lei. Qualche volta, a dire il vero, ci aveva provato. Con zia Melissa e nonna Adelaide, quando era viva. Senza risultati. Come aveva interpretato la zia, forse Rebecca era in pace e non voleva sconvolgere né il proprio né il loro equilibrio facendosi vedere e sentire. Amelia aveva ritentato da sola sempre senza risultati ed era un po' che aveva smesso.
Si accorse che i loro passi stavano producendo un rumore particolare, che le ricordava qualcosa di sinistro. Abbassò lo sguardo e vide la ghiaia. Ghiaia. Come durante le apparizioni sonore di Camilla. Come nel letto di Norma e Leonardo. Ghiaia. Il rumore dei passi che cambiava intensità. I piedi scalzi di Camilla, i sandali argento nelle foto. Lo disse a Enrico.
"Stavo pensando la stessa identica cosa, ci credi? Proprio la stessa. E sai cos'altro mi è venuto in mente?"
Amelia scosse la testa, rallentò.
Sentiva con lui una complicità così calda, in quel momento, che il gelo nebbioso del cimitero di Chiaravalle scompariva.
"Nelle foto del party di Villa Ghirlanda, in un paio, si vede bene che a terra c'era ghiaia. Ghiaia dappertutto."
Un rumore che pareva un tuono, ma un tuono non era, li fece sussultare. Non veniva da nessuna parte. O forse sì, da Camilla.

Terza fila. Contò all'incirca quindici, venti tombe da una parte e altrettante dall'altra. Alcune più grandi, alcune più piccole. Alcune imponenti, altre discrete. Alcune stracolme di fiori, altre spoglie. Alcune avevano epitaffi improbabili, altre incisi un nome, una data di nascita e morte. Su alcune campeggiavano sculture, su altre croci, su altre ancora nulla. E poi, in fondo, l'ultima a destra. Era di granito rossiccio, rettangolare. La statua in bronzo di due angeli abbracciati con le ali spiegate.

A una decina di metri di distanza Amelia lesse le lettere oro in stampatello del cognome "Landi", scolpite in rilievo sul fianco.

"Eccola." La indicò parlando sottovoce con Enrico.

Una sagoma armeggiava goffamente con un vaso e la fontanella posizionata lì vicino.

Amelia si fermò, tese il braccio e lo aprì verso Enrico per sbarrare la strada anche a lui.

"Aspetta." Sussurrò.

Gli segnalò la figura con un cenno del mento.Lui seguì la direzione e la vide a sua volta. Strizzò gli occhi per mettere a fuoco. Era semi coperta dalle fronde di un pino, ma adesso si vedeva chiaramente.

"Porca miseria." La sentirono dire.

Aveva infilato il piede in una pozzanghera mentre andava verso la tomba con il vaso pieno di ciclamini rosa tra le mani. Porca miseria, con la erre moscia.

"Ma quella è..." fece Enrico, con una voce così bassa e impercettibile da sfiorare l'ultrasuono.
E guardava Amelia, come per dire "tu lo sapevi! Sentivi che saremmo dovuti venire qui, oggi, a quest'ora!"
"Come ti dicevo siamo venuti a trovare i vivi, non i morti." Gli lesse i pensieri.
Quasi le cadde di mano il vaso quando si accorse della presenza di Amelia ed Enrico. Aveva l'aria sciupata, ma era comunque carina. Più che carina, ammaliante. Indossava un cappotto nero di peluche arricciato, un abito lungo grigio di felpa e stivaletti Ugg neri alla caviglia. I capelli erano legati da uno chignon improvvisato che escludeva solo la frangetta. La sua borsa era una Chanel trapuntata della penultima collezione e il suo anello di fidanzamento spiccava sulla mano magra e infreddolita.
Posò il vaso a terra, si asciugò sul cappotto. Tremava.
"Voi che ci fate qui?"
Nessuno dei due rispose. Amelia fece un paio di passi in avanti, Viola Radaelli si ritrasse senza accorgersene. Enrico rimase dov'era.
"E tu?" Le domandò.
Amelia si voltò a guardarlo mentre ora si avvicinava a loro. E fissava la giovane Radaelli.
"L'ho chiesto prima io." Disse con fermezza Viola.
"Siamo qui per la stessa ragione, credo." Amelia indicò la tomba di Camilla Rachele Landi.

"Solo che tu le hai portato anche dei bei fiori. Sono ciclamini, vedo." Sorrise.

"Credo, non lo so. Non me ne intendo di fiori." Tentennò.

"Oppure sì? Stai scegliendo il bouquet di nozze, ti sarai dovuta informare. E saprai che i ciclamini sono amuleti contro le maledizioni."

Viola non rispose.

"Tu e Camilla vi conoscevate." Intervenne ora Enrico. Aveva deciso di cambiare gioco senza interpellarla, ma d'altronde le era sempre sembrato che funzionasse così tra i partner in polizia nei telefilm. Si studiava un piano insieme, poi ognuno dei due poteva improvvisare qualche mossa. Tutto stava nel mantenere l'equilibrio. Poliziotto buono e poliziotto cattivo, domande vaghe e domande dirette. Supposizioni e affermazioni e così via.

"Credevo che i miei vi avessero licenziati, che cosa ve ne frega?"

"Ce ne frega di Camilla." Disse Enrico.

Ad Amelia piacque come risposta ed ebbe la percezione che piacesse anche a Camilla.

"La conoscevate?" Dietro agli occhi furbi di Viola, Amelia vide stupore e paura.

"L'abbiamo conosciuta da morta."

Viola non riuscì a ribattere, così Amelia continuò. Fissandola negli occhi, ipnotizzandola come sapeva fare. Come aveva fatto con la sorella il giorno prima.

"Lo sai che è Camilla il fantasma che si aggira in casa vostra. La conoscevi da viva e l'hai riconosciuta come spirito. Eravate legate?"
Viola annuì.
"Molto legate?"
"Moltissimo." Strinse le narici, fece una smorfia che forse serviva per non lasciare sgorgare i sentimenti. Meglio così, perché Amelia ne aveva a sufficienza di pianti. Di quelli dei vivi e dei morti.
Enrico era piombato in un religioso silenzio. La osservava agire con Viola e di certo cercava di spiegarsi come riuscisse ad ammansirla e a farla parlare così.
"Eravate amiche?"
"Le migliori. Come… come sorelle."
"E poi?"
Viola tacque, guardò la tomba di Camilla.
"E poi è morta."
Enrico aveva capito che intromettersi in quella conversazione adesso sarebbe stato deleterio, perciò continuava a tenersi in disparte. Tuttavia il suo muto appoggio era essenziale per Amelia. Aveva molto più coraggio adesso di quando aveva affrontato Norma da sola. Era consapevole del fatto che stava uscendo dai suoi soliti tracciati, ma era disposta a rischiare. Se esisteva un tribunale della magia, che la giudicasse e la condannasse.

Oppure la comprendesse e perdonasse. Come voleva. Tanto lei lo avrebbe fatto ugualmente. Voleva aiutare Camilla e scoprire la verità. Voleva capire cosa fosse accaduto a lei, a Leonardo. Dare un senso a tutto, inclusa quella settimana folle con Enrico e la loro connessione. Voleva verità, risposte e poter guardare il puzzle completo, dicendo "ecco come sono andate le cose!" Si sentiva una Jessica Fletcher del paranormale che usava poteri magici e s'impicciava nelle vite degli per risolvere le sue indagini. E soddisfare la sua sete di mistero.
"È stata amica anche di tua sorella Norma, Camilla?"
"Non quanto mia."
"Conosceva anche il tuo fidanzato, ovviamente."
"Ovviamente."
Silenzio.
"Cosa è successo tra te e Norma? Avete litigato?"
Viola rispose con un mugugno. Diventò ancora più pallida.
"La morte di Camilla ha a che fare con il vostro allontanamento?"
Un sospiro arrivò all'orecchio di Amelia.
In lontananza, alle spalle di Viola, le parve di vedere un volto disegnato sulla corteccia del pino. Scomparve in fretta, come l'alone sul vetro della finestra quella prima mattina a casa Radaelli. Non aveva un'aria minacciosa e, ora che ci pensava, neppure a casa Radaelli le aveva ispi-

rato pericolo. Sapeva che era Camilla, ma in quelle occasioni non era minacciosa. Al contrario: non si poteva negare che fosse un po' inquietante, ma non le mancavano l'innocenza e la purezza degli angeli.

Viola disse una cosa a voce molto bassa, che fece sussultare Enrico. Ad Amelia giunse come in differita, perché era concentrata nello sforzo di mantenere lo stato di ipnosi di Viola. Allo stesso tempo, il cervello di Amelia era impegnato nel formulare più ipotesi riguardo la natura delle apparizioni di Camilla, che tremolavano a un passo dalla sagoma di Viola.

Che cosa significavano? Come andavano interpretate? Erano un segno della benevolenza di Camilla nei confronti di Viola? Erano una forma di protezione? Significavano che Viola non era l'oggetto delle sue brame di vendetta? O cos'altro?

"È stata lei." Ripeté Viola per il bene di Amelia.

"Lei chi?"

"Mia sorella."

"Cosa ha fatto tua sorella?"

Viola tirò su col naso e spostò il peso da una gamba all'altra.

"È stata lei e ora Camilla si sta vendicando. Il suo fantasma ha fatto cadere dalle scale mia sorella, ha ucciso Leo…"

"Che cosa stai dicendo?" Enrico non era riuscito a trattenersi. Meglio, dato che Amelia in quel momento boccheggiava e aveva bisogno del suo supporto.

"Norma ha ucciso Camilla, l'ho sempre pensato anche se non gliel'ho mai detto. Non so perché, ma so che lo ha fatto. È per questo che non ci parliamo più e lei se ne è andata a New York. Non la volevo al mio matrimonio, ma sarebbe stato troppo per i miei. E anche Giulio ha insistito, anche se sa come la penso sulla morte di Camilla, perciò…"

"Ma se credi che sia stata lei perché non sei andata alla polizia?" Chiese Enrico.

Viola rise e in quel momento assomigliò tremendamente alle altre due. A sua sorella Norma. A sua madre Regina. E anche a suo padre Tommaso.

"Sveglia, investigatore. È mia sorella. E poi non ho prove."

"Quindi Norma avrebbe ucciso Camilla e ora Camilla sarebbe tornata per vendicarsi facendole del male e uccidendo chi ama. Come Leonardo." Disse poco convinto.

"È lei l'esperta di fantasmi, non sa rispondere?" Indicò Amelia.

L'incantesimo era rotto, Viola non era più docile.

"L'esperta di fantasmi pensa che Camilla voglia dire qualcosa che però nessuno sta ascoltando. Qualcosa che nessuno vuole sentire."

Viola rimase zitta, immobile. Deglutì visibilmente.

Enrico respirava al fianco di Amelia. Sentirono di essere sul punto di rottura. Una parte o l'altra. La verità o un'ennesima e ancor più grande copertura.
"Norma è tua sorella. Eppure affermi con certezza che sia stata capace di uccidere una persona che tu amavi molto, Camilla, quando ancora eravate legate. O è una sociopatica o aveva una ragione forte per farlo. E in questo caso tu hai sempre saputo quale fosse questa ragione, ma non l'hai mai detto a Norma. Ecco perché tua sorella non capisce fino in fondo perché tu l'abbia cacciata dalla tua vita di netto, dopo la morte di Camilla."
Viola si morse le labbra.
"Certo che lo capisce. Sappiamo entrambe che è per quello che ha fatto a Cami, solo che non ce lo siamo dette."
Viola sembrava davvero convinta della colpevolezza di Norma. E in tutta sincerità, sembrava avere senso. Se così era, significava che Norma aveva spinto giù da una scogliera la migliore amica di sua sorella.
Ci voleva fegato per una cosa del genere e a Norma non sembrava mancare. Ma ci voleva anche un sentimento così burrascoso, animale e incontenibile da farti scegliere di trasferire per sempre la tua anima tra le fila del male.
A meno che non fosse stato davvero un "tragico incidente". Magari Norma e Camilla stavano litigando, lei l'aveva spinta e, pur non volendo, l'aveva fatta precipitare di sotto. Va bene, ma pure in quel caso, perché litigare? E

poi non se ne andava la convinzione, sua e di Enrico, secondo la quale la mano dietro la fine di Camilla e Leonardo fosse la stessa.

"Anche i tuoi genitori conoscevano Camilla?"

Le domandò Enrico che a sua volta cominciava ad assumersi dei rischi. Al punto in cui si erano spinti tutto era concesso.

"Certo."

"Veniva spesso a casa vostra? La cameriera dice di sì."

Viola sorrise e per un istante i suoi occhi furono attraversati da una vibrazione nostalgica.

"Cami e Nenita andavano un sacco d'accordo. Nenita aveva insegnato a Camilla a preparare le ensaymadas e diceva che Camilla era diventata più brava di lei."

Amelia sentì un bruciore forte nel cuore e le venne da piangere. Camilla per un attimo era stata davvero viva. Nelle parole di Viola era stata viva. Era Cami, in una cucina, a infornare gli stessi dolcetti filippini dei quali Amelia avrebbe tanto voluto la ricetta. E a fraternizzare con la cameriera della sua amica. Desiderò abbracciarla e dirle che le voleva bene anche se la conosceva solo come spirito. Una cosa era certa: Viola non poteva avere ucciso Camilla. Sperava che su questo Enrico non conservasse dubbi, nonostante il suo adagio "sospettare tutti fino alla fine, vittime incluse".

La conversazione non continuò ancora per molto. Viola aveva davvero un certo caratterino, come aveva detto di lei il primo giorno la madre. Un certo caratterino come lo aveva Norma. Diverse e simili. Pur sempre sorelle.
"Se raccontate a qualcuno quello che vi ho detto oggi vi denuncio. Non siete poliziotti e comunque non c'è nessuna indagine in corso. Non so neanche perché vi ho dato corda."
Viola sembrò scossa. Amelia ed Enrico, impietositi, la assecondarono.
Si rivolgeva direttamente ad Amelia adesso.
"Se puoi parla con Camilla e dille che mi dispiace, ma non posso fare altro per lei. Anche se è arrabbiata deve lasciare in pace me e la mia famiglia. Deve lasciare in pace anche Norma."
Rimase un attimo ferma, guardò Enrico e poi se ne andò veloce senza un solo cenno alla tomba dell'amica.
I suoi passi dentro gli stivaletti Ugg suonarono tetri sulla ghiaia.

*

"Più cose scopriamo, più mi sembra di sprofondare nella melma." Disse Enrico.

Erano fuori, nel parcheggio. Amelia era appoggiata al paraurti della sua Mini, Enrico di fronte a lei. Entrambi a braccia conserte. Pensierosi e appesi.

Si mise a giocare con le chiavi. Erano tenute insieme da un gancetto che a sua volta teneva un pendaglio tibetano porta fortuna, souvenir dell'ultimo viaggio avventuroso con Bernie. Erano già due anni, tempo di rimediare. Rammentò che suo padre sarebbe passato da Milano a inizio dicembre. Pensò di proporgli una nuova meta o di sondarlo e capire se aveva in progetto viaggi interessanti per i suoi studi antropologici. Era quasi certa di sì e in tal caso si sarebbe aggregata volentieri. Si ripromise anche di passare del tempo di qualità con il suo amico Jeff, di portarlo fuori a cena in quel ristorante bengalese a Porta Romana che gli piaceva tanto. Si ripromise di andare a teatro con zia Melissa, visto che glielo chiedeva da mesi. Di prenotare un volo per Londra e passare un weekend rigenerante di shopping, chiacchiere e follie con Lisa. Di telefonare a Selene. Di rimediare alle inottemperanze lavorative e non di quella settimana passata su un altro pianeta. Si ripromise un sacco di cose, per quando tutto sarebbe finito, ma non si ricordò del biglietto AirFrance che Christophe le aveva acquistato per il 13 dicembre.

Stava guidando distratta, alla prima svolta perse Enrico che era uscito dal parcheggio con mezzo minuto di vantaggio rispetto a lei. Fece partire lo stereo collegato tramite Bluetooth al cellulare. Rallentò per selezionare una playlist e premette play. Aveva optato per del jazz classico, i duetti di Ella Fitzgerald e Louis Armstrong. Sentiva il bisogno di qualcosa di caldo per il tragitto.

Non vedeva l'ora di tornare a casa, avvolgersi in una coperta e bere un tè ai frutti rossi davanti a qualcosa di non troppo impegnativo, magari con Indiana accanto. Una di quelle serie rassicuranti come *Ultime dal Cielo* o *Un Detective in Corsia*. O *La Signora in Giallo*, che amava tantissimo. Quei telefilm che guardava con la nonna Adelaide, quando era piccola e aveva la febbre.

Sì, più di tutto necessitava abbracciarsi, starsene sul divano insieme a Indiana. Scrollarsi di dosso le energie oscure che le si erano appiccicate addosso. In fin dei conti Melissa aveva ragione: Amelia stava giocando con qualcosa di pericoloso.

Era ancora sulla strada di campagna, questa volta niente autobus 77 a guidarla. Avrebbe potuto chiedere a Enrico di aspettare e seguirlo per non rischiare di perdersi, ma non ne aveva avuto voglia. La nebbia non aiutava e neanche l'umidità che bagnava l'asfalto. Amelia era brava a guidare, ma quando dallo stereo al posto del timbro roboante di Armstrong sbucò una voce femminile, un grido vero e proprio, allora la Mini slittò su una pozzanghera e Amelia non riuscì più a controllare il volante. Le ruote persero aderenza e scivolarono per conto loro senza più rispondere alla guidatrice.

Fu tutto molto rapido. Prima di sbandare, finire sul marciapiede e poi contro un albero, sentì fortissima la sensazione di due mani che la incollavano allo schienale.

*

Non sentiva più quelle mani adesso, ma neanche le sue. Né i piedi, le braccia, la testa. Provava un senso di intorpidimento totale. Era lì, ma non era lì. Dormiva ed era sveglia. Era svenuta e non lo era. Come la notte in cui Camilla si era fatta sentire a casa sua forte e chiara la prima volta. Scivolò di nuovo dentro a quell'atmosfera indecifrabile. Solo che adesso aveva nuovi dettagli da poter scovare, nuovi collegamenti da poter fare, nuove frecce da disegnare. Si ripeté l'identico sogno, passo per passo. In modo molto più vivido, illuminante. Inquietante.

"Dobbiamo andare!" Le diceva Enrico.

Adesso lo vedeva con chiarezza. Era ai piedi del letto dove lei si rotolava alla ricerca del reggiseno smarrito. Enrico stava indossando uno smoking, andava alla finestra, la spalancava e un'aria calda e salata entrava a riempire tutto. E poi Amelia vestita da sposa scendeva scale che somigliavano a quelle di casa Radaelli, si ritrovava su una specie di terrazza a picco sul mare. Il cielo era nuvolo e faceva caldo. I suoi passi sulla ghiaia. Zoppicava, si guardava i piedi, portava un solo sandalo argentato. Il destro. Enrico, questa volta, si era avvicinato al venditore di ghirlande, ne aveva comprata una e sorridendo andava incontro ad Amelia. La ghirlanda era intrecciata con fiori bianchi e rosa. Fresie e ciclamini soprattutto. Ma c'erano anche, conficcati qua e là, dei pezzi di vetro, scintillanti sotto i raggi del sole, tanto da ferirle gli occhi.

In chiesa Amelia raggiungeva l'ultima panca. Da lì poteva osservare tutti. Era sospesa, a causa di una forza invisibile che la teneva sollevata per aria, a venti centimetri dal legno della seduta. Eppure nessuno commentava quel fatto bizzarro, tantomeno il suo vestito da sposa. Nessuno sembrava accorgersene. O al massimo, se succedeva, voltavano la testa dall'altra parte. Di fronte a un Tommaso Radaelli in versione officiante, ma abbigliato da giudice, Giulio Soncini attendeva impaziente. C'era una novità: la presenza di Leonardo, che nella prima versione del sogno rivelatore era assente. Leonardo era vestito da donna, fasciato in un tulle nero, come Camilla. Al piede sinistro portava la scarpa che mancava ad Amelia. Gli calzava abbondante, nonostante fosse da donna. Girando tra i banchi, con un cestino pieno di ensaymadas, Regina Radaelli non incrociava lo sguardo di nessuno. Un'altra nuova presenza era Nenita, che pregava sullo sfondo in una lingua che poteva benissimo essere il tagalog filippino.

Ed ecco la marcia nuziale, una specie di mash-up tra un requiem di Brahms e la canzone che lei ed Enrico avevano sentito in macchina usciti da casa Radaelli, *Terrible Thing*. La sposa faceva il suo ingresso dalla sagrestia, camminava lentamente, i passi risuonavano sulla ghiaia che ora riempiva il pavimento dell'intera navata. Anziché andare all'altare andava da Amelia e si fermava. Amelia si faceva coraggio e le spostava il velo. Tre volti in uno solo. Prima Viola, poi Norma. Poi Camilla. Giulio, impaziente, guardava l'orologio e sbuffava. Leonardo scappava. Amelia si voltava per vedere dove Leonardo stesse fuggendo, ma era già scomparso. Poi si girava ancora verso la sposa, trovandola di nuovo velata. Ora il tulle era nero e strappato. Era bagnata dalla testa ai piedi, gocciolava. Alghe putride pendevano dai lembi del velo, uno scorpione le camminava sul naso. Ripeteva la parola "tradimento" tra i denti così velocemente che sembrava più una frenetica vibrazione dei muscoli, che non una scansione delle lettere. Enrico si piegava al suo orecchio e diceva "Chi sa, torna per parlare." Lei gli chiedeva se fosse dello Scorpione, lui rispondeva "lo sai." Lei gli chiedeva l'ora di nascita, per il Tema Natale. Enrico diceva di essere ascendente Drago Verde, Amelia gli diceva che non esisteva un ascendente Drago Verde.

"Che cosa sai"? Chiedeva Amelia alla sposa, provando a gridare, senza riuscirci. Solo un flebile sospiro usciva dalla sua gola.

La mano destra della sposa afferrava un braccio di Amelia, le unghie rosse a forma di mandorla conficcate nella

carne. Correndo la trascinava fuori. Sulla terrazza dove Enrico aveva acquistato la ghirlanda.
A quel punto la sposa gridava "Ehi", forte, e lanciava una scarpa senza lasciare la presa su di lei.
Amelia componeva un numero sulla tastiera del cellulare, partiva uno squillo, ma il telefono le scivolava di mano. Rotolava lungo un precipizio, sbatteva contro gli scogli e finiva incastrato in un anfratto roccioso. La sposa, che adesso era senza dubbio Camilla, pregava Amelia di andare a recuperarlo. "Sei pazza, è distrutto e poi morirei!" protestava, ma Camilla insisteva e piangeva, insisteva e piangeva. "Deve sapere! Deve sapere!"
Amelia voleva solo affacciarsi e invece precipitò. Il dolore della carne nell'impatto contro gli speroni rocciosi, il ripetersi di più colpi violenti nel corso della caduta, le lacerazioni, infine l'acqua. Una musica lontana e rumori di calici che tintinnavano, di chiacchiere. Buio.

Si toccò la fronte che sentiva bagnata. Pensava fosse sangue, ma no. Era acqua. Acqua salata di mare.
Amelia scese con le sue gambe dall'auto, il paraurti era rientrato per colpa della botta. Il fanale destro si era spezzato in tanti frammenti diversi che brillavano sull'erba umida.
Stava bene, non sentiva dolori, ma l'angoscia le ostruiva il petto e la rabbia pulsava nelle tempie.

"Perché, Camilla. Che ti ho fatto?"
Ripeteva disperata mentre controllava che non ci fossero altri danni.
Le dita sfiorarono la fiancata destra della Mini, un po' inclinata. La ruota davanti era quasi staccata. Poteva andarle molto peggio, notò, vedendo il fosso nel quale aveva rischiato di cappottarsi. In un certo senso l'albero l'aveva salvata, aveva fermato la sua corsa. Era un frassino provato dal freddo, ma solido. Amelia vi si appoggiò e socchiuse gli occhi aspettando che il respiro tornasse regolare.
Chiamò Enrico con le mani che tremavano. Il telefono nell'incidente era scivolato dal sostegno per precipitare sotto il pedale del freno e venire schiacciato da Amelia. Un pezzo del vetro dello schermo si era staccato e le ferì un polpastrello. Faceva freddo. Era in mezzo al nulla, sola. La Mini distrutta. Appena Enrico rispose buona parte della tensione scomparve.

Era sul sedile del passeggero dell'Alfa Romeo del 1963, parcheggiata sul viale di ingresso di una cascina, a pochi passi dal luogo dell'incidente.
I sedili di pelle color sabbia del deserto, curati e restaurati, come il resto degli interni. Sapevano di storie vecchie e di film d'avventura, di sguardi complici e di cieli stellati. Il portachiavi a forma di scorpione dondolava spinto dal-

l'indice di Enrico. Era strano essere lì, seduta al posto di Eleonora.

Il carro attrezzi intanto stava caricando la povera Mini di Amelia. La seguirono con lo sguardo dal parabrezza, Amelia la salutò con la mano. Enrico rise intenerito.

"Me lo giuri che stai bene? Fisicamente almeno."

"Te lo giuro."

"Direi di smetterla qui. Hai rischiato troppo. Abbiamo rischiato troppo."

Enrico guardava un punto imprecisato al di là del parabrezza. Poi si girò verso di lei e Amelia trovò nei suoi occhi apprensione e spavento.

"Non pensarci neanche."

"Amelia, ma guardati. Guarda la tua macchina." Indicò la Mini che stava per fare un viaggio all'ospedale dei motori.

In risposta lei alzò le spalle. Enrico tornò a guardarla, sospirò e scosse la testa.

"Sei sempre sicura di non voler parlare con il padre di Camilla? Potrebbe essere una vera svolta, lo sai."

Annuì. "Sicurissima."

"Okay. E se riprovassimo con Nenita? O se mettessimo alle strette Regina Radaelli?"

"Dico no e ancora no. La cameriera non ci direbbe più di quello che ci ha detto e Regina Radaelli… beh mi sembrerebbe una vera follia."

Enrico sospirò ancora, strinse il volante e tamburellò con le dita sul prezioso rivestimento di pelle.

"Chiamerò un mio amico che lavora al dipartimento di Medicina Legale. Gli chiederò se è stata disposta un'autopsia sul corpo di Leonardo, perché non hanno detto nulla, ma vedrai che la faranno. Quando muore un ragazzo giovane e in salute per un malore è la prassi."

"Sì, questa è una buona idea."

Nel frattempo Amelia stava covando una seconda idea. Era arrabbiata con Camilla, non era possibile che continuasse così. Sapeva di essere a uno schiocco di dita dalla soluzione. Intuiva che Camilla la spingeva a conoscere la verità, ma Amelia avvertiva la stessa emozione provata nel sogno, quando Camilla la forzava a recuperare il telefono e lei, per farlo, precipitava nel vuoto. Amelia si stava sforzando di aiutarla, ce la metteva tutta e ne portava i segni, e Camilla, invece di esserle grata, si comportava come lo spettro di un tunnel degli orrori al Luna Park. Voleva parlarle da sola, le avrebbe dato un aut aut. O si decideva a indicarle la strada per la verità in modo chiaro, oppure Amelia avrebbe usato tutte le sue abilità e conoscenze, fino all'ultima, per bloccare l'accesso a Camilla nel mondo dei vivi. Non era sicura di poterlo fare davvero, di riuscirci, ma era sicura di sapere come farglielo credere. Sapeva essere molto persuasiva sia con i vivi che con i morti, quando voleva.

Enrico abbassò la manovella del finestrino per fumare. Stettero in silenzio per un po', gli unici rumori erano quelli della carta che bruciava sotto i tiri di Enrico. E le voci degli uomini del mezzo di soccorso.
"La tua assicurazione copre tutto?" Chiese Enrico.
"Immagino di sì."
Uno dei due operai, quello più giovane e alto che indossava una cuffia giallo crema, allargò le braccia. L'altro gli batté una mano sulla spalla. Le loro voci arrivavano un po' distanti, ma nette.
"Mi dispiace per tuo fratello, ma si sa: un tradimento ha conseguenze molto più gravi di un paio di corna. " Fece il gesto delle corna con la mano e l'altro rise mentre saliva sul carro attrezzi e azionava quel bizzarro braccio meccanico che avrebbe pescato la Mini Cooper di Amelia. Parlavano di altro, fatti loro certo, ma tradimento? Tradimento, aveva detto. Tradimento. Non poteva essere un caso che la sola frase pronunciata da quei due che Amelia avesse sentito fosse riferita al tradimento. Era un ennesimo segno di Camilla? Guardò d'istinto Enrico, lui se ne accorse e ricambiò lo sguardo.
Il cuore le fece un tuffo, tornò a guardare dritto e fu lì che le venne in mente che nei suoi progetti per quando "sarebbe finito tutto" aveva dimenticato di includere Parigi e Christophe. Tradimento. Tutto era un tradimento. Vide distintamente la figura di Camilla apparire e scomparire

in lontananza, uno spettacolo dedicato a lei. Amelia aveva riconosciuto sul volto di Camilla un'espressione che non le era del tutto nuova. Una smorfia dove un sentimento di dispiacere e afflizione si confondeva con qualcos'altro, un'altra sfumatura umana, come se Camilla volesse comunicare che ogni sua azione era dovuta, ispirata a un senso di responsabilità al quale non poteva sottrarsi. Aveva già visto quella piega del volto quando si era presentata alle spalle di Viola, nella forma di un alone, sul vetro della finestra del salone di casa Radaelli. E poi, identica, sulla corteccia del pino, poco prima, al cimitero.

La nebbia fuori che si addensava ancor di più e il suo appuntamento con divano, tè e telefilm sembrava distante anni luce. Una ventina di minuti e una serie di accordi presi con gli uomini del carro attrezzi dopo, si misero in marcia. Enrico insistette per fare una tappa al Pronto Soccorso. Amelia lo rassicurò fino a perdere la voce: stava bene. Non vedeva l'ora di parlare con Camilla, ma questo lo tenne per sé.

Prima però le toccò un'incombenza, oltre a quella di chiamare la sua assicurazione e domandare come procedere. Dovette richiamare Christophe, che le aveva telefonato e le aveva scritto due sms e un messaggio su WhatsApp. Amelia gli raccontò dell'incidente e lo sentì scosso e preoccupato. Soprattutto, le toccò dirgli che adesso era con Enrico, senza spiegargli nei dettagli il perché.

Christophe ammutolì per un istante e poi, fingendo di essere calmo e sereno, disse "sono contento che ci sia lui *avec toi*, salutamelo tanto".

Appena varcò la soglia di casa, Indiana le saltò addosso. Lo prese in braccio e lui si mise ad annusarla, a leccarle il naso con la piccola lingua ruvidissima. La medaglietta del micio tintinnava contro l'amuleto di smeraldo di Amelia.
"Calma, calma, tigre. Sono qui. Sto bene. Non preoccuparti."
Riaccompagnò a terra il micio con delicatezza e gli accarezzò la testa. Andò in bagno, si lavò le mani, raccolse i capelli, sfilò il maglione a collo alto, morbido, confortevole, ma soffocante, specie se tenuto in casa. Quindi indossò una vecchia felpa sdrucita che si trascinava dietro dalle scuole medie. Sul cotone fucsia liso, un paio di scarpette da punta ricamate e cosparse di brillantini. Era un regalo della zia, risalente all'epoca in cui Amelia preparava il saggio di fine anno di danza classica, in seconda media. Le maniche erano sdrucite, il cordoncino era sparito almeno dieci anni prima e il cappuccio era strappato sul lato. Il disegno era rimasto pressoché intatto e aveva conservato la luce originaria. Ma era il potere intrinseco di quel capo a renderlo così magico. In fondo, anche di una semplice felpa si sarebbe potuto dire che fosse un

"oggetto di uso esoterico". Per Amelia, infatti, portare quel capo era ogni volta una piccola esperienza di purificazione, in grado di donarle forza e calore.

Tornò in salotto, salì sul soppalco fino alla "sezione magia". Aprì il cassetto del mobile e prese la Ouija.

Non l'aveva mai usata così tanto da che l'aveva comprata. Avrebbe ripetuto i gesti della sera in cui la aveva usata con Enrico, evitando di curare certi dettagli come le ventuno candele, i cuscini, il palo santo. Si limitò ad accendere i ceri della menorah, che aveva comprato a Gerusalemme, sperando che le sue lontane origini ebraiche da parte di entrambi i genitori facessero da scudo protettivo contro le possibili aggressioni.

Ormai si aspettava di tutto da quello spirito, da quella ragazza in tulle nero e manicure perfetta che aveva perso le Jimmy Choo facendo una fine molto, molto peggiore di Cenerentola. Le faceva paura, ma credeva fermamente che Camilla non volesse davvero farle del male.

Dopo la formula di rito per l'evocazione, seguita con attenzione da Indiana seduto sul tavolino tibetano, Amelia percepì che Camilla era lì. Che c'era davvero.

Si concentrò per restare calma. Ce l'aveva con il suo fantasma dopo l'incidente, ma sapeva che per ottenere buoni risultati quella del litigio tra mondi non era la strada giusta.

"Camilla, grazie per essere venuta. Ho bisogno di chiederti, dopo quello che è successo oggi, se ce l'hai con me. Se ho fatto qualcosa che ti ha fatta arrabbiare. Se così fosse, sappi che mi dispiace perché io voglio solo aiutarti. Nient'altro, credimi."

Prima che Amelia potesse parlare ancora, disegnò una specie di arco indicando le lettere S-C-U-S-A.

Amelia ebbe l'impulso di lasciare la planchette, ma si trattenne. Deglutì e annuì. Strinse gli occhi.

"D'accordo, ti perdono. Se puoi cerca di parlare con me in modo più chiaro, così posso capire cosa ti è successo davvero e aiutarti. Okay?"

La solita folata di vento, con profumo caramelloso annesso, portò alle orecchie di Amelia e sulla tavoletta un SI.

"Camilla, tu non c'entri con la morte di Leonardo Galanti vero?" Corse il rischio. Doveva chiederlo per forza a quel punto.

L'indicatore impazzì trasportando le dita di Amelia avanti e indietro sul NO.

"Okay, okay, okay…" La fermò. "Ho capito."

Respirò a fondo e pensò a come procedere, ma quel pomeriggio sembrava che Camilla fosse finalmente disposta a comunicare. Forse l'incidente aveva smosso anche lei, forse i suoi sensi di colpa da fantasma la stavano aiutando a comunicare senza bisogno di troppe spinte.

T-R-A-D-I-M-E-N-T-O segnò. Tradimento! Tradimento! Davvero, aveva indicato quelle lettere?
"Chi ha tradito chi?" Domandò con un filo di voce.
Silenzio tombale, Indiana in sottofondo emetteva mormorii sinistri. Amelia pregò che nessun malvagio spirito infiltrato lo possedesse, ci mancava solo un esorcismo al suo gatto.
Nessuna risposta, Camilla proprio non riusciva. Adesso, e solo adesso, Amelia comprendeva.
"Hai ancora paura?" Si sentì di chiedere.
"SÌ", fu la pronta risposta stavolta.
"Camilla, so che ti sembra difficilissimo, ma devi sforzarti di darmi degli indizi più concreti per arrivare al colpevole. Se hai spinto Norma giù dalle scale e me contro un albero, allora hai anche l'energia per aiutarmi. Devi farlo, ho bisogno di te."
Tentò di provocarla e di incoraggiarla allo stesso tempo, di nutrire la famosa vanità degli spiriti. Attese ancora, con tutta la concentrazione e la pazienza che aveva. Un sospiro misto a colpo di tosse, Amelia vide chiaramente il divano prendere la forma di un corpo che vi si sedeva sopra. Di nuovo il profumo, e poi il delicato fruscio di un tulle, non più lo strappo violento del tessuto che aveva sentito altre volte. Un secondo colpetto di tosse. Sentì che era il momento di lasciare la planchette. Aveva avvertito una piccola scossa sotto i polpastrelli, che poteva signifi-

care la volontà di muoversi libera. Accadde proprio così infatti.
Prima V-I-L-L-A-G-H-I-R-L-A-N-D-A. Poi V-I-S-T-I.
Poi ancora una voce ora chiarissima, di ragazza, che diceva "Ehi, fermati! Vi ho visti!".
L'ormai consueto rumore di passi sulla ghiaia, stop, passi con un suono differente, un colpo sordo.
"Ahia, sei pazza?" La seconda voce era maschile, invece, e non le era nemmeno del tutto nuova.
Silenzio.
Sia intorno ad Amelia che dalla planchette. Sul divano più nessuna forma, nell'aria nessun profumo. Passò un minuto intero, che Amelia seguì dall'orologio Liberty appeso sopra la porta d'ingresso. Era rettangolare, cosa piuttosto insolita per un orologio, ed era proprio quello che l'aveva spinta a comprarlo. Sulla lamiera battuta due fate circondate da motivi botanici indicavano la conchiglia, anch'essa in rilievo, che a sua volta ospitava il quadrante vero e proprio. Amelia temeva che Camilla se ne fosse andata, ma tentò lo stesso un'altra domanda.
"Dimmi solo una cosa, se puoi. La persona che ti ha fatto questo ha fatto la stessa cosa a Leonardo?"
Ancora silenzio, ma stavolta anche un fischio. Amelia aveva rimesso le dita sulla planchette e attendeva fiduciosa.

Ti prego, Camilla, ti prego, ti prego... Ripeteva dentro di sé.

Graffiando la superficie in legno laccato della tavola Ouija, la planchette percorse una lunga strada fino al SI.

*

"Ho contattato Camilla." Esordì senza convenevoli.
Silenzio dall'altro capo. Poi un sospiro fortissimo e una specie di imprecazione a denti stretti.
"Lo sapevo." La sua voce era seria.
"Quando ho trovato il telefono spento l'ho capito subito. Tu sei pazza, Amelia, dopo quello che è successo! Sei pazza!" Accese una sigaretta.
Amelia udì il rumore del dito che scattava sulla rotella di acciaio dell'accendino.
"Io e il suo fantasma abbiamo fatto pace." Disse riuscendo a non sembrare una bambina dell'asilo.
"Mi ha dato degli indizi importanti."
Enrico sospirò ancora.
"Non ne dubito." Era sempre teso, ma in via di decompressione.
"Prima senti questo, di indizio."
Prese in mano qualcosa, Amelia immaginò un foglio zeppo di appunti scritti malissimo.
Era seduta sul bracciolo del divano e Indiana la guardava.
Miagolò una sola volta nel suo solito modo, con il suo solito tono, poi si spostò e prese a giocare con il suo solito quarzo.
Possessione demoniaca scampata! Si tranquillizzò Amelia.

"Ricordi il mio amico medico legale?" Enrico la riportò al discorso.
"Volevi chiedergli qualcosa riguardo all'autopsia sul corpo di Leonardo."
"Infatti. Pensa un po', se ne è occupato proprio lui. È stata disposta ieri e realizzata questa mattina."
"Ah." Commentò.
"Non chiedermi di spiegarti tutto precisamente come ha fatto Armando, ma il fulcro della questione è questo."
Ancora rumore di fogli.
"Mi ascolti?"
"Ti ascolto."
Lesse gli appunti con le informazioni, di certo riservatissime, che questo Armando, medico legale, gli aveva senza problemi rivelato.
Sembra di essere in una di quelle serie TV che probabilmente ora starei guardando, se non fosse stato per l'incidente, pensò Amelia.
La realtà stava di gran lunga superando qualsiasi fantasia.
In sostanza il quadro generale relativo alla morte di Galanti dopo l'autopsia si era capovolto e adesso parlava di un ordine degli eventi inverso. Leonardo non si era sentito male dentro alla sauna per poi cadere e sbattere la testa, ma prima aveva battuto la testa e poi era entrato dentro alla sauna. Considerando che la ferita era stata la causa del decesso e che i cadaveri non si muovono da soli

erano sicuri che qualcuno lo avesse messo lì dopo che era morto. Non solo: indossava dei boxer quando lo avevano trovato e nessun asciugamano o ciabatte. Pareva che sì, lo avessero spogliato e infilato nella sauna, dopo averlo ucciso con un colpo al cranio. Inferto non si capiva bene con che cosa. Niente malore prima e poi il colpo, ma prima il colpo e poi il malore inscenato.

Adesso era partita un'indagine diversa, così reale da fare impressione: inquinamento di prove. Non ancora indagine per omicidio, perché per il momento l'unica certezza era che Leonardo fosse morto prima di entrare nella sauna. Quindi, l'unica accusa possibile e concreta riguardava l'avere spostato il corpo e la circostanza di averlo fatto ritrovare in mutande, anziché vestito. Se ne sarebbe occupata la squadra mobile di Milano.

Amelia rabbrividì, Enrico confessò di avere la nausea.

"Vuoi sapere come la penso?"

"Sì."

"La famosa seconda persona ha fermato Leonardo appena in tempo, prima che parlasse con me. Classica dinamica dell'eliminazione di un testimone. Se ti ricordi è morto alle 9:30 e noi alle 10 dovevamo vederci. Lo hanno fatto fuori prima che potesse dirmi cosa sapeva."

"Dovremmo scoprire chi c'era in casa al momento della sua morte."

"Ci penserà la polizia." Disse Enrico e Amelia sentì le

gambe cedere.

"Non ci vorrà molto prima che inciampino in qualcosa che sposti l'accusa da inquinamento di prove a omicidio. Quando troveranno il colpevole, perché alla mobile di Milano c'è gente in gamba e lo troveranno, potremo parlare alla polizia dei nostri sospetti riguardo alla morte di Camilla Rachele Landi."

Amelia tamburellò con le dita sul bracciolo del divano.

Tutte quelle ipotesi, così poco concrete e remote, la fecero precipitare nello sconforto. Tuttavia nel retro della sua mente già ronzava un pensiero.

"E se scoprissimo prima noi il colpevole?"

"Sono un bravo criminologo, ma non ho i mezzi a disposizione della Polizia di Stato."

"Io invece sì! Io ho mezzi che neanche l'FBI, la CIA e il vecchio KGB messi insieme. E li hai anche tu, come abbiamo scoperto, ma i miei senza offesa sono ben più potenti e sviluppati, visto che li curo da che ho memoria. Inoltre Camilla e io adesso abbiamo stretto un rapporto... speciale." Si sentiva di nuovo accesa, lo stava pregando di non mollare. Si era presentato quel fremito che la spingeva a non abbandonare mai un'avventura. Per quanto pericolosa, inquietante e oscura fosse. Mai, fino alla fine. Mai.

Avrebbe voluto aggiungere altro per convincerlo a restare, a non abbandonare la loro indagine, proprio adesso che erano così vicini alla verità.

Okay, va bene, la verità era importante in sé e per sé. Sarebbe stato più che sufficiente per fare giustizia che la polizia trovasse il colpevole, ma Amelia sentiva di dovere a Camilla qualcosa, di avere la responsabilità di farle da portavoce in questo mondo. E sapeva che era lo stesso per Enrico, adesso. Soprattutto visti i suoi sensi di colpa nei confronti di Leonardo e la sua recente scoperta di possedere vere abilità paranormali.

"Cosa hai in mente di fare, inarrestabile Amelia Montefiori? Perché lo so che hai in mente un piano."

Piccoli formicolii tra la nuca e il collo, chiuse gli occhi forte e li riaprì.

Inarrestabile Amelia Montefiori.

Respirò a fondo e scivolò fino al bordo del divano. Inarrestabile Amelia Montefiori.

"Villa Ghirlanda." Disse, mentre si alzava di scatto in piedi, illuminata.

Inarrestabile Amelia Montefiori, l'aveva chiamata. Non riusciva a smettere di ripeterselo.

"Andremo a Villa Ghirlanda."

Era quasi sera, girò la testa per guardare la sua città e le luci che la illuminavano proteggerla da fuori.

Amelia era nata a Torino, città del padre, ma quando aveva tre anni la sua famiglia si era trasferita a Milano, città di origine della madre, e lì erano rimasti anche dopo la morte di lei. A Milano aveva i nonni materni, zia Melissa e la Libreria Occhilupo che era sempre stato il rifugio preferito di Amelia e continuava a esserlo ancora oggi. A Milano aveva gli amici di scuola, la sua maestra preferita Fiammetta, le compagne di danza, le lezioni di equitazione del sabato, il corso di scacchi del martedì e quello di pittura del giovedì. Per gli scacchi era portata, per la pittura decisamente meno. Sua madre, restauratrice e pittrice, aveva insistito sperando che la figlia, oltre alle capacità paranormali, potesse ereditare da lei anche quei talenti. In realtà avrebbe finito per somigliare più al papà. L'arte, nel senso globale di creazione di bellezza, le piaceva studiarla, indagarla, più che crearla.

A Torino Amelia aveva invece solo il burbero nonno, il padre di Bernie. Un professore di letteratura inglese specializzato nei romanzi dell'epoca Vittoriana, che instillava in chiunque un profondo e chino senso di soggezione. A oggi era il solo nonno di Amelia ancora in vita e qualche volta si vedevano, ma il loro rapporto era sempre rimasto in superficie. Non sembravano nemmeno parenti. Il professor Oreste Montefiori a Bernie aveva trasmesso il cognome e la passione per gli studi accademici, ma nessun tratto caratteriale. Quello, in qualche modo, poteva essere merito della madre.

Per continuare a tracciare il caotico e confuso albero genealogico di Amelia, anche sulla nonna paterna aleggiava un mistero tanto grande e tanto imperscrutabile che sembrava incredibile. Non se ne conosceva l'identità, si sapeva solo che era americana.

Misteri, molti misteri intorno ad Amelia, sempre e da sempre. La sua famiglia non era ambigua come quella dei Radaelli, ma mettendo insieme i Montefiori e gli Occhilupo la sua storia era costellata di non detti così grandi da formare crateri.

Capitolo 19

Il sole splendeva felice quella domenica mattina. Aprendo la finestra al micio, Amelia aveva respirato un'aria che sembrava alpina. Erano le 6:35 e lei stava facendo qualche esercizio di yoga al centro del salotto, senza prendersi la briga di stendere il tappetino. Aveva trascurato anche la ginnastica, oltre a tutto il resto, nell'ultima caotica settimana.

Fece colazione in accappatoio, dopo la doccia, i capelli stretti in un asciugamano arrotolato a turbante. Mangiò due fette biscottate con marmellata di rosa canina e bevve una tazza di caffellatte con una proporzione inversa rispetto al solito. Molto più caffè, molto meno latte.

Aveva acceso la TV in salone su *Rai News 24*, sperando arrivasse qualche notizia su Leonardo Galanti. Tendeva un orecchio fuori dalla porta, dove l'apparecchio riproduceva il TG a volume 36. Era il momento della rassegna stampa, ma c'erano temi ben più urgenti da trattare. Gli scontri tra manifestanti e polizia in una Hong Kong che Amelia stentava a riconoscere. L'acqua alta che a Venezia era arrivata a un metro e mezzo, il piano di salvataggio della fabbrica ex-Ilva a Taranto, storie di corruzione, bisticci politici in parlamento.

Stava sciacquando il piattino e la tazza prima di metterli nella lavastoviglie, quando sentì che a proposito della morte di Leonardo Galanti per la prima volta si parlava di "circostanze misteriose" e non più di "tragico incidente".

Mollò tutto nel lavello, chiuse il rubinetto al volo e si precipitò in salotto con le mani ancora bagnate.

Le asciugò sfregandole sulle cosce coperte dalla spugna dell'accappatoio. Alzò il volume dell'apparecchio. Indiana rientrò trotterellando e si fermò accanto a lei.

Il giornalista si collegò ad alcuni titoli della carta stampata, soprattutto a *Il Messaggero*, che in quanto quotidiano romano si era naturalmente interessato alla vicenda. Lo descrivevano come un ragazzo semplice, nato a Roma, cresciuto al Pigneto dove i genitori e i fratelli gestivano una trattoria tipica in via Gattamelata. Raccontarono che viveva a New York da quattro anni, che faceva l'avvocato per uno studio che si occupava di immigrazione dall'Italia negli States. Lì aveva trovato l'amore in Norma Radaelli, una giovane milanese di buona famiglia, anche lei trasferitasi per motivi di lavoro. Era a Milano che Leonardo Galanti era morto in circostanze misteriose, proprio a casa dei genitori della sua ragazza. Sulle prime si era parlato di un malore dovuto all'alta temperatura della sauna, ma dopo l'autopsia disposta dal PM Sandra Marotti nuove domande si erano aggiunte.

Quante cose su Leonardo lei ed Enrico non conoscevano. Quante altre che invece solo loro conoscevano e non sarebbero mai state raccontate in un telegiornale. E non solo riguardo a Leonardo.

Amelia ed Enrico avevano portato a galla, grazie alla mano a tratti violenta del fantasma, infiniti retroscena in una sola settimana, ma c'era bisogno di molto di più per chiudere il cerchio.

*

L'Alfa Romeo di Enrico non era adatta a tragitti di più di duecento chilometri in un giorno, perciò si era presentato con la Nissan Juke della sorella Miriam. Dentro, un forte odore di fiori d'arancio veniva diffuso da un profumatore a forma di cuoricino appeso, un cuscinetto di seta preziosa bianco avorio. Sopra, due iniziali ricamate ton-sur-ton. M & G.
"Tua sorella è sposata?" Domandò mentre lo faceva dondolare.
"Si è sposata il mese scorso."
Impostò il navigatore sul percorso. Digitò "Villa Ghirlanda" e ad Amelia venne un capogiro.
"Che tipo è il marito?"
Qualsiasi informazione su Enrico o su chiunque lo circondasse le interessava da morire.
"È un cardiologo. Più grande di lei, al secondo matrimonio. Simpatico."
A giudicare dal tono piatto non sembrava gli piacesse più di tanto, né che avesse voglia di parlarne. Amelia lasciò perdere. Guardò il cuoricino appeso e si immaginò sposata, ma le risultò piuttosto difficile. Poi pensò al matrimonio tra Viola Radaelli e Giulio Soncini e si chiese se lo avrebbero mai celebrato o se quel rinvio si sarebbe tramutato in annullamento.

Allacciò la cintura ed Enrico mise in moto. Erano le 9 appena scattate quando lui ripartì immettendosi in via Vigevano. Una settimana prima Christophe a quell'ora era già decollato da Malpensa e lei stava fantasticando sull'enigmatico criminologo dello Scorpione conosciuto al party della Juniper, pensando che non lo avrebbe rivisto mai più. Alle 9 del mattino di una settimana prima, Amelia aveva già abbandonato l'idea di raccontare l'incontro a Jeff perché voleva tenerselo un po' per sé. Mangiava un croissant alla crema che era scesa al volo a prendere al Coven e lasciava scorrere episodi della quarta stagione di *Sex And The City*.
Osservandosi ora sorgeva spontanea una riflessione banale, ma vera: le cose potevano cambiare in fretta.
Davvero, davvero in fretta.

Lo stereo diffuse per quasi tutto il tragitto un concerto di musica classica a basso volume.
Fino all'uscita dall'autostrada A7 parlarono fitto fitto dei Radaelli, di Camilla, dell'autopsia su Leonardo, della rassegna stampa di *Rai News 24*, dell'articolo de *Il Messaggero* del quale anche Enrico era a conoscenza. Ripercorsero ogni evento e lui le domandò che cosa si aspettasse da quella visita a Villa Ghirlanda.
"Mi aspetto che Camilla si faccia coraggio, trovi la forza e ci indichi la vera e giusta strada, stavolta. Senza interfe-

renze e boicottaggi, visto che è proprio lei che danneggiano."

Lo disse sperando che il fantasma fosse in ascolto. Che le intenzioni mostrate la sera prima durante la seduta con la Ouija fossero sincere, immutate. Che avrebbe aiutato Amelia, come riusciva certo, ma che l'avrebbe aiutata. Senza fare del male a lei o ad altri. Per quanto colpevoli fossero questi "altri".

Enrico pagò il pedaggio in contanti per una sua forma di discrezione da investigatore. Mentre rimetteva via il portafogli, Amelia notò diverse carte di credito. Un'American Express, una Visa Gold e un'altra che non riconobbe. Aveva sempre il Panerai al polso e in lei cresceva la convinzione che Enrico fosse molto più benestante di quanto volesse far credere.

Non gliene importava del suo status in sé e per sé, le interessava capire perché avesse quello strano rapporto con il denaro. Con la ricchezza. Perché ne fosse al contempo attratto e respinto. Le tornò in mente la madre di lui, l'organizzatrice di eventi alla quale pareva poco affezionato. Aveva la sensazione che il suo strano rapporto con i soldi avesse a che fare con lei.

Alla loro sinistra, in un tripudio di note colorate, i vecchi hotel di Santa Margherita lasciarono il posto agli stabilimenti balneari chiusi. Poi l'alta scogliera, dalla quale rimirare in tutto il suo freddo splendore autunnale il Mar

Ligure. Amelia lo guardò con la coda dell'occhio e sentì il cuore che si fermava per un istante.
Quella Porsche è da un po' che ci sta dietro, pensò guardando dallo specchietto del passeggero.
Non disse nulla a Enrico. La strada era una sola, era domenica, c'era il sole. Non era tempo di bagni al mare, ma era una bella giornata e in molti erano in giro per la Riviera Ligure. Fermo a un semaforo provvisorio, Enrico ne approfittò per cambiare stazione radio.
Sulla provinciale c'erano lavori in corso per via di una frana. La Panamera grigio scuro era a tre auto di distanza dalla loro, in coda. Non si vedeva la persona alla guida.

Tradita da un selfie postato su Instagram, la celebre modella e influencer inglese ha dovuto ammettere che...

La voce squillante della radio conduttrice raccontò con entusiasmo una vicenda legata all'abuso di droghe e alcol che Amelia smise presto di seguire. Pensava alla parola "tradita". Pensava al grande quantitativo di alcool trovato nel corpo di Camilla. Pensava alla parola "influencer" quindi a Eleonora Santi e si chiedeva che cosa provasse Enrico per quella ragazza. Gli domandò se stessero insieme da molto. Così, con naturalezza. Come avrebbe fatto in qualsiasi altro caso, dopo una settimana intensissima a stretto contatto. Era lecito, no?

Enrico rise.

"Hai pensato a Eleonora perché stavano parlando di influencer?" Indicò la radio con un cenno del mento. Amelia ammise di sì.

"Allora è davvero famosa, io credevo avesse comprato i follower o robe del genere."

Lei scosse la testa, guardò fuori dalla sua parte e poi lui. Il semaforo era sempre rosso.

"Sei crudele. Eleonora è molto carina, se li è guadagnati i suoi numeri." Provò a difenderla, ma non aveva granché per sostenerla.

Enrico alzò le sopracciglia e non disse niente. Riprese a guidare, riprese a parlare.

"Usciamo da qualche mese, comunque. L'ho conosciuta quando ho lavorato per suo fratello, Federico Santi, il difensore del Bayern Monaco."

"Ah. Non lo sapevo." Commentò. "Voglio dire, non avevo mai sentito nominare prima Federico Santi."

Enrico scalò la marcia. Un altro rallentamento, stavolta dovuto a un'auto che faceva manovra con a rimorchio un piccolo motoscafo.

"Ti piace il calcio?" Le domandò come fossero al bar, a bere uno Spritz al loro primo appuntamento.

Pareva assurdo parlare di sport e di semi fidanzate influencer in quel frangente.

"Sì, direi."

"Squadra?"
"Nessuna per la quale sgolarmi, ma forse Inter. Mio padre invece tifava Torino, era super appassionato. Ha smesso quando mia madre è morta perché la notizia che si erano perse le tracce dell'ultraleggero sul quale viaggiava è arrivata mentre guardava una partita di Coppa Italia. Da lì per lui il calcio ha preso un brutto significato."
Amelia non sapeva perché gli stesse raccontando tutti quei dettagli intimi.
"Tu invece?" Cercò di tornare nei suoi ranghi.
"Milan." Rispose secco.
Nessuno dei due commentò il fatto che simpatizzassero per squadre rivali.
Enrico prese a parlare del grande inizio campionato dell'Inter di Antonio Conte, ammettendo la netta inferiorità del suo Milan. Nominò alcuni calciatori che lei onestamente neanche ricordava appartenessero alla rosa dell'Inter. A parte Lukaku, quello lo conosceva. Il calcio non era male come sport, ma starci dietro era tutta un'altra storia.
"Ecco, lui è il mio preferito." Disse come se si trattasse di uno dei Power Rangers.
"Ha la maglia numero 9, che è il mio numero. Sono nata il 9-9-1990 alle 9 in punto del mattino." Sorrise in modo un po' sciocco, Enrico ricambiò nello stesso identico modo.
"Sei nata magica."

Amelia sorrise ancora.

"Anche io sono nato il 9. Di novembre, se ricordi. E il giorno 9 novembre, sempre se ricordi, ci siamo incontrati. Forse è il numero magico di entrambi."

Fece una pausa mentre inseriva la freccia per imboccare una stradina strettissima in salita indicata dal navigatore.

"Al party della Juniper." Aggiunse come se Amelia avrebbe mai potuto scordarsene. Oltre al fatto che erano passati appena otto giorni e che in quei giorni avevano vissuto quello che avevano vissuto, era certa che non lo avrebbe comunque dimenticato. Mai. Neanche se avesse ricevuto una botta in testa potente.

"Se fossi Adam Kadmon ora starei dicendo 'coincidenze? Io non credo'."

Lei scoppiò a ridere. Per il riferimento a quel bizzarro personaggio, ma soprattutto per coprire il batticuore.

Ma sei uno Scorpione, in tutti i sensi. Perciò sai giocare così bene, pensò.

Enrico svoltò per entrare nel parcheggio.

Dopo di loro una Golf, una Mercedes decappottabile e una motocicletta della BMW. Nessuna traccia della Porsche Panamera di prima.

*

Arrivati davanti all'imponente cancello di Villa Ghirlanda, Amelia sentì un brivido fortissimo. Una scossa di terremoto di grado VII della Scala Mercalli. Non riuscì nemmeno a guardare Enrico da quanto era paralizzata in quel momento. Paura, ansia, angoscia, senso di pericolo, odore di rischio. Era lo stato d'animo che le suscitava l'imminenza di ciò che l'attendeva al di là di quel cancello in ferro battuto dipinto di bianco.

"Tutto okay?" Lui le accarezzò appena la spalla.

Il tocco fu così leggero che era difficile dire se lo avesse sognato o no.

"Sì." Rispose con una vocina.

Amelia si sentiva emotivamente stanca eppure carica.

"Ci siamo." Sussurrò con tono di religioso rispetto.

"Ci siamo." Le fece eco lui.

Come Enrico aveva letto dopo una ricerca su Google, c'erano in effetti diversi vigilantes sparsi per l'immenso parco di Villa Ghirlanda. E volontari del Touring Club sorridenti, accoglienti e ignari del motivo ben poco culturale della loro visita.

"Possibile che nessuno abbia visto niente, la sera della morte di Camilla? C'era una festa, santo cielo. E, a giudicare dalle foto, parecchia gente." Enrico si era chinato all'orecchio di Amelia.

Lei intanto osservava le persone presenti nel parco. Famiglie con bambini piccoli, coppie di teenager, tizi a spasso con i cani ai quali però era proibito l'accesso ad aiuole e prati. Potevano passeggiare solo sulla parte ricoperta di ghiaia e i loro bisogni andavano categoricamente raccolti. Ghiaia, certo. Amelia pensò a Camilla, che su quella stessa ghiaia aveva camminato. Per l'ultima volta.
"Possibile che nessuno abbia visto niente?" Domandò con un copia incolla Enrico.
La voce di Norma le risuonava in testa: "Dille che io non ho visto niente."
Uno dopo l'altro Amelia riconobbe tutti i dettagli del sogno. La grande, immensa terrazza sul mare. Il profumo dell'aria. Persino la luce. Era come se fosse già stata in quel posto almeno due volte. E molte, molte altre se si consideravano le scene che riproduceva il fantasma di Camilla. Lo disse a Enrico, lui si voltò a osservare la facciata della villa. Era in stile Neoclassico, bianca. Nonostante avesse una proprietà da quelle parti, a Rapallo per l'esattezza, Amelia sulla Riviera Ligure non andava così spesso. Metteva in affitto la casa, soprattutto in estate, ma avrebbe potuto usufruirne quando voleva. Invece negli ultimi dieci anni ci era stata a malapena quattro volte. I suoi viaggi per il mondo erano talmente frequenti che a volte dimenticava quanta sontuosa bellezza si potesse scovare a due ore scarse da Milano. Peccato, perché an-

che la casa in sé era molto bella. Sua madre e sua zia l'avevano ereditata dalla nonna. Era stata intestata a Rebecca e a sua volta Amelia l'aveva ereditata da lei. Spesso aveva cercato di convincere zia Melissa che fosse anche sua, ma lei sosteneva che appartenesse soltanto ad Amelia. Qualche volta però si concedeva un weekend solitario fuori stagione lì, passava a prendere le chiavi da Amelia e nel tragitto chiamava il custode per chiedere di accendere il riscaldamento.

La Liguria era magica. Fuori dal tempo, elegante. Altera e misteriosa. Affacciò lo sguardo sul mare così scuro visto da lì. Lo spostò sulla costa alta e frastagliata, ricca di un verde intenso a macchie. Ricordò che diversi anni prima da quelle stesse parti era morta una nobile con un nome strano. Nello stesso modo di Camilla, se non sbagliava. Domandò a Enrico se lo rammentasse.

"Certo, la contessa Vacca Agusta. Era il 2001 e la dinamica è pressoché identica. Ma se stai pensando a un serial killer, direi che ne dubito fortemente."

"No, affatto. Riflettevo e basta."

Per un attimo aveva avuto l'impressione di essere riuscita a leggere nella mente di chi aveva ucciso Camilla. Aveva intercettato un pensiero.

"Precipitare da una scogliera e finire in mare è una cosa che può capitare. Che è già capitata, da queste parti tra l'altro. Passerà facilmente per un tragico incidente."

Un venticello fresco adesso muoveva i capelli castano scuro a mezza lunghezza di Enrico. Lo vide alzare la testa verso le finestre della villa, indicarle.
"Qual era la nostra camera nel tuo sogno?"
Prima che lei potesse parlare, un bel ragazzo biondo, con la barba, un parka rigido e un Border Collie al guinzaglio passò in mezzo a loro chiedendo scusa. Il cane era giovane e difficile da gestire, tirava come un forsennato e faceva le feste ad Amelia. Lei rispose con freddezza.
Un delicato pat-pat sulla testa bianca e nera del cane e un passo indietro.
"Scusa." Ripeté il proprietario rivolto ad Amelia.
Aveva una voce giovane, di petto. Era carino. Alzò la mano libera dal guinzaglio, poi si voltò per sgridare il cane che adesso si rotolava sulla ghiaia con movimenti convulsi.
"Chris, smettila, cosa fai!" Gli disse.
Chris. Lei ed Enrico si guardarono. Quel Chris in versione canina era venuto a interrompere la tensione tra loro. In versione canina, appunto. Forse i soli animali che Amelia sentiva di amare e capire poco. Christophe una volta ancora li aveva intercettati. Amelia lo avvertì come un doppio ammonimento di Camilla. Primo: non ti distrarre, sei qui per altre ragioni, non per flirtare con Enri-

co Limardi. Secondo: ricordati che "un tradimento ha sempre conseguenze peggiori di un paio di corna".

La perla di saggezza popolare dell'uomo del carro attrezzi le sarebbe rimasta impressa per sempre.

Voltò le spalle a Villa Ghirlanda e riversò lo sguardo sul giardino formale o all'italiana, che era un vero capolavoro. Occupava una parte della terrazza principale. Il centro simmetrico, che corrispondeva anche a quello della villa, era definito da una fontana con sirene e delfini. Somigliava molto alla Fontana del Piermarini a Milano, ma questa era più piccola e più sontuosa.

Il giardino, fatto di siepi di bosso che seguivano motivi geometrici, si estendeva soprattutto ai lati di Villa Ghirlanda. Sulle sue ali, per così dire. Intervallato da olmi, roseti, numerose statue di gusto Neoclassico, non tutte originali. Un frutteto esotico, alcuni cipressi californiani, fichi, camelie, un piccolo tempietto con colonnato dorico.

Nonostante quello che sapeva, Amelia non riusciva a fare a meno di vedere Villa Ghirlanda e il suo parco come un luogo incantevole. Si sentiva colpevole di non esserci mai stata prima e si disse grata a Camilla per averglielo fatto conoscere. I profili del parco erano movimentati da numerosi terrazzini a semicerchio, protetti da una corona di balaustre. Alcuni erano del tutto visibili, altri solo in parte. Su uno di essi, in particolare, ad Amelia cadde lo sguardo. Fu come se una forza irresistibile cercasse di risucchiarla e attirarla fin là. Rimase ferma a fatica sulle gambe. Chiuse gli occhi, li riaprì. Un mastodontico pino d'Aleppo faceva da ombrello al terrazzino laggiù. Ne mostrava solo una parte.

"Dille che io non ho visto niente!" "Ehi, fermati, vi ho visti!" "Ahia, sei pazza?" "Chi sa torna per parlare"...

E poi rumore di tulle strappato, la ghiaia sotto i piedi, l'aria calda come fosse estate. Il cielo che dava parvenza di un'eclissi dopo che una grossa nuvola solitaria aveva coperto il sole. Due persone, Camilla ce l'aveva con due persone. Tradimento. Qualcuno l'aveva tradita. Due persone l'avevano tradita. Oppure...

Davanti a lei, a trecento metri in linea d'aria, Camilla come fosse in carne e ossa. Mentre sotto si distingueva la melodia di una canzone, quella ascoltata con Enrico in macchina e di nuovo durante l'ultimo viaggio onirico a seguito dell'incidente. *Terrible Thing*.

Cosa terribile. Tragica. Un tragico incidente.

Amelia fece un passo, con la mano sinistra sistemò la cuffia in testa. L'altra la sollevò, il dito indirizzato verso il punto in cui adesso era certa fosse morta Camilla.

"È successo lì." Riabbassò la mano e si girò verso Enrico, poi di nuovo tornò al terrazzino.

"Credi sia caduta da quel punto?"

Enrico aveva gli occhi lucidi, per il vento e per la strana emozione che li avvolgeva.

"L'ho appena vista. Cadere, intendo."
Lui si fece più vicino.
Cercò di spiegare, ma non era affatto semplice.
"Camilla mi ha mostrato il modo e il punto esatto in cui è morta".
Enrico adesso guardava il mare, le mani nelle tasche, i lembi del cappotto nero svolazzanti. La gamba sinistra poco più avanti della destra, una reinterpretazione in chiave contemporanea del *Viandante sul mare di nebbia* di Caspar David Friedrich.
"È incredibile." Mormorò.
Planò sulle onde con lo sguardo, sul parco della villa, sulla villa in sé, sul giardino all'italiana, sul terrazzino.
Si fermò su Amelia.
"Sono sicuro di avere visto quel balconcino dalla strada. E di avere guardato gli scogli sotto, pensando che fosse lì che avevano ripescato il cadavere."
Non poetico, ma per lui era una grande emozione. Cominciava a sviluppare le abilità sensitive che gli erano state donate. Dal nonno e chissà da chi altri prima. Chissà qual era la sua storia lontana. Chissà chi erano quelli che gli anglofoni chiamano "ancestors", termine che in italiano purtroppo non ha una traduzione altrettanto evocativa. Antenati, sì. Avi. Ma di più. Le sue radici arcaiche.
Avrebbe voluto sapere tanto di Enrico, scoprire più cose sul suo conto, ma la loro avventura stava volgendo al

termine e Amelia lo sentiva nelle ossa.

Era quello il significato del brivido provato davanti ai cancelli. Sapere che finalmente avrebbero conosciuto la verità e visto il puzzle completo. Allo stesso tempo, rendersi conto che l'arrivederci a Enrico era vicino. Arrivederci, perché a un addio non riusciva neanche a pensare. La sola idea le faceva più paura di vedere un fantasma inscenare la propria fine. O di finire contro a un albero con la macchina.

"Che dici, andiamo?"

La richiamò Enrico. Amelia restò immobile, lo sguardo fisso sul terrazzino. Scosse la testa. Enrico mostrò la sua contrarietà.

"Non pensarci nemmeno. Ho capito che sei testarda, che sai prenderti cura di te, che non temi il pericolo e che sei inarrestabile, ma..."

Inarrestabile Amelia Montefiori.

"Enrico, credimi. Devo andarci da sola. Sono sicura che Camilla non mi farà niente, ma sono altrettanto sicura che voglia parlare con me e basta. Sono pronta a rischiare, qualsiasi cosa accada."

Si ripeté in silenzio le ultime tre parole.

Qualsiasi cosa accada. Provò una sensazione brutta, ma non lo disse. Altrimenti non l'avrebbe mai lasciata. Enrico lo sapeva, ormai quell'indagine era tanto sua quanto di Amelia. Lo era stata dal primo giorno a casa dei Radaelli.

Dalla prima apparizione, sotto forma di un alito di vapore acqueo, dello spirito di Camilla. Lo era diventata di volta in volta di più. Fino a che adesso sentiva un legame con quel fantasma davvero forte. Forte, anche se in modo totalmente diverso, come quello con Enrico.
Era felice che si preoccupasse per lei, che ci tenesse. Certo, neanche la peggiore delle persone se ne sarebbe fregata totalmente. Però in quella vicenda ne aveva viste tante di persone crudeli e disinteressate, secondo Amelia due aggettivi speculari con lo stesso principio. Norma, che sosteneva di "non aver visto niente" quando invece sembrava evidente il contrario. Viola, che diceva di non potere fare "altro" per aiutare lo spirito di Camilla a trovare giustizia e pace, nonostante fosse stata la sua migliore amica. Giulio, cagnolino fedele e innamorato. Regina, che prima si allarmava e poi con scuse bugiarde ritirava le indagini. Tommaso, che copriva montagne di segreti con la sua arroganza. Persino Nenita, la cameriera tanto integerrima da non sforzarsi di allargare i propri confini mentali e capire che la giustizia non ha un volto solo.
Pensava questo, mentre guardava la balaustra lontana.
"Tu tienimi d'occhio da qui."
Le onde si alzarono sotto a un principio di bufera del tutto inatteso. Le acque nelle quali era precipitata Camilla erano scure e burrascose. In ogni senso.

Capitolo 20

Per arrivare al terrazzino impiegò pochi minuti. Seguì un sentiero labirintico tra cespugli alti a forma cilindrica, ulteriormente oscurato dalle fronde del pino d'Aleppo. In certi punti si creavano delle piccole svolte, a destra o a sinistra, che a loro volta creavano anfratti. Pensò che lì si sarebbe potuto nascondere chiunque, in qualunque momento. Di giorno o di notte. Con la villa piena di gente o solo vagamente frequentata. Tremò e per poco non si sentì il rumore dei suoi stivaletti neri stretti alla caviglia sulla ghiaia. Si era bloccata, per il pensiero di una persona nascosta tra i bossi e perché alzando lo sguardo si era accorta di essere a un paio di metri dal punto in cui Camilla era morta. Quelli che Amelia avrebbe percorso, erano stati gli ultimi passi di un'altra persona.

Il terrazzino era rotondo, persino più piccolo di quanto apparisse guardandolo da dove si trovava prima. Si sporse e per prima cosa cercò Enrico. Non lo trovò facilmente, ma lo trovò. Alzò il braccio sinistro, lo sventolò per attirare il suo sguardo.

Lui la vide. Ricambiò.

Anche da lì si capiva che era teso. Giunse le mani in preghiera, come per dirle "stai attenta." Amelia rispose con il pollice alzato e un sorriso fintamente sicuro che sperò non riconoscesse come fasullo. Perché a dire tutta la verità, lì adesso in quel momento preciso, si stava pentendo di essere sola. L'atmosfera era oltre lo spettrale.

Era come se ogni singolo elemento, botanico o architettonico, naturale e atmosferico, parlasse di Camilla. Trovò il coraggio di affacciarsi e guardare in basso. Le rocce appuntite e frastagliate, la distanza a occhio e croce di trenta metri dal mare.

Un bel volo, pensò Amelia.

Non aveva mai sofferto di vertigini, aveva fatto anche parapendio. Aveva attraversato ponti tibetani ed era salita su una mongolfiera. Vedere quel salto però le fece cedere le ginocchia. D'un tratto e per un breve istante ogni cosa scomparve. Buio totale. Amelia non aveva gli occhi chiusi, ma ora li chiuse. Li riaprì.

Era sera. Faceva caldo, il cielo era puntellato di bellissime stelle. Un venticello caldo e piacevole serpeggiava tra gli alberi e le piante.

"Che questa notte illumini il mio cammino" la sua stessa voce le sussurrò alle orecchie.

Amelia era lì eppure non era lì. Proprio come era già successo in quei giorni. E diverse volte, nella sua vita. Adesso però la sensazione era differente. Poteva avvertire il peso dell'aria, ma non quello del corpo. Provò a toccarsi un braccio. Non sentì nulla. Portava lo smalto nero, ma adesso pareva rosso. La sua pelle era diversa. Riusciva a muoversi e ad agire materialmente sul proprio corpo, senza però sentirlo. Abbassò lo sguardo fino ai piedi e vide una gonna a ruota di tulle nero, un paio di sandali argento. Si toccò i capelli. Lisci. Ne afferrò una ciocca e la portò davanti agli occhi. Biondo chiaro. Sussultò. Barcollò, quasi cadde.

Si rese conto di avere una borsetta appesa alla spalla. La aprì. Un porta carte di credito di Louis Vuitton color ghiaccio. Dentro, contanti. Duecento, trecento euro circa in banconote di diverso taglio. Chiavi di casa. Un iPhone 5 con la cover di silicone. Nel taschino interno senza cerniera c'era un balsamo per le labbra, una boccetta formato viaggio di profumo che annusò e riconobbe subito. Dolce, caramelloso. In fondo, sul lato, un pacchetto di Marlboro Touch. Lo aprì. Un accendino Bic con gattino rosso su prato verde.

Il cuore batteva fortissimo, era la sola cosa che sentiva a livello fisico. Per il resto era anestetizzata. L'unica cosa che le restava di suo era il pensiero, l'emozione. Amelia era Amelia, ma Amelia era anche Camilla, in quel momento.

Prese il cellulare, bloccato da password. Guardò ora e data. 11:35 PM - Mercoledì 27 luglio 2016. Alzando gli occhi si accorse di non essere più sul terrazzino, ma in un luogo chiuso. C'era un corridoio davanti a lei. Lontane eppure vicine: musica, risate, tintinnio di calici. Sentì due persone che parlavano a bassa voce e ridacchiavano. Non potevano essere a più di venti centimetri da Amelia, di fronte, ma non le vedeva. Rumore di tacchi, una porta che cigola. Sulla destra un'altra porta che si apriva e si chiudeva. La targhetta inserita in una cornice dorata di gusto barocco diceva "Toilette". Una figurina femminile, riproduzione di qualche illustrazione dei primi del Novecento, dichiarava il genere al quale era riservato il bagno. Amelia afferrò la maniglia, la spinse.

Aprì la porta ed entrò. Buio. Rumore di tacchi a spillo e altri passi. Una risatina bassa. Un bacio. Altri cigolii. Un piccolo sospiro di stupore. Di nuovo luce, ma al posto di quello che Amelia si aspettava, ovvero lavandini e gabinetti, si trovò nel parco della villa. Non sul terrazzino, ma nel sentiero che vi conduceva. Passi sulla ghiaia. Silenzio. Altri passi prima silenziosi, poi sempre più rumorosi e rapidi.

"Ehi! Fermati!" Voce femminile.

Pausa.

"Che c'è?" Voce maschile, infastidita.

"Che diavolo sta succedendo? Vi ho visti! Vi ho visti in bagno." Voce femminile agitata.

"Sei ubriaca Cami, guardati. Vatti a sciacquare la faccia."

Il mare. Le stelle, gli odori. In lontananza li percepiva ancora, ma la sua attenzione era tutta per i suoni adesso.

Cami, aveva detto.

Altri passi, stop.

Amelia si rese conto di essere rimasta senza un sandalo.

Colpo secco.

"Ahia." Rumori vari.

"Che diavolo fai sei impazzita! Mi hai tirato una scarpa, tu sei fuori."

I cuori di Amelia e di Camilla presero a battere sempre più forte. Ancora passi.

Adesso erano di nuovo sul terrazzino. Come in un sogno gli spostamenti erano effimeri, ma le sensazioni concrete. Era tutto così strano e spaventoso.

"Dimmi che mi sono sbagliata, dimmi che non eravate insieme in bagno giusto pochi minuti fa. Dimmi che sono davvero pazza!"

Silenzio.

"Guardala. È lassù." Disse la voce femminile.

La prospettiva di Amelia cambiò. Ora vedeva il punto in cui Enrico, in un'altra dimensione, si sperava stesse ancora vegliando su di lei.

Fu un attimo, ma fu sufficiente. Una figura snella e alta, i capelli castani acconciati, l'abito di seta avorio. Come nelle foto del party. Lontana eppure identificabile.

"Ci sta guardando perché lo sa che vi ho visti. Vi ho visti!"

"Senti, per favore. Adesso calmati." La voce maschile cercò di essere convincente, ma tremava.

"No che non mi calmo. Come potete farle questo? Se non glielo dici tu lo faccio io e credimi che sarà peggio per tutti."

Silenzio, uno sbuffo. Un'imprecazione tra i denti. Un calcio sulla ghiaia. Il lancio di qualcosa lontano.

Ai suoi piedi Amelia vide arrivare l'altro sandalo. Ammaccato. Com'era strano. Alcuni cose riuscivano a permeare lo strato e agire nel terreno, altre no.

Non vedeva gli attori protagonisti, ma li sentiva e, addirittura, era nei panni di uno dei due. Era dentro al corpo di Camilla, dentro ai suoi nervi, ma la voce di lei veniva da fuori. Un bizzarro psicodramma che sperava solo non sarebbe finito nello stesso modo. Amelia voleva essere lì e al contempo ne era terrorizzata e sapeva che non avrebbe potuto uscire facilmente da quella dimensione.

"Sto chiamando Viola, la sto chiamando." Sentì dire a Camilla.

Uno spostamento d'aria, un solo squillo, poi niente.

"Che cosa hai fatto! Il mio telefono!"

Amelia guardò nella borsetta. L'iPhone 5 non c'era più.

Tanti rumori diversi: onde che si infrangevano sugli scogli, una musica lontana, risate, voci remote, ma soprattutto un continuo scalpiccio sulla ghiaia.

Un grido rapido e spezzato, di sorpresa. Quella canzone, *Terrible Thing*.

Poi un altro urlo, più profondo e disperato, che andava scemando. Un colpo sordo, ripetuto più volte. Tulle strappato. Un tonfo nell'acqua.

Qualche istante di silenzio. Due passi sulla ghiaia.

Un respiro profondo. Un cuore che batteva fortissimo.

"Oddio." Detto tra i denti.

Altri passi, poi due tonfi meno udibili.

La sensazione orribile di sentire il respiro di un assassino.

*

Fu spinta a rialzare le palpebre dalla mancanza d'aria e da una pressione dolorosa alla trachea.
Era tornato il giorno, era tornato novembre, era tornata Amelia. Stretto attorno al collo sentiva un braccio. Profumo maschile. Era bloccata, quasi senza fiato. Il corpo del suo assalitore mostrava molta più forza di quella che si potesse credere. Si trovava sul ciglio della balaustra. Spostò gli occhi finché poteva alla sua destra. Riusciva ancora a vedere il punto lassù dove sarebbe dovuto essere Enrico. Sarebbe dovuto essere, perché non lo vide.
"Dov'è? Dov'è Enrico?" Chiese lottando, con la voce che sembrò strisciarle fuori dal naso, anziché dalla bocca.
Silenzio.
Cercò di ribellarsi alla presa, ma non era brava in quelle cose. Il collo era stretto da un braccio, mentre un altro braccio la bloccava all'altezza della pancia.
Se sopravvivo giuro che vado al corso di autodifesa della cognata di Selene, fu il fioretto di Amelia all'Universo.
"Hai ucciso tu Camilla e anche Leonardo."
Silenzio.
La stretta ancora più forte.
Qualcuno mi vedrà, qualcuno mi vedrà, si convinceva Amelia. Forse Enrico ha visto tutto e sta venendo qui. Vista. "Vi ho visti!"

"Eri con Norma la sera in cui è morta Camilla, vero? Lei vi ha visti e tu l'hai uccisa. Perché stava per dirlo a Viola. So come sono andate le cose, so tutto."
Nessuna risposta, la presa che si faceva ancora più violenta e decisa.
"Dovevate farvi gli affari vostri, tu e il tuo amico." Ringhiò. "Stupida sensitiva."
Premette sulla gola più forte, Amelia tossì. Le venne da vomitare.
"Dov'è? Dov'è Enrico?"
Forse stava per morire, perché le sembrò di vedere sua madre. E sua nonna. E tutte le donne che l'avevano preceduta. E Camilla.
"Aiutatemi." Le venne da sussurrare. "Aiutatemi."
Pensò a sua zia che l'aveva avvertita. A Jeff. A Indiana, così preoccupato quando era tornata a casa dopo l'incidente. Provò a divincolare la testa, tentò persino di mordergli il braccio, ma non ci riuscì. Nel movimento però lui si tagliò.
"Ahia!" disse.
Lo stesso "ahia" che aveva già sentito nell'ultimo dialogo concitato tra Camilla e lui. Amelia era ancora stretta dai fianchi, ma con una mezza piroetta e una spinta del sedere si liberò.
Era di fronte a lui. Era davvero di fronte a lui. Su quel terrazzino. Lui teneva il braccio piegato e si leccava la

ferita sul polso. Sopra lo sterno di Amelia brillava il ciondolo-amuleto.
Lo smeraldo grezzo, leggermente sporco di sangue.
È stato lo smeraldo grezzo a ferirlo! Si disse. Era stato il suo amuleto a proteggerla! Le preghiere erano state ascoltate.
Appena un attimo dopo, però, tutto precipitò nuovamente. Amelia cercò di scappare. Tuttavia, anche se non aveva più un avambraccio attorno al collo, ora aveva una pistola puntata contro. Con il silenziatore inserito. Come nella peggior scena del peggior thriller. Solo che era reale. Non c'erano registi, macchinisti, controfigure. Amelia adesso era Amelia e la persona di fronte a lei era tutto fuorché innocua.
"Come te la sei procurata, quella?"
La curiosità era riuscita a prendere il sopravvento sulla paura di morire. Ma dove diavolo era Enrico? Era terrorizzata che gli fosse successo qualcosa.
"I soldi e la posizione della mia famiglia possono permettermi questo e altro." Sorrise.
Indicava l'arma con gli occhi. Occhi piccoli, che ora sembravano spilli. Ricordò di averlo definito dentro di sé "indiscutibilmente bello" o qualcosa del genere. Si sentì svenire al sol pensiero.
"Chi ti ha aiutato?" Riuscì a chiedergli.
"Tutti quanti, anche quelli che non sapevano di aiutarmi."

Oh mio Dio, l'ha detto sul serio, pensò Amelia.
Era percorsa da brividi e nausea.
Ucciderà anche me. Ucciderà anche me, come ha ucciso Camilla. E Leonardo. E se avesse ucciso anche Enrico?
"Qualcuno in particolare?" Osò.
Se doveva lasciare quel mondo, che almeno lo lasciasse scoprendo tutta la verità.
Oppure le sarebbe toccato tornare tra i vivi come spirito, ben più furiosa di Camilla.
"Lo sai già."
Dalle espressioni impassibili di lui capì che non aveva paura di niente. Ma forse era proprio in quel modo che poteva combatterlo. Mostrandogli che non ne aveva nemmeno lei, di paura anche se non era affatto vero.
Inspirò ed espirò dal naso in silenzio e sempre con le mani alzate, fece un passo verso di lui, rischiando.
"So cosa significa avere mezzi illimitati. Credo che con una qualsiasi delle mie carte di credito potrei comprare persino te." Si sentiva Fallon Carrington.
"Pensi che sia così sprovveduta da essere qui senza aiuti?" Continuò. "A parte il mio amico, chiaro."
Era brava nella tecnica del bluff, oltre agli scacchi sin da piccina giocava a poker. Forse non conosceva mosse di Krav Maga o di Wing Chun, ma sapeva come giocare con la mente altrui quando ci si metteva.
Con lui, però, era dura scalfire il muro. Era troppo freddo,

troppo dentro alla sua missione. Ma ogni missione ha un solo e unico vero scopo. Qual era il suo? Rimise insieme con tutta la lucidità che poteva i pezzi. Avvertì una presenza accanto a sé, che come un suggeritore in teatro le forniva risposte.

Camilla? Domandò dentro di sé. Camilla, se puoi sentire, aiutami!

Un soffio, leggero.

Guardò lui, lo ricordò avvinghiato a Viola Radaelli, sulla poltrona. Poco prima dell'apparizione di Camilla. Ricordò il suo sguardo nei confronti di Viola. Viola...

Era un assassino, però anche gli assassini sono in grado di innamorarsi. Forse non di amare, ma di innamorarsi, sì. Quella è una capacità concessa a chiunque, senza distinzioni. E lui, di certo, era innamorato di Viola. Nonostante l'avesse tradita, nonostante tutto. Era innamorato di lei e quello Amelia lo sentiva, era vero.

Il cuore della sua missione omicida era Viola.

Per nasconderle la verità della sua storiella con Norma, aveva ucciso Camilla. Le era rimasto accanto, l'avrebbe sposata. Con il ritorno di Camilla come fantasma pronta a scagliarsi contro a quel matrimonio, nel tentativo di avvertire Viola buttando a terra vasi, aveva finito per sentirsi braccato. Leonardo aveva scoperto qualcosa, ma anche gli altri, in modi diversi, sospettavano. Nenita, che ora era

certa fosse stato proprio lui a far licenziare, sospettava. Amelia ed Enrico, a loro volta, avevano sospettato.
"Hai fatto tutto per amore di Viola, immagino. Per stare con lei, per sposarla. Non hai tolto di mezzo Camilla e Leonardo perché si mettevano tra di voi? Se mi uccidi non riuscirai a coprire anche questo, credimi. Verrebbero a galla tutti gli altri delitti e tu passeresti il resto della vita in carcere, altroché accanto alla donna che ami. Non ti prometto che non dirò nulla di quello che ho scoperto, se mi lascerai vivere, ma sono certa che con un buon avvocato riuscirai a cavartela per le morti di Camilla e Leonardo. In fondo sono stati omicidi colposi, no? Questo invece sarebbe premeditato ed è tutta un'altra storia. Non serve una laurea in giurisprudenza per saperlo."
Chissà dove aveva trovato tutto quel coraggio. Aveva sempre sentito dire che in punto di morte ci si sentiva onnipotenti, forse era quella la ragione. O forse l'aiutava sentire le streghe della sua famiglia vicine. E Camilla.
Il suo interlocutore non cambiò espressione, ma lo vide esitare e pensare e scuotere la testa e poi abbassarla.
Per poi rialzarla, però, e guardare Amelia con ferocia. Stava per farlo, riusciva a sentire l'articolazione delle dita di lui stringersi intorno all'impugnatura della pistola e al grilletto. Non era riuscita a convincerlo.
Una fortissima folata di vento caldo venuto dal mare scompigliò tutto, mosse le fronde del pino d'Aleppo e

fece piegare alcuni cespugli più alti e più fragili. Da terra si alzarono dei sassolini di ghiaia. Un piccolo tifone che prese a volteggiare per aria. Alcuni si scagliarono come violenti proiettili negli occhi di lui. E lui, come accecato, gettò un grido di dolore e fu costretto a lasciare la presa.

Accadde tutto in un lampo.

Amelia che si lanciava per prendere l'arma, lui che faceva altrettanto. I due che lottavano a terra. Lei che riusciva ad afferrare la pistola, rendendosi conto di quanto fosse pesante e si alzava in piedi barcollando.

Lui che da sdraiato le colpiva con la punta della scarpa da tennis la coscia. Lei che rischiava di cadere di nuovo, sbatteva il ginocchio sulla balaustra. Lui che in uno scatto si alzava e le piombava addosso...

Amelia riuscì a lanciare la pistola lontano, verso il viale d'accesso, ma nel frattempo lui la afferrò per i polsi e la spinse indietro e indietro e indietro... fino al punto esatto in cui tre anni e mezzo prima aveva spinto giù Camilla.

Qualcosa però impediva al corpo di Amelia di precipitare. Due mani la afferravano da sotto. La reggevano, la sostenevano. Con fatica. Unghie rosse, pelle chiarissima. Profumo dolce. La spinsero nella direzione opposta, verso di lui, ma anche verso la salvezza. Cadde a terra, si ferì i palmi sulla ghiaia.

Camilla! Le mani di Camilla! Camilla l'aveva salvata.

Era in posizione orizzontale, il cuore fuori dal petto. I sassolini nei capelli, in bocca, la cuffia finita chissà dove. Il ginocchio che pulsava.

Alzò gli occhi, vide un braccio dentro a un cappotto scuro che sferrava un pugno.

Sentì un "ahia" molto, molto più forte e scomposto stavolta.

Un tonfo. Rumore di ghiaia smossa. Due occhi marroni magnetici, scorpionici. Un volto familiare.

"Amelia! Amelia mi senti? Stai bene? Oh, Amelia…"

Capitolo 21

Lo stesso terrazzino che aveva fatto da teatro alla lotta tra l'assassino e Amelia e al provvidenziale intervento del fantasma di Camilla si era improvvisamente affollato. C'erano Amelia ed Enrico, ma c'erano anche tre carabinieri della caserma di Santa Margherita Ligure e un vigilante di Villa Ghirlanda. Enrico stava appiccicato ad Amelia, non la mollava. Aveva preso a correre verso il terrazzino quando aveva visto che veniva aggredita.
Ora, sullo sfondo, tenuto fermo da un quarto militare, Giulio Soncini era in manette.

La storia clandestina tra Norma e Giulio, e il loro tradimento nei confronti di Viola, erano finiti insieme a Camilla giù dalla scogliera di Villa Ghirlanda.
Per riemergere tre anni dopo con la notizia del matrimonio e il ritorno a Milano di Norma.
Che cosa fosse successo davvero la sera del 27 luglio 2016 quasi tutti lo immaginavano, ma nessuno aveva mai avuto il coraggio di parlarne apertamente. Per diverse ragioni che potevano riassumersi in un'unica ragione: la paura che gli equilibri crollassero.

Norma sapeva che Camilla li aveva beccati e aveva visto Giulio e Camilla discutere, ma se avesse parlato avrebbe dovuto anche rivelare quello che c'era stato tra lei e il ragazzo della sorella. Viola non aveva mai voluto aprire gli occhi e preferiva inventarsi un'altra verità. Regina non era mai andata a fondo per cercare di capire che cosa avesse separato in modo tanto netto e irreparabile le due figlie. Tommaso Radaelli, dopo aver ipocritamente offerto la spalla su cui piangere al notaio Landi il giorno del funerale, aveva pagato un hacker per far rimuovere dal Web tutte le tracce possibili che collegassero la sua famiglia a Camilla e alla morte a Villa Ghirlanda, per non sporcarne il nome. Una mossa che aveva fatto neanche così di nascosto dagli altri, ai tempi, ma che non aveva mai scatenato le domande di nessuno, sempre per la stessa ragione: i vecchi equilibri di famiglia che non potevano essere sacrificati, per niente al mondo.

Quando lo spirito di Camilla era tornato, Tommaso aveva capito subito che il fantasma era proprio quello dell'amica della figlia. Idem Regina, che aveva insistito perché chiedessero l'aiuto di qualcuno, temendo che lo spirito fosse in cerca di vendetta, dato che le era stato mancato di rispetto con quel lavoro di pulizia commissionato dal marito all'hacker. Quando però dopo la visita di Enrico e Amelia il fantasma si era rafforzato, Giulio, che aveva un forte ascendente su di loro e al quale gli agguati di Camilla erano davvero indirizzati, era riuscito a convincerli in modo sottile e scaltro a mettere fine alle indagini. Si era sfogato con Regina dicendo che Viola si era agitata tantissimo dopo il sopralluogo, tanto da temere un crollo nervoso. Aveva raccontato a Regina che la cameriera aveva procurato a Viola delle strane pillole di un fortissimo e illegale calmante di provenienza filippina e Regina, in preda al panico perché lei stessa aveva sempre avuto tendenze all'abuso di psicofarmaci, si era fatta convincere ad allontanare Nenita nonostante lavorasse con loro da dieci anni e la sapesse leale e pulita. Nonostante non ci fossero prove dato che Nenita, come era evidente, era del tutto innocente.

Giulio sapeva del bel rapporto che c'era stato tra Camilla e Nenita e temeva che il fantasma mandasse segnali troppo forti a quest'ultima.

Nessuno, invece, aveva pensato che Leonardo potesse rappresentare un problema. Ma poi il fantasma di Camilla aveva spinto dalle scale Norma con il triplice intento di punirla per avere tradito Viola, per non avere detto a nessuno di aver assistito al litigio tra Camilla e Giulio nell'imminenza della morte di lei, e infine allo scopo di svegliare Leonardo, unico elemento esterno alla famiglia che in quanto tale poteva funzionare da tramite con il fantasma. Leonardo, infatti, si era svegliato.

Svegliato al punto di preoccupare tremendamente Giulio

che aveva scelto, come fosse niente, di eliminarlo.
E di eliminare Enrico, dopo aver scoperto che Leonardo si era confidato con quest'ultimo. Aveva tenuto lui e Amelia sotto controllo e quella mattina li aveva seguiti fin lì. Sulla sua Porsche Panamera grigio scuro.

Questa la panoramica che si mostrò agli occhi di Enrico e Amelia, dopo che attaccarono l'ultimo pezzo del puzzle, grazie alle confessioni di tutti gli attori coinvolti, protagonisti e secondari, così come risultavano dagli interrogatori dei quali Enrico aveva ricevuto una sintesi significativa per gentile concessione di una sua fonte alla squadra mobile. Grazie alle loro rispettive intuizioni, nonché a un ultimo, breve, intimo e segreto dialogo notturno tra Amelia e il fantasma di Camilla Rachele Landi, avvenuto senza l'aiuto della tavoletta Ouija.

La verità integrale, definitiva, non l'avrebbero mai conosciuta, ma la parte di verità che gli era stata concessa era più che sufficiente. Quello che importava era che Leonardo e Camilla avessero giustizia. Che Giulio non potesse più fare del male a nessuno. Che i Radaelli venissero messi di fronte alle proprie responsabilità, piccole o grandi che fossero. Che il reale equilibrio andasse ristabilito. Tutto il resto era aria fritta.

Camilla adesso era serena e Amelia lo aveva capito. Aveva anche compiuto un'impresa per ringraziarla, comunicando chissà come con Nenita. Una mattina il portiere aveva citofonato ad Amelia. Una signora aveva lasciato per lei un cestino con dei dolci profumatissimi. C'era un biglietto. Sul biglietto una frase, scritta con una grafia rotondeggiante e dei buffi errori di ortografia.

Amelia pianse e augurò a quella donna ogni cosa più bella nella vita, come allo spirito di Camilla nella morte. Le augurò anche che quell'esperienza le facesse capire quando fosse il caso di venire meno ai propri rigidi valori.

*

Il venerdì successivo, poco dopo le 9, Amelia usciva dalla Libreria Occhilupo. Aveva fatto colazione con Jeff al Coven e poi era passata dalla libreria con lui per salutare zia Melissa.
C'era il sole, faceva freddissimo, ma era venerdì.
Amelia si sentiva finalmente tranquilla. Era libera e addirittura serena. Nel fondo del suo cuore però sentiva una nostalgia. Per quanto fosse stato difficile e a tratti spaventoso, indagare quel mistero le era piaciuto. Le era piaciuto molto più di quanto fosse pronta ad ammettere. Lo stesso, ormai era chiaro, valeva per Enrico Limardi.
Stava risalendo le scale di casa quando dalla tasca del cappotto il cellulare vibrò. Lo prese e rimase un istante bloccata, come se il tempo si fosse fermato.
Era in bilico sul primo gradino mentre Oliviero la salutava dalla guardiola. Intravide lo spirito della moglie Glenda, dietro di lui, e le parve che sorridesse, che sorridesse proprio a lei. In una frazione di secondo, con la solita rapidità, il fantasma di Glenda scomparve.
Amelia rispose alla telefonata.
"Ho una bella notizia."
La voce di Enrico era una bella notizia. Sbagliata, ma bella.

"Adesso è ufficiale, Giulio Soncini è accusato anche della morte di Camilla."

Amelia riprese a salire i gradini e continuò a piedi per non rischiare di perdere la linea in ascensore.

"Sono contenta."

Sentì il profumo di Camilla intorno a sé, un'ultima volta, e mentre lo avvertiva svanire le disse addio per sempre.

Silenzio da entrambe le parti.

"Dovremmo celebrare questa vittoria, non credi?"

Amelia si fermò di nuovo.

L'inquilino del secondo piano stava rientrando in casa proprio in quel momento con il suo fastidioso Maltese senza guinzaglio. Il cagnetto bianco con le zampe ingiallite le abbaiò contro.

Sentì Enrico ridere.

"Ancora problemi con i cani?"

Amelia strisciò contro il muro mentre tra i denti diceva un "salve" non molto convinto al vicino.

Sempre problemi con i cani, pensò.

In casa c'era Shehan, il signore delle pulizie. Arrampicato su una scaletta, stava passando un panno sopra la grande vetrata che, proprio come la libreria, circondava il salone. Indiana sul divano seguiva tutta l'operazione con l'aria di un severo supervisore. Shehan fece un cenno con la mano, sorrise. Amelia rispose con un altro cenno e sorrise a sua volta.

"Allora, cosa ne pensi?" Insistette Enrico.

Amelia lasciò la borsa sul Chippendale. Sospirò. Indiana trotterellò ai suoi piedi e si strusciò contro alle sue tibie. Si chinò per accarezzarlo, il ginocchio che aveva sbattuto nella collutazione con Giulio Soncini a Villa Ghirlanda le faceva ancora male. Nonostante le ripetute applicazioni di pomata e le lastre che avevano escluso lesioni importanti. Indiana prese a giocare col suo quarzo rosa levigato per il salone, allegro e spensierato.

"Penso che festeggiare sarebbe un po'… fuori luogo."

"Infatti ho detto celebrare, non festeggiare." Puntualizzò Enrico facendosi scudo con la semantica.

Mentre Amelia si appoggiava al mobile lo udì accendersi una sigaretta.

"Andiamo a pranzo a Santa Margherita. Conosco un ristorante fantastico con la vista sul porticciolo. Brindiamo a Camilla, a Leonardo. E a noi che abbiamo risolto un caso che sembrava impossibile."

Fece una pausa, fumò. Amelia non disse nulla.

"Ti vengo a prendere e andiamo. Nel frattempo mi assicuro che ci tengano un tavolo. Che ne dici?"

Sembrava una conclusione giusta quella proposta da Enrico in fin dei conti. Se non avesse provato attrazione per lui e se non avesse intuito che Enrico stesso era attratto da lei, non ci avrebbe pensato due volte. Anzi, forse sarebbe stata la prima a proporlo. Ci sarebbe andata a pranzo in modo del tutto innocente, così come faceva spesso con i suoi clienti e collaboratori. Rivedere Enrico adesso che l'avventura era conclusa forse l'avrebbe persino aiutata a toglierselo dalla testa. A farlo scendere dal piedistallo sul quale l'aveva messo. Forse.

Sì, decise. Ci sarebbe andata con la stessa attitudine con la quale era andata al pranzo di lavoro con l'antiquario di Brera per parlare dei pugnali Bishaq il giorno prima. All'incirca con la stessa attitudine.

"Va bene."

Shehan era passato a pulire la veranda saltando il soppalco libreria. Per ragioni di discrezione e riservatezza, visto il settore dedicato alla magia, Amelia preferiva che nessuno avesse accesso a quell'angolo della casa. Canticchiava allegro mentre rassettava il divanetto che aveva fatto da teatro alla prima parte della chiacchierata tra lei ed Enrico la notte in cui lui era rimasto a dormire.

"Però vengo per conto mio, ho un'auto sostitutiva."

La Cinquecento bianca che le aveva dato il carrozziere era in garage, al posto della Mini che le sarebbe stata restituita la settimana successiva.

"Come vuoi. Ti mando l'indirizzo del ristorante." Silenzio, schiarì la voce. Ancora silenzio.

"Sono felice di rivederti, inarrestabile Amelia Montefiori."

Amelia sentì gli zigomi in fiamme.

Indiana adesso la fissava da terra e pareva che le avesse strizzato un occhio.

"A più tardi, Enrico." Applicò una leggera enfasi sul nome, come fosse un incantesimo.

Chiuse la telefonata. Inspirò, espirò. Strinse l'amuleto, le parve che fosse diventato caldo. Che palpitasse come il suo cuore. Inarrestabile Amelia Montefiori.

FINE

Ringraziamenti

Ringrazio nonna Vivi che mi ha infuso sin da quando ero piccina la passione per i gialli, per la bellezza e per Jessica Fletcher. Mentre scrivo ho sempre una tua magica fotografia a portata di sguardo e so che sei la mia fan numero uno anche dal mondo degli spiriti! Ringrazio mia mamma che mi ha accompagnata a fare ricerche e che mi ha ascoltata e corretta con infinita pazienza mentre rileggevo per la centesima volta ad alta voce. Grazie per avermi fatta ridere mentre avevo dei crolli nervosi e per avermi fatto conoscere persone preziose che mi hanno aiutata in questo percorso. Ringrazio la mia intelligentissima amica Stefania Gregoratto per il sostegno, i consigli, le critiche davvero costruttive, l'entusiasmo e il tanto aiuto pratico. I tuoi "non vedo l'ora di leggerlo" mi hanno motivata più di quanto tu possa immaginare. Ringrazio Greta per l'amore, la pace e la carica che mi ha trasmesso sin dal principio. Ringrazio Federico perché mi vuole bene e perché mi spinge a essere più avventurosa, più come Amelia. Perché mi supporta e mi sopporta. Ringrazio Marcone perché è stato il mio complice nelle primissime, deliranti fasi di ricerca. Ringrazio Leo & Chri, la coppia più bella del pianeta terra. Ringrazio Simone del blog Viaggiamocela per le sue dritte. Ringrazio Carlotta Licciardi che è sempre pronta a dare una mano tra un latte di soia macchiato e una passeggiata sul Naviglio Grande. Ringrazio Anita Pallara per i suoi consigli da donna del terzo millennio. Ringrazio Giuditta Faccioli che mi fa da ufficio stampa e si impegna per far conoscere Amelia. Ringrazio il mio editor Ivan Carozzi. Sono più che onorata che tu sia stato il primo a leggere e correggere il libro e a credere nelle potenzialità di Amelia. Il tuo intervento sul libro è stato strepitoso. Ringrazio i lettori del blog che ogni giorno mi dimostrano affetto a distanza da anni. Credetemi, è un affetto che arriva! Ringrazio Teodora la gatta che è per me quello che Indiana è per Amelia: una dolcissima spalla magica miagolante.

Contatta l'autrice

www.saraottaviacarolei.com
saraottaviacarolei@gmail.com
Instagram @saraottaviacarolei
Pinterest Sara Ottavia Carolei

Printed by Amazon Italia Logistica S.r.l.
Torrazza Piemonte (TO), Italy